맹국

동학초기비사
소설 최시형

망국

2014년 5월 1일 1판 1쇄 발행

지은이 | 조중의
펴낸이 | 양승윤

펴낸곳 | (주)영림카디널
　　　　서울특별시 강남구 강남대로 354 혜천빌딩
　　　　(전화) 555-3200 (팩스) 552-0436

출판등록 | 1987. 12. 8. 제16-117호
http://www.ylc21.co.kr

ⓒ 2014, 조중의

값 12,000원

ISBN 978-89-8401-185-4 03810

「이 도서의 국립중앙도서관 출판시도서목록(CIP)은 서지정보유통지원시스템
홈페이지(http://seoji.nl.go.kr)와 국가자료공동목록시스템(http://www.nl.go.kr/kolisnet)에서
이용하실 수 있습니다.(CIP제어번호: CIP2014011668)」

동학초기비사 소설 최시형

망곡

조중의 지음

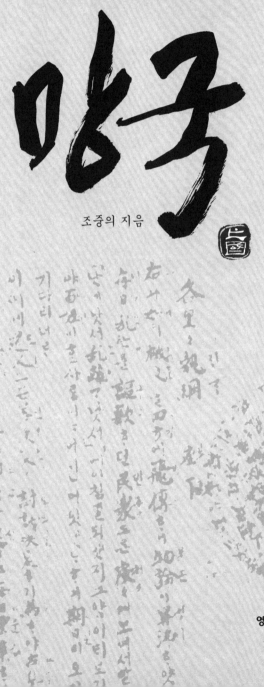

영림카디널

차례

일러두기

- 모든 등장인물은 역사 속에 실존했던 인물을 변형하거나 가공했고 필요에 따라 새로운 인물을 만들었다.
- 소설 속 공간과 시간은 역사적 사실과 무관하게 바꾸었다.
- 소설 속 달(月)과 날(日)은 모두 양력으로 변환했다.
- 동학에서 부른 '하늘님'을 기본적인 명사로 표기했다. 동학이 천도교로 교명이 바뀐 이후 현재는 '한울님'으로 부르고 있다.

목숨

1

그해 4월은 유난스레 진달래꽃이 피처럼 붉었다. 진달래들이 앞
다퉈 폐병쟁이처럼 붉은 꽃을 천지사방에 토하던 날 최수운崔水雲은
대구 감영에서 목이 베이는 참형을 당했다. 죄목은 요상한 사술을
부려 세상을 어지럽히고 미욱한 백성들을 현혹시켰다는 것이다. 수
운의 묵묵默默 머리는 갑자년甲子年(1864) 4월 15일 정오, 마른 흙
먼지가 풀풀 날리는 땅바닥에 떨어졌다. 깊은 우물이 패이듯 머리
가 땅에 박히는 순간 사방으로 흩뿌려진 피가 흙먼지 속으로 자취
를 감추었다. 그 자리에 투명한 불꽃아지랑이가 아른 아른 하늘로
올라갔다.

2

수운이 처형되자 관군은 후계자인 최해월崔海月을 붙잡는 데 혈안

이 됐다. 해월은 추격해 오는 관군을 피해 소백산으로 도주했다. 붙들리는 날에는 스승인 수운처럼 가차 없이 목이 베일 것이기에 첩첩산중으로 들어가 흔적을 지워버렸다. 그때부터 경상도 북동부와 강원도를 잇는 태백산간과 소백산간의 외딴 산마을을 떠돌며 머슴 행세를 하며 살았다. 한 곳에 오래 머물지 않았다. 지게에 똥장군을 지고 밭길을 걸어가는 그를 동학의 교주 최해월이라고 의심하는 교졸은 없었다. 해월은 자신이 처한 곳이 더는 내려갈 수 없는 밑바닥이라 여겼고, 그것만이 살길이라고 믿었기에 기꺼이 기어 다녔다. 동학의 새로운 주인이라는 권위와 자존심은 모두 내려놓았다.

영양 일월산은 태백산간의 첩첩산중에 자리하고 있어 소나무와 전나무는 물론 참나무 숲이 무성했다. 산간에는 다람쥐와 토끼와 고라니, 멧돼지, 살쾡이, 호랑이 같은 짐승들이 밤낮을 가리지 않고 날뛰었다. 이곳 사람들은 숲을 태워 밭을 만들고 비옥한 흙을 일군 뒤 씨앗을 뿌려 곡식을 얻었다. 화전민인 그들은 가난했지만 마음만은 부자처럼 지냈다.

해월은 떠돌이 농사꾼 생활을 끝내고 이곳에 자리를 잡았다. 화전민들은 그를 '주인'이라 불렀다. 해월은 이곳에 터를 잡고 나서야 깨어진 백자항아리 같은 동학당의 파편을 모으는 일이 자신의 소명임을 깨달았다. 동학을 하는 자들에게 은밀하게 연통을 하고, 한자리에 모여 기도를 했다. 전국 주요 고을마다 접주를 세우고 흩어졌던 도인들을 다시 모아 결속시켜나갔다.

3

최수운이 참형당한 지 6년째가 되던 해 겨울, 영해부 접주로부터 거사를 일으키자는 제의가 들어왔다. 해월은 뜬금없는 거사 이야기에 황당했다. 조선 왕실의 권위가 추락해 나라꼴이 형편없는데다가 난세라고는 해도 말이 안 되는 소리였다. 단지 도인들 사이에 어떤 일이 있었기에 거사를 공공연히 입 밖에 내는 것인지 궁금했다. 난세를 해석하는 이성적인 판단이 흐려졌거나 알 수 없는 모종의 사건이 동기가 되어 도인들 사이에 분기가 일어났기 때문일지도 모른다며 심각하지 않게 여겼다.

해월은 시간이 흐를수록 영해부 도인들의 거사 계획이 단호한 것을 알았다. 목숨을 건 모험임에도 아랑곳하지 않았다. 얼마후 영해성을 치겠다는 도인들에게 자신의 입장을 밝혀야 한다는 것도 깨달았다. 그것을 판단하고 결정하는 일은 가혹했다. 동학의 법통을 이은 자신이 승낙해야만 도인들을 동원할 수 있기 때문이었다. 영해부 도인들은 대진 앞바다의 밀물마냥 집요했고 때로는 창수령 고개의 보이지 않는 호랑이처럼 압박해왔다.

4

흥선대원군은 동학당이 최해월을 중심으로 급속하게 세를 늘려가고 있다는 장계狀啓가 올라오던 날 종일 굶었다. 빈속으로 찬바람이 술렁이는 궁궐을 거닐면서 되살아난 동학당을 어떻게 해야 할지 골몰했다. 권력을 장악한 지 벌써 6년이 흘렀고, 최수운을 참형시킨 후 머릿속에서 동학은 깨끗이 지워졌다. 자신이 섭정하는 조선 땅에서 동학은 뿌리가 뽑힌 것으로 알았다. 그런데 동학당들이 되살아나 꿈틀대고 있다니 입맛이 사라질 수밖에.

그는 한양에서 팔백 리 떨어진 경주에서 농사를 짓던 비천한 상놈 최해월이 동학당의 새로운 수괴라는데 야릇한 호기심이 일었다. 그 천것이 죽은 동학을 되살려낸 것뿐만 아니라 교세를 크게 일으켜 세운다는 보고에 속이 뒤집혔다. 천주학을 하다가 죽은 이벽과 황사영, 김대건과는 달리 동학쟁이들은 보이지도 만져지지도 않고 가까이 하기도 힘든 빈천한 무리들이었다. 특히 최해월은 의문투성이였다. 흥해에서 머슴을 하다가 한지공장에 들어가 번 돈으로 논밭을 사들여 농사꾼이 된 자가 어찌 동학당의 수괴가 될 수 있단 말인가?

흥선대원군은 문득 천주쟁이 팔천여 명의 목을 베는 바람에 강토가 피바다로 변했던 4년 전 병인년丙寅年(1866)의 끔찍했던 일을 떠올렸다. 갑자기 입안에서 비린내가 풍겨 타구唾口를 가져오라 해 가래침을 뱉었다. 강화도를 점령했던 프랑스 함대를 쫓아낸 후 쇄국으로 조선을 지키고 부흥시키겠다는 결심을 굳힌 것은 그가 할 수 있는 마지막 선택이었다. 외국과의 통상과 교역을 중단했지만 앞이 어둡고 막막하기는 마찬가지였다. 빗장을 닫아걸고 주체적인 조선국의 정체성을 확립해 강국으로 만들겠다는 의지는 한바탕 꿈에 불과했다. 조정의 대신들부터 지방 관아의 아전들까지 부패와 이기주의에 물들어 나라의 안위는 뒷전이었다. 백성들은 조선이라는 국가를 통치하는 왕실을 불신한 지 오래였고, 동쪽으로 혹은 서쪽으로 신앙을 찾아 몰려다녔다. 조선반도를 둘러싼 동아시아의 정세는 안개 속처럼 분간하기 어려웠다.

그는 정권을 잡고 나서야 나라의 운명이 비참한 지경에 이른 것을 깨달았다. 태조 이성계가 일으켜 세웠던 부국강병의 나라 조선의 찬란했던 유산을 회복하기 위해 고심할수록 주눅이 들었다. 조선은 벼랑 끝으로 굴러 내려가는 수레바퀴 신세였다. 이제 와서 쇄국을 접고 개방을 선포하자니 자존심이 허락하지 않았다. 개방을 한들 외국과의 통상에 나설만한 재화가 없었다. 세계정세의 흐름을 꿰뚫어 볼 수 있거나 사대교린의 외교정책을 새롭게 구상할 만한 고관도 없었다. 조정의 대신들은 오랜 기간 권력을 양분해온 풍양조씨와 안동김씨의 야욕에 휘말려 국운이 쇠약해져가는 줄도 모르고 있었다. 열강의 간섭과 침략이 노골화되는 것을 알면서도 어떻게 대응해야 할지조차 논의하지 못하는 형국이었다. 무력감으로 혹은 분열로 수수방관하는 지경에 이르렀다. 그런 와중에 서학에 이어 동학이라는 이름을 내건 사교邪敎가 등장해 백성들을 현혹시키고 교세까지 급증하는 것이니 한심했다. 대원군은 가래침을 뱉은 타구를 신경질적으로 밀쳐내며 끈적이는 입술을 닦았다.

"밀사를 보내거라."

흥선대원군은 도승지 김시정에게 명했다. 최해월의 목을 자르기 전에 그가 어떤 자인지 알고 싶었다. 경주로 밀사를 보내 그의 실체를 파악한 뒤 세밀하게 보고할 것을 하달했다. 그를 알고 난 후 적당한 때를 기다렸다가 추포하도록 할 작정이었다. 도승지에게 한양으로 호송하는 계획을 세울 것도 일렀다. 그자를 이용해볼 가치가 있는지도 모를 일이었다.

경오년庚午年(1870) 11월 한양에서는 왕실의 밀사가 해월에게 접근하기 위해 경주로 떠날 준비를 했다. 북서쪽 하늘에서 겨울을 알리는 차고 건조한 바람이 서서히 불어오기 시작할 때였다.

5

해월은 영해부 거사를 놓고 골치를 앓았다. 수용해야할지 거부해야할지, 쉽사리 판단이 서지 않았다. 관아를 공격한다는 것은 조선 왕실에 반기를 드는 일이었다. 나라와 임금을 부정하는 것은 대역죄였다. 실패하는 날에는 도인들의 목이 베이거나 고도절해로 유배를 갈 것이었다. 겨우 살려낸 동학의 뿌리가 잘려버릴지도 모를 일이었다.

그는 영해부 도인들의 목숨을 건 거사가 혼돈과 비참으로 절망에 빠진 세상을 바꿔보자는 욕구 때문이라는 점은 인정했다. 그러나 너무나 많은 허점이 보였다. 거사의 명분 뒤에 숨겨진 진실과 거짓, 명분과 계략, 명예와 수치, 사랑과 질투 등이 뒤엉켜 있다는 것을 알 수 있었지만 정작 핵심을 꿰뚫지 못해 답답했다. 그 때문에 영해성은 겉치레일 뿐이고 실제로는 동학의 도통을 물려받은 자신을 둘러싼 모험일지도 모른다는 생각을 했다. 그렇지만 실체가 보이지 않았기에 무어라 단정 지을 수가 없었다. 해월은 숫눈처럼 선량한 도인들이 문득 두려워져 눈을 질근 감았다.

영양 일월산

1

터진 솜이불을 뒤집어 쓴 듯 눈을 소복히 맞은 이방의 사내가 최해월의 집을 찾았다. 얼어붙은 솜바지 밑단은 고드름이 매달려 반들거렸고 불룩 튀어나온 무릎은 축축하게 젖어 있었다.

"하루 점드록 퍼붓는기, 씩겁했니더!"

사내는 억센 영해 사투리를 썼다. 그가 자신을 에워싸고 있는 마을사람들을 흘끔흘끔 바라보더니, 어제 꼭두새벽 영해를 출발해 허릿재屹里嶺를 넘어 왔다고 말했다. 경상도 동해안의 반촌 영해부라면 영양 일월산까지 백오십 리길이었다. 예닐곱 개의 높고 낮은 능선을 넘고, 헤아릴 수 없이 많은 하천과 계곡을 건너야 하는 험한 산길이었다.

"주인님께 전할 말씀이 있십니더!"

그는 대꾸는커녕 입을 굳게 다문 채 경계의 눈초리로 행색을 살피는, 무표정한 산사람들에게 찾아온 용건을 말했다. 강수는 마을사람들 틈에 끼어 사내를 꼼꼼하게 훑어보았다. 키가 작고 깡마른 몸이었지만 강단이 넘쳐보였다. 검게 그을린 얼굴은 구리처럼 번들거렸고 목덜미에서 김이 피어올랐다. 눈이 툭 불거지고 입이 뾰족하게 나온 것이 총냥이처럼 생긴 얼굴이었는데 입담이 좋고 꾀가 많아 보였다.

"따라오게."

강수가 무리 가운데서 나와 앞장섰다. 사내가 푹푹 빠져드는 눈밭을 따라갔다. 해월의 집 섬돌 아래 신을 벗어 놓고 마루에 올라선 사내의 버선발에서 물기가 흥건히 묻어났다. 걸음을 뗄 때마다 버선볼 자국이 찍혀 반들거렸다. 젖은 버선에서는 질척거리는 소리가 났다.

사내는 방으로 들어가자마자 버선을 벗고 무릎다리를 하고 앉아 뺨을 얼러 쌌던 볼끼를 방바닥에 내려놓았다. 아무도 묻지 않았는데도 자신을 이곳으로 보낸 사람은 영해접주 박사헌이라고 했다.

"지는 방물장사를 하는 이언이라꼬 합니더."

해월은 아랫목에 앉아 강수를 따라 들어온 이언의 얼굴을 보았다. 무슨 급한 용무기에, 폭설을 뚫고 산길을 넘어온 것인지 궁금했다. 긴박한 일이 아니라면 동장군이 지나가고 날이 풀렸을 때 움직이는 것이 이곳 산사람들의 일상이었다. 이언이 아랫목에 앉아 있는 주인 해월을 알아보고는 넙죽 절을 했다. 그리고는 다짜고짜 영해접주 박사헌이 주인을 만나거든 전하라고 한 용건을 꺼냈다.

"박 접주와 이길주가 힘을 합쳐가, 영해성을 치기로 마음 묵었습니더."

해월은 이자가 실성했거나 정신이 오락가락하는 것은 아닌지 의심스러워 유심히 쏘아보았지만 멀쩡했다. 뒷목이 달아올랐고 눈이 감겼다. 무슨 잠꼬대 같은 소린가! 그는 영해접주 박사헌에게서 들은 바가 없다. 사전에 교감을 나눈 적도, 의견이 오간 적도 없다. 박접주가 느닷없이 영해성을 치겠다니? 도무지 알 수 없는 일이었다. 박사헌이 뜻을 함께하기로 했다는 자의 이름을 떠올렸다. 처음 듣는 이름이었다.

"이길주는 누군가?"

강수가 해월의 눈치를 살피고는 재빨리 물었다.

이언이 떠듬떠듬 입을 열었다. 계해년癸亥年(1863) 봄 동학당이 됐는데 학식이 깊고 포용력도 갖춘데다가 무예가 고수라고 자랑스럽게 말했다. 눈빛이 호랑이처럼 무섭게 빛나고 기골이 장대해 마주보기만 해도 기가 죽는다고 했다.

"목소리가 하도 굵어가, 말을 해뿔면 사방이 쩌렁쩌렁 울리고, 솥뚜껑 같은 손에 붙들리면 건장한 장정도 빠져나갈 수 없을 만큼 힘이 장사시더."

이언은 신이 난 듯 이길주 자랑을 했다. 웃을 때면 목젖이 환히 들여다보이고, 하! 하! 하! 하고 웃는 소리가 듣는 사람의 숨이 막힐 정도로 길게 울려 퍼져 속을 후련하게 만든다고 했다. 시퍼런 칼을 빼어드는 솜씨가 번개처럼 빠른데다가 한바탕 휘두를 때면 사람이 둘로 보여 모두가 혀를 내두른다고 했다.

"그래도 마, 사람들을 다독일 때면 춘풍맹키로 훈훈해서 얼어붙은 마음을 봄눈 녹이드끼 사로잡아뿐다 아닝교."

"그자가 왜 영해성을 치겠다는 건가!"

강수가 이길주 자랑을 늘어놓는 이언의 말을 자른 뒤 못마땅하다는 듯 목청을 높였다.

이언이 슬그머니 분위기를 살피더니 목소리를 낮춰 대답했다. 억울하게 참형된 수운 선생의 명예를 되찾기 위해서라고 했다. 영해성을 무력으로 점령한 뒤 조정에 경고를 보낼 작정이라는 것이다. 그것이 이길주의 생각이라고 했다.

"영해성으로 쳐들어가 스승님의 명예를 회복하겠다는 말인데, 명분만 그럴듯하지 폭동을 일으킨단 말이로군!"

강수가 시큰둥하게 말했다.

"그기 살길이라 캅디다!"

이언이 지지 않고 대꾸하자 강수가 눈을 휙 치뜨고는 노려보았다.

"그자가 제정신이 아니로군. 이보게! 조선팔도 관아마다 해월 선생 수배령이 내려져 있고, 세작들을 풀어 뒤쫓고 있다는 걸 모른단 말이오. 까딱 실수라도 했다가는 모두 개죽음이오. 6년 전에 일어난 변고를 벌써 잊었소?"

강수의 얼굴이 벌겋게 달아올랐다. 화가 치밀어 올랐다. 이언이 흠! 하고 기침을 뱉고는 허옇게 백태가 긴 혀를 내밀어 총냥이처럼 뾰족한 입술을 핥았다.

"나야 뭐 시키는 대로 했을 뿐이시더."

이언은 뭉툭한 코를 손바닥으로 두어 차례 만지더니, 심부름을 온 것뿐이라며 입을 우물우물 거렸다.

해월은 아랫목에 앉아 줄곧 이언을 살피다가 눈을 감았다. 멀리 있는 기억을 불러왔다. 계해년(1863) 봄 수운 선생을 찾아온 사람이라……. 이길주, 이길주, 이길주라는 이름이 있었던가. 해월은 그해 스승인 최수운 곁을 떠난 적이 없다. 가을에는 북접주인으로 지명돼 도통을 이어받았다. 곰곰이 더듬어보아도 이길주란 이름을 가진 자에 대한 기억은 없었다. 해월은 알 수 없는 모사가 진행 중인 것을 눈치 챘다. 누군가가 속이고 있고 또 누군가가 속고 있는 것이 분명했다. 영해성으로 쳐들어가 스승의 명예를 회복하겠다는 발상부터가 무모했다. 치밀하지도 못했다. 치밀한 것은 제쳐두고라도 명분이 약했다. 왜 영해성이어야 하는지에 대한 설명이 부족했다. 수운의 명예를 위한 거사라면 동학이 일어난 곳이자 스승의 고향인 경주성을 목표로 삼는 것이 맞았다.

"자네 말이 뭔 말인지 알겠네."

그제까지 입을 다물고 있던 해월이 카랑카랑한 목소리로 말했다. 해월은 이언에게 먹일 저녁 밥상을 차리라고 일렀다. 잠시 후 조밥에 뜨겁게 데운 담북장과 김치주저리를 올린 밥상이 들어왔다. 이언은 고봉밥을 담북장에 쓱쓱 비비더니 단숨에 비웠다. 그가 저녁을 먹는 사이 밖이 캄캄해졌다. 토방이 조용해지자 섬돌 위에 떨어지는, 사락거리는 눈 소리가 창호지를 뚫고 들려왔다.

이언은 날이 저물어 영해로 되돌아 갈 수가 없었다. 낮게 내려온 눈구름 때문에 어둠이 일찍 깔렸다. 장정 하나가 닭장 옆에 쟁

여놓은 참나무장작과 솔가지를 들고 정재로 들어가 아궁이에 군불을 지폈다.

사랑채로 건너온 해월이 새끼를 꼬다가 손을 멈추었다. 호롱불이 너무 밝아 심지를 낮추었다. 호롱 꼭지를 들어 두어 번 톡톡 치자 심지가 내려가며 꽃봉오리 같은 주홍 불꽃이 작아졌다.

"자네 요량은 어떤가?"

해월이 강수에게 물었다.

"도무지 알 수가 없습니다."

강수는 영해부에서 일어나고 있는 모종의 계략이 주인을 난처하게 만들 것이라 여겼다. 그러나 내색하지 않았다.

"이길주가 누군가? 들어본 적은 있는가? 그자의 실체가 무엇인가?"

해월이 틈을 주지 않고 물었다.

"섣불리 판단할 수가 없는 잡니다. 이언에게 듣기만 했을 뿐, 아직 한 번도 보지 못한 자가 아닙니까. 경계해야 합니다. 경계해야 한다면 마땅히 위험한 인물이 아니겠습니까."

강수가 대답을 한 뒤 고개를 두어 번 저었다.

해월이 나지막한 천장을 올려다보았다. 황토가 발라진 천장의 토반자가 바싹 말라 금이 가 있었다. 눈을 감고 턱과 귀밑을 덮고 있는 수염을 천천히 쓸어내렸다. 눈보라를 헤치고 불쑥 찾아온 영해부 도인 이언의 심부름에 대해 판단을 내릴 수 없다. 그자가 가져온 불순하고 당돌한 전갈이 곤혹스럽기만 했다. 영해성을 쳐서 무얼 얻겠다는 것인가? 무얼 노리는 걸까?

밤이 깊어지면서 눈발이 가늘어졌다. 눈이 잦아들자 가벼워진 바람이 마당과 추녀와 담장 사이를 술렁이듯 스쳐갔다. 뒷담 너머 대숲에서 눈을 털어내는 댓잎 소리가 들려왔다.

삽짝 옆에 딸려있는 곁채에서 코 고는 소리가 울려나왔다. 그 소리가 마당 건너 사랑채에서도 들렸다. 온종일 눈보라를 헤치고 태백산간을 넘어온 방물장수 이언이 피곤에 지쳐 내지르는 소리였다.

2

날이 밝자 여기저기 남아 있던 구름이 칼날에 베이는 무살처럼 휙휙 날아갔다. 돌담 너머 골목길에서는 눈을 쓸어내는 싸리 빗자루 소리와 퍼내는 가래질 소리가 장단을 맞추듯 둔하게 들려왔다. 꼬맹이들이 눈싸움을 하며 내지르는 고함과 개 짖는 소리도 산간마을의 고요한 하늘을 흔들며 울려 퍼졌다.

마당에서 주인을 부르는 소리가 들렸다. 해월이 방문을 열고 밖을 내다보니 이언이 눈밭 위에 서서 작별 인사를 했다. 새벽 참을 얻어먹고 영해부로 돌아갈 채비를 끝낸 이언이 무릎을 꿇더니 큰 절을 했다. 볼끼로 뺨을 둘둘 싸매고 질빵으로 허리춤을 바짝 조여맨 차림새였다. 밤새 구들장 위에 널어 말린 버선 위로 발감개를 하고 진신 아래 설피를 꿰차고 있었다. 들메끈을 야무지게 묶어서 믿음직스러웠다.

"뭐라 카면 되겠니껴?"

이언이 해월에게 물었다. 심부름을 보낸 영해접주 박사헌에게 뭐라고 답을 전해야 하겠느냐는 것이다.

"눈길 조심하게!"

해월이 대답 대신 미끄러운 눈길에 주의를 주었다.

이언이 뾰족한 입을 쑥 내밀고는 풀이 죽어 등을 돌렸다. 이언은 어눌해 보이지만 신중하고, 넘볼 수 없는 위엄이 몸에 배어있지만 인정이 강물처럼 깊은 해월에게 감히 대꾸할 엄두를 내지 못했다.

동이 트자 얼어붙은 투명한 눈의 결정체가 일제히 반짝였다. 이언이 순백의 눈밭 위로 총총 걸어가다가 계곡 속으로 불쑥 자취를 감추었다. 해월은 능선 너머로 눈부시게 드러난 파란 하늘을 보았다. 첩첩산중에 둘러싸인 하늘은 손바닥으로도 가릴 만큼 좁았다. 천옥天獄이었다. 세상을 등진 채 하늘 감옥에 갇혀 산 지가 벌써 6년이었다. 동학을 한다는 죄 때문이었다. 대처로 나갔다가는 언제 세작들 눈에 띠거나 유생들에게 고발당해 붙잡혀갈지 모르는 신세였다. 은둔으로 답답한 날들이 이어지는 동안 동학의 교주라는 감투가 허울뿐이라는 실의에 빠지기도 했다. 스스로를 비하하기도 했다. 어디 그뿐인가. 공포와 불안에 떨며 평생을 숨어 살아야 할지도 모른다는 암담한 현실에 절망도 했다. 해월은 스승인 수운의 수제자이자 동학의 법통을 이어받은 교주답지 않게 자신의 신세가 구름처럼 허탕해 보여 남 몰래 자학도 했다. 홀연히 모였다 사라지는 안개같이 정신이 몽롱해질 때도 있었다.

아침 밥상이 들어왔다. 해월은 수저를 들려다가 갑자기 어깻죽지가 절굿공이로 맞은 듯 아파서 움찔 놀랐다. 팔을 들 수가 없어 수저를 내려놓은 뒤 숨을 골랐다. 해월은 살만해지니까 들러붙는, 거울에 쌓인 먼지 같은 게으름이라고 질책했다. 죽을 고비를 수차례나 넘어온 사내의 돌덩이 같은 심장에 불안이라니. 두려움이라니. 고독이라니…….

해월은 정신을 차렸다. 메마른 굴참나무 가지를 할퀴며 천옥으로 내달리는 바람소리에 번쩍 눈을 떴다. 거칠게 부는 바람이 말의 등짝을 휘갈기는 마부의 채찍소리를 냈다. 해월은 두 손을 모아 가슴 위로 올렸다. 절벽 끝에 서 있는 심정으로 흐트러진 마음을 가다듬었다. 얻을 것도 잃을 것도 없는 혈혈단신 고아의 심정으로 기도를 했다. 언제라도 몸을 던지겠다고 맹세한 일이 부끄러웠다. 잠시라도 방심을 하면 사악한 귀신이 들러붙는 것이다. 해월은 숨을 깊이 들이마셨다 내 쉬며 마음에 움튼 불민한 싹을 잘라냈다. 잠시 흔들렸던 마음을 가다듬고는 이길주를 떠올렸다. 그자의 정체가 궁금했다. 강수에게 영해부의 분위기를 살피고 이길주의 실체를 알아내라고 일렀다.

3

강수는 무릎까지 빠져드는 눈 때문에 종일 곁방에 틀어박혀 새끼를 꼬았다. 날이 저물고 어둠이 깔리자 대문간 곁방에 그대로 이부

자리를 폈다. 이언이 다녀가면서 군불을 오래 지핀 탓에 방바닥이 여직 따뜻했다. 그는 영해접주 박사헌의 행동이 경거망동하다고 여겼다. 평소 박 접주의 언행을 보면 선뜻 이해되지 않았다. 그는 침울했지만 신중했고 섣불리 화를 내지 않는 사람이었다. 분노하지도 않았고 상대를 공격하지도 않았다. 그런 자가 영해성을 치겠다고 하니, 의문이 생기는 것이다. 낯선 이방인 이길주가 걸렸다. 이길주가 박 접주를 설득했거나, 이길주의 말에 박 접주가 현혹된 것일 수도 있다.

강수가 잠을 깬 것은 삽사리가 요란하게 짖는 소리 때문이었다. 낯선 자가 아니면 개가 저렇게 사납게 짖지는 않는다. 마음이 급해진 그는 광목버선을 발에 끼지도 못한 채 벌떡 일어섰다. 방문을 밀치고 밖으로 달려 나가려는데 돌연 요란하게 짖던 삽사리가 조용해졌다. 잡았던 문고리를 가만 놓았다. 얇은 창호지에 귀를 바짝 대고 바깥 기척을 쫓았다. 낯선 침입자가 단칼에 삽사리의 급소를 찌르지 않고서는 갑자기 찍소리도 내지 못하고 조용해질 리가 없었다.

그가 윗목 시렁에 올려놓은 칼을 집어 들었다. 야심한 밤중에 일월산 깊숙이 자리한 산골마을을 찾아올 사람은 없다. 그사이 냄새를 맡은 세작이 다녀간 것이 분명했다. 해월이 거처하는 사랑방 쪽으로 달려가는 낯선 발자국 소리가 들렸다. 주인이 잠자는 방을 어찌 알았을까? 그는 방문을 밀치고 마당으로 뛰쳐나가며 소리쳤다.

"도둑이다!"

강수의 고함에 놀란 자객이 사랑방 문짝을 걷어차고 나오다가 걸음을 멈추었다. 복면 가운데 뚫린 구멍으로 눈빛이 반짝였다.

"웬 놈이냐?"

강수가 칼을 빼들며 호통치듯 물었다. 대꾸가 없는 자객의 가슴을 향해 칼끝을 겨눈 뒤 날렵하게 찔렀다. 자객이 강수의 칼날을 가볍게 맞받아쳤다. 쨍! 하는 소리가 얼어붙은 대기를 울렸다. 자객이 가볍게 뛰어오르면서 역공을 했다. 칼날이 둥글게 회전을 하더니 강수의 정수리를 향해 번개처럼 다가왔다. 강수는 무릎을 꿇으면서 머리를 겨냥한 자객의 칼을 겨우 막았다. 칼집을 잡은 손바닥이 찌릿했다. 두 번째 부딪히는 칼날 소리는 더 날카롭고 강해 귀가 멍했다. 이마가 싸늘히 식는 것을 느꼈다. 자객이 휘두른 칼에 살과 뼈가 베이거나 잘려나갈지도 모른다는 공포가 스쳐갔다. 숨이 끊어질 수도 있다는 생각에 뒷덜미가 싸늘해졌다. 그가 칼을 겨눈 채 뒷걸음질 치며 숨을 돌리는 동안 자객은 마지막 한 수로 대결을 끝낼 작정인 듯 칼을 가로에서 세로로 고쳐 잡았다. 자객이 칼을 쥔 채 그를 향해 달려왔다. 재빨리 칼을 가로 세워 방어 자세를 취했다. 온몸이 땀에 젖은 그는 자객의 예리한 칼끝을 어느 쪽에서 맞받아쳐야 할지 선뜻 판단이 서지 않았다. 왼쪽 혹은 오른쪽 아니면 위나 아래일 수도 있다. 그는 이미 두 번째 부딪혔을 때 자신이 자객에게 상대가 되지 않는다는 것을 알았다. 어느 쪽을 막아야할지, 오로지 직감에 맡길 수밖에 없다. 강수는 정수리 쪽이라고 판단했다. 세로로 쥔 자객의 칼이 그대로 머리통이나 어깨 혹은 목을 향해 일격을 가할 것이라는 직감이었다. 그가 칼을 이마 앞에서 가로로 돌려 맞받아치려는 순간 자객이 칼을 거둔 채 그의 곁을 들개처럼 획 지나갔다. 그리고는 땅을 박차고 올라 창고 앞에 세워둔 달구지를 딛고는 이내 돌담을 밟고 뛰어넘었다. 세 걸음에 담을 넘어간 자객은 장막이 내려진 듯 캄캄한 계곡으로 사라졌다. 그사이 잠에서 깨어난 도인들이 문이 활짝 열려진 사랑방으로 달려갔다. 해월은 보이지 않았다. 방은 텅 비어 있었다.

해월이 강수가 잠을 잤던 곁방에서 나왔다. 여기저기서 안도하는 한숨 소리가 새어나왔다. 방물장수 이언이 돌아간 뒤 평소 거처하던 사랑방을 나와 강수와 함께 곁방에 들었다가 그대로 잠든 것이다. 그곳에서 강수와 저녁식사를 한 뒤 밤이 늦도록 새끼를 꼬았기 망정이지, 평소처럼 사랑채에서 잠들었더라면 봉변을 당할 뻔했다.

"삽사리가 죽었어요."

해월의 부인 손씨가 떨리는 목소리로 말했다. 삽짝 옆에 마른 초망처럼 쓰러져 있는 삽사리가 보였다. 칼에 찔린 목에서 흘러나온 피가 주위의 눈밭을 검게 물들였다. 도인 하나가 얼어서 뻣뻣한 낡은 거적을 들고 와 죽은 삽사리를 덮었다.

"이곳도 마음을 놓을 수 없게 됐군."

해월이 사랑방으로 들어가며 혼잣말처럼 말했다.

"누굴까요?"

강수가 물었다. 그는 일월산으로 들어오기 전 강원도 태백산간에 있을 때도 두 차례 자객의 침입을 받은 적이 있었지만 이번에는 느낌이 달랐다. 어제 왔다 돌아간 영해 방물장수 이언이 퍼뜩 스쳐갔다.

"누구라고 보는가?"

해월이 강수에게 되물었다.

"관아가 아니면 유림의 강경파들이겠지요. 어쩌면 내부의 짓일지도 모릅니다."

강수의 목소리가 좀 울적했다.

해월은 도통을 물려주자마자 훌쩍 떠나간 스승이 원망스러웠다. 관아와 유림과 동학당 내부의 불순한 세력들 모두가 수운의 뒤를 이은 풋내기 동학교주의 목숨을 노리고 있는 것이 분명했다. 조정은 사교로 지목한 동학의 뿌리를 뽑기 위해 각 도의 관찰사와 관아를 통해 수운의 후계자를 끈질기게 쫓고 있었다. 유림의 강경 보수파들도 마찬가지였다. 조선의 건국이념이자 정치적 근간을 이루고 있는 주자학을 부정하고 평등세상을 내세우는 동학당 주인의 목숨을 노리고 있는 것이다. 가장 두려운 것은 동학 내부였다. 스승 수운이 예기치 않게 참형 당하면서 교세가 흔들리자 교권을 차지하려는 세력이 교주의 목숨을 노릴 수도 있었다. 수운으로부터 동학의 전권을 물려받았다고는 하지만 농투성이 머슴 출신을 절대적으로 지지하는 지도부는 소수에 그쳤다. 수운의 장남인 세정을 구심점으로 한 세력이 엄연히 존재했고, 유림을 버리고 동학당에 들어온 사대부 출신 선비들이 중심이 된 세력도 건재했다. 해월은 여전히 시험대 위에 서 있는 셈이었다.

"밤에 번을 세우도록 하게."

해월은 경계를 게을리하지 말도록 이른 뒤 새벽이 올 때까지 잠을 이루지 못했다. 가슴 속에 움트는 불안감이 호롱불처럼 흔들렸다. 무너진 동학의 교권을 바로잡고, 도인들의 영성을 기르고, 조직을 위에서 아래에 이르기까지 일사불란한 체계로 만들고, 상부와 하부조직을 이끌 접주를 팔도에 임명하는 일로 속을 태웠지만 아직무엇 하나 제대로 해놓은 것이 없었다. 마음이 마른 나뭇잎처럼 불안하게 흔들리는 것도 그것 때문이었다. 거사를 일으켜 지방관아를장악하자는 제안 때문에 심기가 불편한 가운데 자객까지 들이닥친것이 심상치 않았다.

한양

1

조민구는 처마에서 요란스럽게 떨어지는 물방울 소리에 잠을 깼다. 기와지붕에 쌓인 눈이 아궁이에 불을 지피면서 녹아내렸다. 그 사이 날이 밝아오고 있었다. 흰 눈 때문인지 창호지가 어둠 속에서 빛을 내듯 드러났다. 그가 소반에 놓인 사발을 들어 냉수를 들이키려는데 사내종 목소리가 들렸다.

"대감께서 부르십니다!"

사내종은 마루 아래서, 승정원 도승지 김시정 대감이 급히 찾는다고 전했다. 조민구는 서둘러 의관을 갖추고 예문관으로 향하면서, 문득 이른 새벽에 도승지 대감이 자신을 급히 부른 일이 여태 단 한 차례도 없었다는 생각을 했다. 두 명의 당하관이 버젓이 있는데도 일개 4품관에 불과한 자신을 손수 불러들이는 이유가 무엇인가? 밤새 인사라도 단행한 것인가? 그는 몹시 궁금하면서도 은근히 긴장이 됐다. 평소 대신들의 조정운영 방식에 불만을 토로해온 자신의 불온한 심사를 눈치 채고 도승지 대감이 지방 관아로 내쫓는 것인지도 모른다는 생각을 했다. 아무렴 무슨 상관이란 말인가. 조민구는 두려울 것이 없다고 마음을 다독이면서, 차라리 지금의 숨막히는 한양보다 나을지도 모른다고 여겼다.

　도승지는 피곤한 안색이었다. 밤새 잠을 이루지 못한 듯했다. 그가 문을 열고 들어선 조민구에게 가까이 오라 일렀다. 도포에 새벽 공기가 배어들어 몸이 차가운 조민구가 다탁 앞으로 바짝 다가갔다. 도승지가 고개를 내미는 바람에 얼굴이 두 뼘 정도로 좁혀졌다. 그의 쭈글쭈글한 이마 주름이 실지렁이가 기어가는 것처럼 보였다. 그는 손가락으로 길쭉한 눈썹을 관자놀이 쪽으로 천천히 쓸어 올리며 뜸을 들였다.

　"하교 내용이 무엇이온지요?"

　성미 급한 조민구가 얼굴을 맞댄 도승지의 흐릿한 눈동자를 조심스럽게 마주보며 먼저 입을 열었다. 도승지가 눈꺼풀을 한차례 감았다 떴다.

　"어명일세."

　도승지의 눈썹이 꿈틀하고 움직였다. 조민구는 마주한 얼굴을 얼른 물렀다.

　어명이라니! 불만투성이 신하에게, 그것도 4품관의 이름 없는 벼슬아치에게 어명이라니! 번뜩 정신이 들어, 자리에서 일어나 무릎을 꿇었다. 이마가 바닥에 닿을 만큼 조아린 머리로 피가 쏠려 얼굴이 달아올랐다. 불평불만으로 가득한 신하의 최후는 사약을 받아 마땅했다. 왕실을 비아냥거리고 냉소하고 저주하기까지 한 마당이니 죽임을 당해도 할 말이 없었다. 그는 이름 없는 젊은 관료의 인생이 이렇게 부질없이 끝나고 만다는 생각으로 돌연 슬퍼졌다.

"경상도 경주부로 내려가게."

도승지는 뚱딴지같은 말을 했다. 주상 전하와 왕실의 명예를 실추시킨 죄로 사약을 받으라는 것이 아니라 경주로 귀양을 가라는 것이었다.

경주는 귀양을 갈 고도절해도 아니고 뭍의 변방도 아니고 인적이 끊긴 오지도 아니잖습니까? 그렇게 묻고 싶었지만 정작 입 밖으로 뱉지 못했다.

"경주라니요?"

조민구는 확인이라도 하듯 되물었다.

"동학당의 소굴이 아닌가. 밀사 신분으로 내려가게. 도착하는 대로 동학당의 정보를 캐고, 백성들의 소리를 듣게."

김시정 대감이 알아듣기 쉽게 설명을 했다. 조민구는 그의 말을 들으며 눈을 감았다. 전혀 예상하지 못했던 일이었다. 왕실의 기록을 전담하는 예문관의 일개 사관에게 어명을 내리다니. 더욱이 밀사 신분으로 위장해 동학당의 소굴로 들어가라니. 밀사라면 주상 전하를 수행하는 측근 시종신이 나서는 것이 당연하지 않은가. 승정원도 있고 사헌부도 있고 의금부, 포도청……. 그런데도 예문관의 4품관 응교應敎가 밀사로 낙점된 이유는 무엇이란 말인가?

조민구는 조아린 머리를 여전히 들지 못했다. 자신에게 밀사를 맡

긴 속뜻을 헤아리느라 머리가 어질어질했다. 하급 관료인 만큼 부담
이 적다고 여긴 것인가? 동학당들에게 신분이 탄로 난다 해도, 비중
도 없고 이름도 없는 관리라는 이유만으로 희생양을 삼아 비밀을 유
지할 수 있다고 생각한 것인가? 아니면 냉정하고 객관적인 분석이
가능하리라는 판단 때문인가? 만에 하나 동학당들에게 볼모로 잡혔
을 경우 조정이 부담을 갖지 않을 수 있다는 장점 때문인가? 조민구
는 갑자기 서러움에 목이 잠겼다. 동학당 손에 들린 칼이 자신의 가
냘픈 목을 베는 께름칙한 장면이 눈앞에 어른거렸다. 개죽음이었다.
　"자네 임무는 동학당의 핵심에 닿는 것일세. 과연 그들 무리가
역모의 가능성을 지닌 것인지, 그럴만한 역량은 있는 것인지, 실체
를 알아내야 하네. 그것이 자네에게 하교된 전하의 지엄하신 어명
일세."
　도승지의 마른입에서 단내가 풍겼다. 그가 갑자기 다탁 앞으로 상
체를 굽히더니 가까이 다가오라는 듯 고개를 끄덕였다. 조민구의 이
마와 맞닿을 뻔했다.
　"전하께서 알고 싶어 하는 것은……, 동학당의 수괴 최해월일세."
　도승지가 낮게 말했다.
　그의 입에서 해월이라는 이름이 튀어나왔을 때 조민구는 등골이
오싹해져 떨었다.
　"동학당 수괴라고요?"
　조민구가 확인하듯 물었다.
　"그자가 경주를 본거지로 경상도 동해 산간과 소백산에 숨어 동학

당을 규합하고 있다는 것이 최근의 정보라네."

김시정 대감은 경상지방 각 관아에서 올라오는 장계의 내용을 분석한 결과라고 말했다.

조민구는 어명 뒤에 간당거리는 자신의 가냘픈 목을 떠올렸다. 조선의 정체성을 부정하고, 백성들을 현혹해 반역의 무리로 탈바꿈시키는, 불순하기 짝이 없는 동학당들이 활개치는 경주로의 잠행이 무서웠다. 올가미 속으로 목을 들이미는 공포가 온몸을 휘감았다. 목이 날아갈지도 모른다는 두려움이 꿈틀꿈틀 기어가는 송충이처럼 다가왔다.

도승지가 누런 종잇장에 정교하게 써 내린 교서教書를 내밀었다.

"위기에 처했을 때 자네를 구할 유일한 증표라네."

그의 목소리는 지친 듯 갈라졌다. 조민구의 눈에는 교서의 얇은 종잇장이 살얼음처럼 느껴졌다.

2

조민구는 김시정 대감의 집을 나와 몹시 허우적대며 골목길을 걸었다. 벌써 눈부신 태양이 지상을 향해 부챗살처럼 꽂히고 있었다. 지저분한 장안 거리를 덮고 있는 흰 눈이 땟국에 찌든 보료 같아 보여 서글펐다. 골목 어디에선가 들려오는 개짖는 소리도 그의 귀에는 울적하게 다가왔다. 마침 떠오른 아침 해는 너무 희어서 오히려 검게 보였다. 아득하게 검어지는 사위는 빛의 밝기가 평상심을 넘어섰기 때문이라고 여겼다. 항심을 잃은 빛이 미친 계집처럼 설쳐대는 것만 같았다. 어지러웠다. 햇살은 칼날이 내뿜는 강렬한 빛만큼이나 섬뜩했고 녹아내리는 눈은 여인의 치맛자락처럼 어지러웠다. 몹시 혼란스러운 심사 때문에 숨을 헐떡이는데 누군가가 어깨를 툭 쳤다.

"이 시간에 어딜 다녀오는가?"

예문관의 동료 관료인 박시백이었다. 그는 동트기 전 한양의 골목 길 산책을 즐거움으로 삼는 친구였다. 우연히 집으로 돌아가는 길에 서로 마주친 것이다. 조민구는 그와 따뜻한 차를 한잔 마시고 싶어졌다. 박시백과는 나라의 정세를 거리낌 없이 논할 수 있는 몇 안 되는 친구였다. 조금 전 임명받은 밀사의 비밀은 마음속에 감춰두더라도, 난세를 살고 있는 관료이자 젊은 선비의 고뇌를 나누고 싶었다.

조민구는 집으로 돌아오자마자 다기를 내왔다. 여린 찻잎을 띄워 우려낸 차를 마셨다. 그는 정좌를 한 채 배냇냄새가 은은하게 피어나는 녹차를 마시면서 심호흡을 했다. 정신을 가다듬고 마음을 들여다보았다. 서른 살의 예문관 관료. 젊고 글 잘하는 양주 조가 말생의 문강공파 8대 문신. 조선의 역사를 낱낱이 직필한다는 사명감으로 관직의 명예를 삼아 온 사대부 출신의 정통 관료……. 그는 자신의 겉모양을 하나하나 들추다말고는 비꼬듯 웃음을 터뜨렸다. 나라의 운명은 폭풍전야와 같고, 잡다하고 분란한 사상이 팽배해 백성들의 피난처요 의지가 되어야 할 주자학의 권위마저 꺾인 형국에 울분이 일어났다.

"이대로 주저앉고 말겠지?"

조민구는 불쑥 비참한 심정이 되어 말했다.

"무슨 일이라도 있는 건가?"

박시백이 걱정스럽게 물었다.

"어린 주상을 대신해 대원위 대감이 섭정을 시작했지만 조선의 국력은 회복될 기미가 보이지 않네. 패권을 노리는 일본이 조선반도를 교두보로 청국과 일전을 불사할 태세인데, 왕실은 무기력하기만 하지 않은가? 합리적이고 실용적인 대응 방안은커녕 열강들 눈치나 봐야하는 신세로 전락하고 말았으니, 얼마나 답답한 형국인가!"

조민구는 하룻밤 사이 동학당의 수괴를 찾아 가야하는 조정의 밀사로 변신한 일 때문이라 여기면서도 우울한 기분을 떨치지 못했다. 그 같은 심정이 무능한 왕실에 대한 불만으로 터져 나왔다.

"하긴 청나라가 이역만리, 지구 반대편에 있는 영국에게 맥없이 무너지고 항복을 했다 하니, 조선이나 일본이나 다 우물 안 개구리가 아니겠는가. 자네의 울분을 탓할 자는 아무도 없네."

박시백의 마음도 마찬가지였다. 왕실은 물론 조정의 대신들도 극심한 공포에 빠져 있는 것이 역력했다. 어떻게 해야 서양과 주변 열강들로부터 침략당하지 않고 살아남을 수 있을지 골똘 하느라 동분서주했다. 젊고 혈기 넘치는 하급 관료들에게는 하루하루가 견디기 힘든 지옥 같았다. 그럼에도 스스로 무엇 하나 바꿀 수 있는 힘이 없는 조선국의 하급관료라는 것이 슬펐다.

"조선은 침몰 중인 배라네."

조민구가 눈을 감고는 숙연하게 말했다.

박시백이 문지방 너머로 귀를 세웠다. 동의하면서도 행여 누가 듣기라도 할까봐 겁이 났다.

"세도정치가 반세기를 넘기는 동안 나라의 법과 기강은 물론 질서까지도 땅에 떨어진 것을 생각하면 가슴이 떨린다네. 어린 주상 전하를 앞세워 국정을 농락해온 세도가의 나라가 환멸스럽지 않은가? 왕족이 세도가들의 눈치를 살펴야하고 때로는 비운의 죽음을 맞는 현실에 대해 절규하기는커녕 양심의 가책을 느끼는 신하도 없지 않은가?"

조민구는 바람 앞에 흔들리고 있는 가냘픈 등불이 떠올라 진저리쳤다. 현실을 직시하시 않으면 자신마저도 타락할 것이라는 두려움 때문에 날로 신경질적이었다. 남들이 무어라하든 사사건건 잘못에 대해서는 잘못이라고 말했다. 중신들을 향해 술렁이는 민심을 다독일 특단의 대책을 내놓으라고 목청을 높이기도 했다. 사대부들의 방임을 비난도 했다. 말이 먹히지 않으면 냉소했고, 육조에 나가 시정을 토론할 때면 신하들의 게으르고 안이한 현실인식을 꼬집었다. 유학의 세례를 받고 유학의 우산 아래 숨어 호의호식하는 사대부들의 오장육부야말로 냄새 지독한 한양 골목길의 시궁창과 다를 바가 없다고 일갈했다.

"머리가 돌아버려 미쳐버리거나, 울화가 쌓여 어느 날 분노로 폭발할지도 모른다는 두려움에 떨 때도 있다네. 그러다가도 도둑고양이처럼 궁궐 담 너머 어디론가 뛰쳐나가야만 살 수 있을 것이라는 생각에 빠져드는 비겁한 겁쟁이기도 하지."

조민구는 울분을 가라앉히고는 슬슬 웃으며 말했다.

"하기야, 우리가 할 수 있는 일이란 것이 고작 예문관에 처박혀 시시콜콜한 기록을 남기고 서책을 정리하는 일밖에 무엇이란 말인가! 술병이나 화병에라도 걸리지 않기를 바라는 것밖에, 무얼 더 바라겠는가? 안 그런가?"

박시백도 따라 웃었다.

조민구는 작금의 정치에 대한 비판적 태도 때문에 도승지 김시정 대감이 불러들이는 줄 알고 각오를 했었다. 그런데 난데없이 동학당의 수괴 최해월을 찾아가라니! 그는 자신의 신세가 망망대해에 떠 있는 작은 돛단배 같다고 생각했다. 정좌를 한 채 부르르 떨었다.

"폭풍아 불어다오!"

조민구가 단념하듯 또는 저주하듯 말했다.

"엄동설한 눈 폭풍이겠군! 하하하!"

박시백이 그의 속내도 모른 채 맞장구를 치며 소리 내어 웃었다. 그리고는 자리를 털고 일어나 조민구의 어깨를 서너 차례 두드리고는 돌아갔다.

단념이랄까 저주랄까, 절망에 사로잡혀 말했던 폭풍은 어디론가 사라지고 싶다는 절규였다. 경주라니……, 동학이라니……, 해월이라니……. 그는 굶주린 호랑이의 아가리로 목을 들이미는 자신의 모습이 자꾸만 떠올라 눈을 비벼댔다.

경주 해동객사

1

"해동객사라⋯⋯. 주인장이 작명했소?"

조민구는 광목 위에 붉은 글씨로 쓰인 객사 이름에 대해 물었다. 길손의 마음을 잡아끌기에 손색없는 상호였다.

"집은 누추해도 묵어가는 객들한테는 하룻밤 꿈맹키로 달콤하라꼬 그래 붙였니더. 해동은 이상향이 아닝교."

객사 주인 최교가 입술 양쪽으로 볼 주름을 지으며 말했다. 조민구는 이상향이라는 말을 듣는 순간 불쑥 동학당을 떠올렸다. 경주에 도착해 몇 군데 객사를 떠도는 동안 감도 잡지 못했던 동학당이었다. 동학당들이 백성들을 현혹시키는 말이 바로 이상향이라고 했다. 한양을 떠나오기 전 주위들은 풍문으로는, 동학당들은 후천개벽을 믿는다고 했다. 조민구는 후천개벽이 이상향을 이르는 말이라고 여겼다.

갑자기 도승지 김시정 대감의 꿈틀거리던 긴 눈썹이 눈 앞을 휙 스쳐갔다. 늙은 살구나무를 스치던 괴상한 바람소리도 생생하게 들렸다. 그는 보름 동안의 험난했던 노정으로 지친 몸을 추스르느라 잊고 있던 동학당과 해월을 떠올렸다. 그러자 눈앞이 막막해지면서 가슴이 답답했다. 막상 경주에 도착했지만 실마리를 풀어갈 단서는커녕 연결할만한 고리조차도 찾을 수 없다는 데 낙담했다. 경주관아를 찾아갈 수도 없고, 길 가는 사람을 붙잡고 물어볼 수도 없는 노릇이었다.

"해동 땅이 이상향이라 했소? 헌데, 동학쟁이들도 이상향을 믿는다던데……, 들어보셨소?"

조민구는 경주가 동학당의 소굴이 아니냐는 노골적인 말은 꺼내지 못했다. 최교가 갑자기 그를 빤히 쳐다보았기 때문이었다.

일렁이는 등잔불이 최교의 얼굴을 검붉게 흔들었다. 최교는 동학당 이야기를 꺼내는 길손이 흔치 않았기에 신경이 쓰였다. 나라에서 동학을 사술로 단정하고 동학쟁이들을 닥치는 대로 잡아들이는 형국에 거리낌 없이 동학당 이야기를 꺼내는 선비가 당돌하기도 했고 허풍이 든 것처럼 보이기도 했다.

"경주에 오니까 동학당이 생각난 것뿐이오. 동학당의 수괴가 여기 경주사람 맞지 않소?"

조민구는 대수롭지 않다는 듯 둘러댔다. 팔도 천지에 동학당을 모르는 사람은 없었다. 경주는 이미 동학이 일어난 곳으로 사대부들의 입방아에 오르내렸고, 영남유림이 동학을 일으킨 경주최씨 가문의 수운 최제우를 수치로 여겨, 그를 참형시키는데 일등공신 노릇을 했다는 것도 유림들 사이에서는 공공연한 비밀이었다. 그러니 한양 선비가 경주에 내려와서 동학당 이야기를 꺼내는 것이 특별할 것도 없다고 여겼다.

"며칠이나 묶을란지 모르겠소만, 동학당 얘길랑 입 밖에 내지도 마시소."

최교는 함부로 입방아를 찧다가는 관아에 붙들려가 엉덩이 살이 터지도록 곤장을 맞게 될 것이라는 말을 덧붙였다.

"그 정도요?"

조민구가 놀란 듯 말했다.

"숨어든 지 오래됐다 안카능교. 관에서는 동학당을 뿌리 뽑을라꼬 혈안이지만 동학당도 만만치 않십니더. 은밀하고 치밀해놔서 밖으로 드러나지 않는기라요."

문지방 틈으로 들어온 바람이 등잔불을 춤추게 했다. 최교의 검은 그림자가 빨랫줄에 널린 홑청처럼 흔들렸다. 그가 갑자기 조민구의 얼굴을 빤히 쳐다보았다. 조민구는 마주친 눈길을 피하며 황급히 자신의 속을 들여다보았다.

나를 쳐다보게 했는가? 나를 의심하게 했는가? 동학당과 아무 관계가 없는 자라면 객사에 든 길손을 의심할 것도 없지 않은가? 그렇다면 이상한 눈빛으로 수상쩍은 듯 바라보는 해동객사 주인은 동학당을 잘 알고 있는 것이 분명하지 않은가? 그는 자신의 직감을 믿고 싶었다. 이자로부터 동학당의 실마리가 풀려나가게 되기를 은근히 기대했다. 어차피 생면부지의 누군가와 부딪혀야 한다면, 객사의 주인이 편할 것이라고 여겼다. 설령 헛방치기를 해도 손해 볼 것이 없다는 생각이 두려움과 불안을 씻어냈다.

그동안 경주 읍내 서너 군데 객사를 전전했지만 아무런 성과가 없었다. 그야말로 낭패였다. 누구 하나 동학이라는 이름을 자신의 혀끝으로 뱉어내려 하지 않았다. 부정을 탄 듯 소금 뿌리듯 대했다. 그는 닷새만에 도로 찾아든 해동객사의 주인 최교가 그 때문에 반가웠다. 최교 앞에서는 동학에 홀려 제 발로 내려온 한양의 가난하고 불운한 선비가 되어야 했다. 한양의 불쌍한 선비가 마지막 살길을 찾아 경주로 내려온 것이다.

"동학당을 만날 수는 있소?"

그가 목소리를 낮춰 속삭이듯 물었다.

"최수운이 참형당한 후 동학당들이 꼬리를 감추었다고는 하지만 어딘가에 있지 않겠소?"

그의 말이 끝나기도 전에 최교가 눈길을 문 쪽으로 돌려 밖을 경계했다. 그는 호기심 넘치는 한양 선비처럼 일부러 눈을 동그랗게 뜬 채 재빨리 말을 이었다.

"도통을 이어받은 최해월이 신출귀몰하다는 소문은 한양에서도 파다하오. 축지법을 써서 하룻밤에 삼백 리를 간다고 들었소."

그의 말을 듣던 최교가 눈을 꾹 감았다. 등잔불이 한차례 일렁일 때마다 실내가 기우뚱 흔들리는 느낌이었다. 그림자에 혼령이라도 깃든 듯 유난히 검고 무거워 보였다. 두 사람의 그림자가 벽을 가득 채웠다. 벽에 걸린 마른 약쑥과 천장에 매달려 있는 당귀와 감초, 생강이 들어있는 봉지, 살강 위의 술병과 크고 작은 사발이 저마다 그림자를 늘어뜨린 채 흔들렸다.

대화가 끊어졌다. 바람이 판자문의 주렴을 흔들었다. 살창문에 발린 하얀 종이가 그사이 등잔불보다 밝아졌다. 하늘에 걸린 반달 때문이었다.

"만날 방법이 있소?"

조민구가 얼굴을 바짝 들이밀며 애가 단 듯 물었다.

"쉿!"

최교가 검지로 입술을 짚고는 열려진 문빗장 틈으로 마당을 바라보았다. 누이동생이 대소쿠리를 들고 부엌에서 나와 주막으로 들어왔다. 대소쿠리에 담긴 삶은 고구마에서 김이 솔솔 올라왔다.

"수련아!"

최교가 화를 냈다. 호기심이 발동하면 참지 못하고 끝내 풀어야만 직성이 풀리는 누이의 성격을 알기 때문이었다. 수련은 오라버니의 굳은 안색은 아랑곳 않고 대소쿠리를 탁자 위에 올려놓고는 조민구를 향해 종달새처럼 조잘거렸다.

"선비의 정체를 맞춰볼까예? 음, 한양에서 보낸 세작이 아니면 몰락한 사대부 가문의 떠돌이 선비 아니라예? 만약 세작이면 동학당을 찾아가 염탐할 거고, 타락한 양반집 선비라면 평등세상을 꿈꾸겠지예? 내가 보기에 한양 샌님은 공부밖에 모르는 숙맥 같네예. 하긴 사람 속을 어찌 알겠어예."

수련이 손으로 입을 가리며 까르르 소리 내어 웃었다. 조민구는 머리카락이 바짝 일어서는 듯 두피가 싸늘했지만 침착했다. 그녀의 당돌한 입놀림에 당황했지만 그렇다고 표정을 들킬 정도는 아니었다. 그녀는 넘치는 장난기를 어쩌지 못해 마구 날뛰는 망아지처럼 겁이 없었다.

"세작도 아니고 타락한 선비도 아닐세."

그가 수련의 발그레한 볼을 바라보며 말했다.

"그라믄, 시절을 쫓는 풍운아? 아님, 세상을 뒤집을라카는 혁명 가라예?"

수련은 그렇게 말해놓고는 스스로도 우스웠던지 아까처럼 손바닥으로 입을 가리며 소리 내어 웃었다.

"풍운아! 혁명가! 허허허……."

조민구는 어이가 없어 싱겁게 따라 웃었다. 웃는 도중에 현기증이 일었다. 탁자를 짚고 의자에서 일어서며 문짝에 매달린 손잡이 끈을 잡았다. 해동객사 대문에 걸린 외등은 꺼진 지 오래였다. 최교가 등잔불을 입 바람으로 훅 불어 껐다. 회색 연기가 눈썹 꼬리처럼 휘말리며 어둠 속을 떠돌았다. 최교가 사방등을 들고 앞서 마당으로 나갔다.

"밤새 잘 생각해보이소. 날이 새면 마음 바뀌기 십상이라예."

수련이 뒤따라 나오면서 묘한 말을 던졌다. 그사이 조민구의 마음을 읽은 것인지, 아니면 하룻밤 묵어갔던 많은 길손들에게서 엿본 심리를 전달한 것인지…….

조민구는 마당에 서서 중천에 뜬 반달을 보았다. 허공에 떠 있는

달빛이 눈부셨다. 최교가 달빛 속으로 뿌연 입김을 뱉어내며 객방의
미닫이문을 열었다. 조민구는 섬돌에 신발을 벗어놓고 머리를 숙여
문지방을 넘었다. 최교가 문설주를 잡고는 흠! 하고 헛기침을 했다.
그가 두리번거리더니 조민구의 귓가에 대고 속삭였다.

"입조심 하소. 서학쟁이나 동학쟁이나, 관아에 붙잡혀 가는 날엔
송장이 돼서 나오거나 병신이 되가, 골골 앓다 죽니더."

최교가 등을 돌려 달빛이 깔린 마당을 건너가다 말고 뒤돌아서
서 물었다.

"선비를 뭐라 부를까예?"

"조민구라 하오."

잠자리에 들어 사방등을 끄자 봉창을 넘어온 달빛이 쌀가루처럼
환히 드러났다. 달빛에 비친 나뭇가지 그림자가 이불 위에서 흔들렸
다. 조민구는 요 위에 드러누워 달빛을 보았다. 골목을 떠도는 스산
한 바람소리도 들었다. 그러자 닷새 전 해질 무렵 경주에 도착했을
당시의 풍경이 떠올랐다. 지칠 대로 지쳐서 객사를 찾아 헤매던 그
날의 비참했던 자신의 모습이 꿈결처럼 아득하게 다가왔다.

*

강 너머 잿빛 들판과 군데군데 무리지어 서 있는 겨울 소나무는
빛깔이 검었다. 강변의 올망졸망한 초가는 인적이 뜸해 빈집처럼 적
막해 보였다. 까마득히 경주읍성의 망루가 시야에 잡혔다. 낯선 세

상이었다.

조민구는 울적한 마음으로 작은 강을 건너 조롱박처럼 줄지어 있는 고분古墳을 지났다. 성문으로 이어지는 논길에 마른 흙먼지가 날렸다. 길을 가는 촌부의 흰 도포가 아득한 과거의 어느 날을 보는 듯한 착각에 빠져들게 했다.

첫날 바라본 경주읍성은 퇴락한 사대부집의 허물어진 담장 꼴이었다. 성벽 곳곳이 무너져 내리고 남문 누각의 귀퉁이가 부서져 기왓장이 삐죽삐죽 흘러내렸다. 한 움큼에 불과한 마른 잡초가 지붕 위에서 바람을 따라 누웠다 일어서기를 반복했다.

그는 읍성 남문으로 이어지는 고샅길을 걸어가다가 펄럭이는 광목을 보았다. 노리끼리한 천에 해동객사海東客舍라고 쓰인 붉은 글씨가 눈길을 끌었다. 대나무 기둥에 매달린 광목이 바람에 춤을 추었다.

머리카락을 길게 땋아 내린 처녀가 읍성 남문을 나와 객사 안으로 들어가는 것이 보였다. 저녁 햇살을 받은 처녀의 댕기머리가 산란하는 빛 속에서 흔들렸다. 댕기 끝에 매단 노란 헝겊이 봄날 나비처럼 고왔다. 처녀는 두툼한 솜바지저고리에 행주치마를 두른 차림인데도 석양을 등지고 걷는 바람에 자태가 고스란히 드러났다. 처녀의 손에 들린 싸리바구니에는 까만 콩이 가득했다. 그는 홀린 듯 그녀를 바라보았다. 팔백 리 먼 길을 오느라 지친 몸과 마음이 가벼워지는 기분이었다. 여인의 풋풋한 생기가 느닷없이 봄날 아지랑이처럼 피어올랐다. 머리를 흔들었다. 경주에 도착하자마자 맨 처음 끌린 시선이 낯선 처녀의 자태라니. 여인에게 눈이 홀려 마음이 동하다니. 한심했다.

그는 여인에게서 눈길을 거두었다. 남문 거리를 터벅터벅 거닐다가 멈춰 선 곳이 결국 해동객사 앞이었다. 객사 주변에 모시 빛 잔광이 가득 떠돌았다. 객사는 빛이 오그라드는 해질 무렵의 조락한 슬픔에 젖어 있었다. 그는 머리를 흔들었다. 어찌된 것인지 눈에 띄는 사물들이 쓸쓸하고 애처롭게 보이는가 하면 이름도 모르는 낯선 여인의 자태만 보고는 첫눈에 홀리듯 빨려든 것에 기분이 상했다.

"어데서 오는 길잉교?"

낯빛이 노리끼한 남자가 객사 입구에 걸린 낡은 주렴을 헤치며 나왔다. 낡은 구슬발이 차르르르 소리를 냈다. 그가 입고 있는 무명 솜저고리는 누렇게 탈색한데다가 오랫동안 빨지를 않아 반질거렸다. 그래도 눈매는 예리한데다가 총기가 있어 허투루 보이지는 않았다. 그는 자신이 해동객사의 주인이라면서 안내를 했다. 마당은 썰렁했는데 부엌 쪽에서 저녁밥을 짓는 기척이 들렸다. 지게문 틈으로 흰 연기가 솔솔 흘러나왔다.

"젠장! 열나흘이나 걸렸지 뭐요. 중간에 몸살만 아니었더라면 열흘째 되는 날 도착했을 거요."

"한양에서 왔니껴?"

"그렇소."

조민구의 대답에 자신의 이름을 최교라고 소개한 주인이 무슨 말인가를 하려다가 입을 다물었다.

"한양 샌님께서 엄동설한에 얼어 죽지 않고 온 것이 용하네예."

읍성 남문을 빠져나와 이곳 객사로 들어왔던, 노란 헝겊으로 만든 댕기를 매단 처녀였다. 그녀의 몸에서 소나무 갈비를 불에 지핀 연기 냄새가 풍겼다.

"야가, 손님한테 몬 소리고!"

최교가 나무라듯 말했다.

"괜찮소. 하마터면 길 위에서 얼어 죽을 뻔한 것이 사실이요."

조민구가 힘없이 웃으며 그녀를 바라보았다. 까만 눈동자가 맑았다. 볼록한 볼은 연지라도 바른 듯 붉었고 입술은 물기를 머금은 앵두처럼 윤기가 흘렀다. 그녀는 낯가림을 하지 않았고 수줍음을 타지도 않았다. 오히려 초면의 객사 손님을 호기심 가득한 표정으로 태연하게 살폈다.

"도중에 얼어 죽는 약골들도 있나보오?"

조민구가 벌떡 일어나며 퉁명스럽게 대꾸했다. 동학당의 수괴를 찾아야 하는 비장한 사내의 마음을 흔들어 놓은 처녀의 색이 마음에 걸렸다. 기분을 잡쳤다는 판단이기도 했다.

"호랑이한테 물려가는 치들도 흔해예."

그녀가 대꾸하면서 입술을 뾰족 내밀었다. 젊은 한양 선비와 농섞인 대화를 나누는 것이 재미있다는 표정이었다.

"그만 들어가거래이."

최교가 누이동생의 품행이 못마땅한 듯 목청을 낮춰 주의를 줬다. 그녀는 오라버니를 향해 가볍게 눈을 흘긴 뒤 문을 밀치고 나가 부엌으로 들어갔다. 열린 부엌문으로 고여 있던 연기가 새어나왔지만, 찬바람에 이리저리 흩어지다가 흔적도 없이 사라졌다. 조민구는 다른 객사를 찾아보기로 했다. 경주에 도착하자마자 피로해진 눈동자로 빨려들 듯 다가온 여인의 자태가 왠지 부정을 타는 것인지도 모른다는 두려움이었다. 미신이라고 여기면서도 그 미신을 믿고 싶은 심사가 묘했다.

객사 주인 최교가 붙들었지만, 그럴 기분이 아니었다. 다른 객사를 찾아가기로 작심했다. 결국 닷새 만에 다시 찾아온 해동객사였지만…….

*

날이 새거든 한양 얘기 좀 들려주시이소! 최교의 누이동생이 부엌문을 빠끔 열고는 목청을 높이던 소리가 들리는 듯했다. 그녀의 얼굴이 불쑥 나타나는 바람에 기억이 멈추었다. 얼굴을 바라보는 마음이 아련했다. 담장 위에 핀 붉은 능소화를 쫓듯 그녀의 방긋거리는 얼굴에서 눈을 뗄 수 없었다. 꿈을 꾸는 것인지도 모르겠다는 의식이 바람처럼 스쳐갔고, 한순간 모든 것이 스르르 사라져버렸다. 요 위에 눕힌 등이 따뜻하다고 느낀 것도 잠깐, 잠에 빠져버린 것이다.

2

　조민구는 지붕 위에서 닭이 홰치는 소리에 잠이 깼다. 정신이 들자 대뜸 후회가 밀려왔다. 어젯밤 초면인 해동객사 주인 최교에게 다짜고짜 동학당 이야기를 꺼낸 일이 께름칙했다. 경솔한 짓을 벌인 것이다. 그렇지만 그 일로 손해 볼 것도, 득을 볼 일도 없다 생각하니 마음이 가라앉았다.

　그는 이부자리에 누워 게으름을 부리면서 눈보라처럼 밀려오는 잡념들과 씨름했다. 동학당의 소굴을 찾아내지 못했다 해서 도승지 대감이 자신의 목을 날려버리지는 않을 것이라는 막연한 판단이 위로가 됐다.

　백방으로 수소문해 보았지만 저들의 소굴을 발견할 수 없었나이다. 그렇게 현지 실정을 적어 올리면 그만이었다. 대감은 노발대발하겠지만 현지 실정이 그러하다는데 어쩌겠는가. 동학당의 실체가 드러나지 않는 것이, 그들의 소굴을 찾아내지 못하는 것이 오히려 자신이 살 수 있는 길일지도 모른다는 얄팍한 생각을 했다. 그러자 동학당 수괴 최해월을 포기하고 싶은 유혹에 휘말렸다. 이곳 해동객사에 머물며 대충 시간을 보내다가, 적당한 때 한양으로 되돌아가는 것도 나쁠 것이 없다는, 소인 같은 이기심에 빠져들었다.

　수련이 객방으로 아침 밥상을 들고 왔다. 봉숭아처럼 고운 피부에 은빛 솜털이 구르듯 빛났다. 조민구는 수련의 뺨을 똑바로 바라보지 못했다. 가슴이 두근거리기도 했지만 눈부시게 빛을 발하는 얼굴이 사내의 기를 죽였다. 지난밤 어둠 속에서 보았던 얼굴이 풋풋한 청

순미였다면 햇빛에 드러난 지금의 얼굴은 여인의 색이 꽃처럼 피어
난 현혹의 아름다움이었다. 차가운 햇살이 그녀의 얼굴을 어루만지
는 것처럼 보여 질투가 났다. 연분홍 빛깔의 부드러운 살결은 어느
누구의 손길도 타지 않은 한 송이 백합꽃처럼 신성했다.

"편히 주무셨능교."

뒤따라온 들어온 최교가 아침 인사를 했다. 조민구는 겨우 정신을
차리고 숟가락을 들었다. 최교는 조민구가 밥을 먹는 동안 뜸을 들
이다가 말문을 열었다.

"영양이라꼬 들어 봤능교? 거기, 일월산에 숨어있다고 들었니더."

조민구가 숟가락을 놓았다. 최교는 어젯밤 자신이 꺼낸 말을 곧
이곧대로 받아들인 것이다. 이자가 정말 동학당의 소굴을 수소문
해 알아냈단 말인가? 조민구는 입맛이 뚝 떨어져 밥상을 밀어냈다.

"안동 관아에 딸린 영양현 말이요?"

조민구는 확인이라도 하듯 물으면서 눈앞이 캄캄해지는 것을 느
꼈다. 태백준령 첩첩산중에 숨어 있는 오지 중의 오지인 영양현도
기가 막힐 일이지만, 피하면 좋을 동학당 소굴이 현실로 다가오는
것이 두렵고 한편으로는 짜증이 났다. 흥! 하고 콧방귀가 나왔다.

"영양으로 갈라카면 동해안을 따라 올라가다가 영해부에서 태백
산을 넘는 길이 가장 안전하고 빠를기라예."

수련이 오라버니 곁에서 훈수를 두듯 말했다. 조민구가 반응을 보
이지 않자 입을 삐죽 내밀었다.

"와요? 밤새 맘이 변했어예?"

그녀가 뽀로통하게 말했다.

조민구는 이들 해동객사 남매가 갑자기 두렵고 의심스러웠다. 머리가 복잡했다. 그는 실타래처럼 뒤엉킨 생각을 정리하느라 어지러웠다. 이들에게 동학당 소굴이 어디에 있는지, 해월을 만나려면 어디로 가야하는지를 물은 것은 자신이었다. 동학을 하고 싶어 한양을 떠난 온 별 볼일 없는 가엾은 선비라고 거짓말한 것도 자신의 혓바닥이었다. 경주사람이라면 떠도는 풍문 정도는 알고 있을 것이라 여겼기 때문이었다. 이들이 의심스럽다 한들, 그래서 회피해보았댔자 자신만 손해라는 생각이 들었다. 그는 이들 남매가 설령 객사를 꾸려가면서 몰래 동학을 하는 자라 해도 어쩔 수 없는 일이라 여겼다.

"동학당하고는 어떤 관계요?"

조민구가 밥상에서 조금 떨어져 앉으며, 사리분별 없이 덤벙대는 자처럼 물었다.

"관계라 켔능교?"

최교가 어이없다는 표정을 지으며 되물었다.

"믿을 수 있어야 길을 나설게 아니겠소? 하루 이틀 거리도 아닌데, 동학당을 찾아가다가 도중에 낭패를 당하면 어쩌겠소."

조민구는 능청을 떨었다. 최교가 어떻게 나올지 궁금했다.

최교는 그가 영양으로 갈 것이라는 점을 꿰뚫었다. 조정에서 보낸 세작이라면 상대를 감쪽같이 속인 것으로 알고 영양으로 갈 것이고, 동학을 하기 위해 내려온 선비라면 들뜬 마음을 달래며 기꺼이 갈 것이라고 여겼다.

"소인배 장사치맹크로 과객을 속여가 이득이나 보는 사기꾼은 아니시더. 나야 선비가 찾는 걸 아는 대로 알려줬을 뿐이시더. 믿고 안 믿고는 선비 마음에 달렸으이 알아서 판단하시소. 가든 말든."

최교는 몇 번 기침을 하고나서 영양으로 가는 길을 설명했다.

"영해는 여기하고 달라서 관의 지목이 느슨할 거시더. 그곳 접주를 찾아가는 게 제일 빠를 기라요."

"접주라 했소?"

조민구는 영해지역 동학당의 우두머리를 상상해보았다. 어찌 생긴 자인가? 더불어 영해부에 대해 알고 있는 기억들을 더듬어 보았다. 그곳은 강릉, 동래와 함께 동해안의 손꼽히는 3대 읍성 가운데 하나다. 해안에 접해 있지만 내륙 쪽의 평야가 넓고 기름져 경제가 넉넉했다. 동쪽인 괴시리는 목은 이색의 외가이고 영양 남씨 집성촌이다. 서쪽인 창수리는 재령 이씨의 터전이다. 영해부사는 누구던가? 조정에서 영해부 부사로 내보낸 관료는 이정이었다. 목은의 아득한 후손인 셈이다.

그는 막상 동학당의 소굴로 들어갈 수 있게 됐다고 생각하니 막연했던 두려움이 구름에 가려진 해가 나오듯 선명하게 느껴졌다. 돌이킬 수 없는 운명이라는 생각과 이미 경주에 내려와 있는 자신의 몸뚱어리를 냉정히 바라보았다.

"알겠소."

조민구는 태연하게 대답하며 웃었다. 웃으면서 속으로는 자기를

합리화하느라 머리를 굴렸지만 결국 스스로에게 최면을 거는 일이
전부였다. 유학의 답답한 그늘에서 벗어나 낯선 세상을 찾아 떠난다
는 것. 동학의 거친 바다로 배를 저어가는 용감무쌍한 밀사라는 것.
그러자 가슴이 두근거리기 시작했다.

"내가 길을 가리켜줄께예."

수련이 불쑥 나섰다. 최교의 얼굴빛이 창백하게 바뀌었다.

"뭐라꼬? 가시나가 우째 이리 겁이 없능기고. 가당키나 한 줄 아
나?"

최교가 눈을 부릅뜨며 나무랐다.

"누가 내보고 계집이라 카겠어예."

수련은 솜이 두둑이 들어간 바지저고리에 갖두루마기를 걸치고
벙거지까지 푹 눌러썼다. 남장이 썩 어울려 감쪽같았다. 영락없는
총각이었다.

그녀는 한양 선비를 따라나서겠다는 마음이 일어난 것이 특별한
동기가 있어서가 아니라 감정의 발로였다는 것을 알고 있었다. 그
를 보았을 때 첫눈에 일어난 반응은 몹시 절제되고 안과 밖이 반듯
한 선비라는 것이었다. 유교로 단련된 한양선비가 동학을 찾아 내려
온 것도 호기심을 더했다. 그녀는 첫 대면 이후 조민구라면 가능할
것 같다는 신뢰에 대한 자의적인 판단을 내려놓고는 웃음을 터뜨렸
다. 아무것도 모르는 한양 선비에게 맹랑할 만큼 마음이 끌리는 것
이었다. 그렇다 한들 무엇이 문제란 말인가? 얼굴을 보고 목소리를
듣고 몸가짐을 본 것만으로 그가 선하다고 판단했는데 그것이 들어

맞을 확률이 얼마나 높을 것인지? 그의 심리를 투사投射한 주관적 판단이 과연 들어맞을지? 그녀는 투기를 하는 기분이었지만 자신의 직관을 믿고 싶었다.

어쨌든 수련은 떠나고 싶었다. 경주가 답답했다. 낯선 세상을 찾아가 색다른 공기를 마시고 낯선 얼굴을 만나고, 새로운 관계를 맺어가고 싶다는 욕구가 들끓었다. 일찍 부모를 잃고 오라버니를 의지해 살아온 것도 이제는 슬슬 지겨웠다. 그녀는 자신의 세계를 만들고 싶다는 열망에 점점 빠져들어 갔다. 그 세계라는 것이 거창하지 않은 소소한 것일지라도, 그녀는 고인 물처럼 갇혀 있는 것보다는 낯선 세상에서 새로운 일에 부딪쳐보고 싶어 안달이 났다.

불쑥 나타난 한양 선비 조민구는 수련에게 희망처럼 다가왔다. 수련은 그가 자기의 탈출을 도와줄 선비라고 여겼다. 두려움 따위는 사치였다. 그를 따라갈 수 있다면 뒤돌아보지 않고 떠날 것이라 마음먹었다. 그를 통해 숨 막히게 고여 있는 닫힌 세상을 벗어나고 싶었고, 낯선 세상을 활보하고 싶었다. 다행스러운 것은 그녀에게 조민구가 남자로 보이지 않는다는 것이었다.

"아무리 머스마처럼 자랐다 캐도 니 나이가 얼만 줄 아나? 열아홉이다 이문디야. 니가 아직도 머스만줄 아나!"

최교가 얼굴을 붉히며 툴툴거렸다. 수련은 들은 척 만 척 딴전을 피우다가 조민구에게 상냥하게 말했다.

"내일 식전에 길을 나서야 되예."

그녀가 조민구의 어깨를 개구쟁이 동무에게 하듯 툭 쳤다. 조민구는 농을 하는 줄 알고 헛웃음을 지었다.

　최교는 조민구를 따라나서겠다는 누이 때문에 머리가 지끈거렸다. 어린 누이라지만 영해부 도인들의 거사 계획을 모를 리가 없다. 게다가 생면부지인 조민구를 따라나서겠다는 이유가 무엇인지 궁금했다. 화가 났지만 누이의 성격을 너무나 잘 아는 터라 애만 태우게 생겼다. 최교는 어찌해야 좋을지 고민했다. 최선이 어렵다면 차선책이라도 찾아야 했다.

대결

1

해월은 강수와 함께 일월산을 출발한 지 반나절 만에 영양현 수비면 가천리 산길을 지났다. 기산에 이르러 동쪽으로 깎아지른 듯 솟구친 허릿재를 오르자 드센 바람에 몸을 가누기가 힘들 정도였다. 펄럭이는 도포자락 소리 때문에 대화를 나눌 수가 없었다. 그는 고목 뿌리처럼 뻗어 내린 장중한 산줄기를 내려다보며 심호흡을 했다.

해월이 이길주를 만나기로 마음을 바꾼 것은 다섯 번째 도인을 보내왔을 때였다. 다섯 번째 도인이 찾아오기 전까지 한 달여 만에 세 명이 다녀갔다. 방물장수 이언에 이어 두 번째 찾아온 어부 출신의 도인 남돌석은 돌아가는 산중에서 호랑이에 물려 죽는 참변을 당했다. 그 일로 영해부 도인들이 해월을 향해 겁쟁이라며 비웃는다는 소문이 전해졌다. 남돌석의 시신을 수습해 영해부로 운구하기 위해 태백산을 두 번째 넘어온 방물장수 이언은 호랑이에게 물려 죽은 시신은 뒷전인채 해월의 거사 가담을 집요하게 종용했다.

해월이 고집을 굽히지 않자 보름 뒤 영해접주 박사헌이 손수 찾아왔다. 네 번째였다. 대한大寒 추위가 극성을 부리던 날이었다. 해월은 영해 동학당의 수장인 박 접주가 손수 찾아온 것에 놀랐지만 더욱 놀란 것은 영해도인들의 거사에 대한 결의가 이미 결정 나 있다는 것이었다. 박 접주는 이길주를 만나보지도 않고 그를 부정하는 것에 대해 섭섭한 감정을 토로했다. 일을 도모하든지 말든지, 일단 이길주를 만나본 뒤에 결정해도 되지 않느냐는 논리였다. 해월은 박사헌의 진솔한 심성에는 믿음이 갔지만 이길주는 아니었다. 그 때문에 영해성 공격에 대한 확답을 주지 않았다. 신중하게 더 생각해 보겠다는 답을 준 뒤 되돌려 보냈다.

다섯 번째 도인이 찾아왔을 때, 이길주가 공개적으로 동학의 주인에게 도전해 오는 것이라는 결론을 냈다. 일이 이렇게 된 것은 스승인 수운이 순도한 지 6년의 세월이 흘렀지만 동학당의 체제가 자리를 잡지 못하고 불안하게 이어져온 탓이었다. 해월은 스승의 맏아들 세정을 따르는 도인들과 도통을 물려받은 교주인 자신을 따르는 무리로 갈라진 것도 일조한 것으로 보았다.

이길주 이 자가 영해접주 박사헌을 등에 업고 동학의 주인자리를 넘보는 것인가? 스승의 명예회복이라는 명분을 내걸고 순도일에 영해성을 공격하겠다는 저의가 그랬다. 이길주가 그 위세를 몰아 도인들의 지지를 얻은 뒤 교권을 장악하려 들지도 모른다는 상상에 빠지기도 했다. 해월은 이길주를 주저앉히든지 제거하든지 둘 중 하나를 택해야 했다.

그는 강수와 함께 허릿재 고갯마루에서 잠시 휴식을 취한 뒤 서둘러 하산했다. 산길은 빽빽한 소나무 숲에 가려 어둑어둑했다. 대낮인데도 층층이 겹쳐 있는 솔잎 때문에 햇빛이 땅에 닿지 못했다.

"자객 말일세. 이 일과 연관 있다고 보지 않았는가?"

해월이 강수에게 물었다. 자신이 일월산 대티골에 숨어 지낸다는 사실을 아는 이는 동학당뿐이었다. 동학당 중에서도 접주쯤은 돼야 알 수 있다. 접주와 가까운 지도자들 정도라면 모를까. 영양 관아는 일월산 대티골을 가난한 화전민들이 모여 사는 첩첩산중 오지 마을로만 알고 있었다.

"영해접주나 이길주 정도가 아니면 감히 생각할 수 없을 겁니다. 박 접주는 본성이 착하고 심약해서 그런 일을 꾸밀 인물이 못됩니다. 이길주 그자라면 모르겠지만……."

강수가 이길주를 의심했다.

"그자가 왜?"

해월이 강수의 마음을 슬쩍 떠보았다.

"동학당 주인이 될 수 있다는 망상 때문이겠지요. 도인들을 끌고 영해성을 공격해 영웅이 되면 동학당의 새로운 지도자로 추대받을 수 있을 거라는 헛꿈에 빠지지 말란 법도 없잖습니까?"

"심증만으로는 안 되네. 자네 생각이 사실이라면……, 이길주가 어리석은 자라는 건데……, 듣기로는 어리석은 자 같지는 않네."

해월은 이길주가 실패할 것을 뻔히 알고 있으면서도 무리하게 선동하고 있는 것이 오히려 더 의심스러웠다. 자객과 이길주는 무관할

가능성이 더 높았다. 그렇다면 누구란 말인가? 머리가 계속 쑤셨다.

태백산중 허릿재를 넘어 남쪽으로 내려오자 기류가 바뀌어 동풍이 불어왔다. 동쪽바다에서 불어오는 샛바람은 일월산 대티골에서 맞던 메마른 북서풍과는 달랐다. 눅눅한 습기를 머금은 찬바람이 살갖에 달라붙었다.

그사이 해가 서쪽 하늘로 반쯤 기울었다. 해월은 산길 옆의 넓찍한 바위를 발견하고는 그곳에 앉아 봇짐에서 주먹밥을 꺼냈다. 배가 고프기도 했고 다리가 뻐근해 잠시 쉬어가기로 했다. 바람에 부르튼 얼굴이 간질거려 손바닥으로 문질렀다. 해월은 강수와 마주 앉아 주먹밥을 우물우물 씹었다. 입에 단물이 고였다. 밥을 삼키면서도 이길주를 제거할 생각에 골몰했다.

건너편 산비탈에서 까투리 두 마리가 갑자기 날개를 치며 날아올랐다. 강수가 잽싸게 허리를 숙이며 소리가 난 쪽으로 시선을 돌렸다. 낯선 길손을 눈치 챈 까투리가 놀라 달아나는 것이다.

"산짐승의 감각이라니."

해월이 목을 돌려 날개를 파닥이며 날아가는 까투리를 쫓는데 화살이 날아왔다. 목젖을 아슬아슬하게 비껴간 화살이 소나무 밑동에 박혔다. 까투리를 보기 위해 목을 돌리지 않았더라면 화살이 목젖에 박혔을 것이다.

"자객입니다!"

강수가 해월을 덮쳐 바위 아래로 굴렀다. 건너편 산비탈에 숨어서 해월을 겨냥하고 있다가 작심하고 쏜 것이다. 해월이 바위 뒤에 몸을 숨기자 강수가 화살을 빼 시위에 겨눴다. 화살이 날아온 방향을 지켜보다가 소나무 사이로 검은 물체가 움직이는 것을 보고 시위를 놓았다. 핑! 하는 소리와 함께 살이 날아가 검은 복장을 한 사내의 어깨를 아슬아슬하게 스쳐 나무에 박혔다. 사내는 훌쩍 훌쩍 바위를 뛰어넘고 소나무를 이리저리 피해 산비탈 뒤로 감쪽같이 사라졌다. 강수가 그자를 뒤쫓아가다가 걸음을 멈추고는 해월에게로 달려와 하산을 서둘렀다.

"어두워지기 전에 백청리로 들어가야 합니다."

강수가 팔을 잡아당겼다.

"까투리가 나를 살렸군."

해월이 까투리가 날아간 곳, 나뭇잎 사이로 띄엄띄엄 비치는 하늘을 바라보았다.

"주인을 노리는 자가 만만치 않습니다. 우리의 행보를 훤히 들여다보고 있지 않습니까."

"내부의 짓이란 말인가!"

해월은 두려웠다. 자신이 이 시각에 허릿재를 넘어올 것이라는 사실을 알고 있는 자라면, 영해부 동학당뿐이었다. 강수는 산을 내려오는 동안 사방을 쉬지 않고 경계하느라 땀을 흘렸다.

허릿재 아래 첫 마을인 백청리에 도착했을 때 서쪽하늘에 개밥바리기 별이 빛을 발했다. 날이 어두웠다. 해월은 강수의 안내로 마을의 도인 집을 찾아 이곳에서 여장을 풀고 하룻밤을 묵어가기로 했다. 내일 새벽 첫닭이 우는 대로 일어나 곧장 출발하면 오후에 동해 바닷가 영해에 도착할 것이다.

이날 밤 해월은 한숨도 자지 못했다. 낮에 겪었던 위험 때문에 잠시도 마음을 놓을 수가 없었다. 목숨을 노리는 자객이 한밤에 방문을 차고 들어와 칼을 휘두를지도 몰랐다. 강수가 칼을 쥔 채 방문 앞에 누워 있는 것이 그나마 안심이 됐다. 해월은 밤새 끊이지 않고 들려오는 부엉이 소리를 듣다가 창호지가 뿌옇게 밝아오는 것을 보았다.

2

"반갑소이다."

사내가 인사를 건네며 자신이 이길주라고 했다. 듣던 대로 체격이 크고 미간 사이로 두 줄의 깊은 주름이 잡혀 있다. 조각달 같은 눈 아래 광대뼈를 중심으로 귀와 턱까지 살이 두둑했다. 표정은 딱딱하게 굳어서 냉기가 돌았다. 해월에게 수차례나 만나자는 청을 넣었지만 거절당한 것이 섭섭한 듯했다. 해월은 대꾸하지 않았다. 해월 역시 이자에 대해 잠시도 마음을 놓을 수가 없는 것이다. 평온하던 동학당에 폭풍을 몰고 온 그가 미덥지 못할 뿐더러 자신을 무시하고 독자적으로 일을 벌인 것만으로도 마음이 불편했다.

군불을 깊이 들인 것인지 방바닥이 뜨거웠다. 박사헌이 두둑한 짚 방석을 해월 앞으로 내밀었다. 이길주가 입을 다물고 있는 해월을 쳐다보다가 영해성을 쳐야 하는 이유를 털어놓았다.

"스승님 순도일에 성을 칠거요. 조선왕실에 우리 힘을 보여준 뒤 스승의 명예를 회복해 달라고 요구할 것이오. 스승의 명예가 회복되면 동학은 절로 공인되는 게 아니겠소! 나라꼴도 말이 아니잖소? 관료들이 썩고 병들어서 백성들이 굶어죽게 생겼소. 길 가는 사람 붙잡고 물어보소. 세상이 바뀌어야한다고 하잖소!"

그가 무릎 위에 놓인 주먹을 불끈 쥐었다 놓았다 하면서 의분에 차올라 말했다.

해월은 그가 흥분 상태인 것을 알았다. 흥분했다고는 하지만, 어딘지 치밀하지 못할 뿐더러 자기가 세운 계획에 스스로 도취돼 냉철하게 판단하지 못하고 있는 느낌이었다. 이길주는 여전히 입을 열지 않고 있는 해월의 얼굴을 바라보다가 한결 부드러운 목소리로 말했다.

"모든 것을 완벽하게 준비해놓았으니, 주인께서는 승낙만 하면 됩니다."

"때가 아닐세!"

해월이 입을 열었다. 위엄이 넘치는 목소리 때문인지 아무도 대꾸를 하지 못해 잠시 침묵이 흘렀다. 해월이 내친김에 한마디 덧붙였다.

"급하게 서두르면 실패하는 법일세."

그의 카랑카랑한 목소리가 사랑채를 울렸다.

"참 답답하오! 나는 수운 선생의 원한을 풀고자 목숨을 내놓았는데, 도통을 이어받은 주인은 어찌 피하려고만 하는 거요! 두려운 게요?"

이길주가 넓죽한 얼굴을 붉히며 작심한 듯 대꾸했다.

"일을 도모하지 말자는 것이 아니라, 아직 때가 아니라는 걸세. 스승께서는 시운時運을 강조하셨네. 성을 공격하면 우리 도인들이 무참히 죽어나가거나 피를 흘릴 수 있다는 사실에 대해서는 왜 감추는가! 지금이 스승님이 말씀하신 때라고 보는가!"

해월이 또박또박 짚어나가자 이길주가 주춤했다. 지금이 시운에 맞는 때냐는 물음에 선뜻 대답하지 못했다. 그렇지만 그냥 물러서지 않았다. 허리를 꼿꼿이 세우더니 반박했다.

"희생 없이 어찌 동학당의 원대한 뜻을 이루겠소. 스승님의 명예를 회복하는 일에 스승님이 싫어할 이유가 뭐겠소. 주인께서는 핑계만 댈 게 아니라 우리 뜻을 받아주셔야 하오. 승낙하지 않으면 도인들 스스로 칼을 들고 나설 거요."

그가 불끈 쥐고 있던 주먹으로 자신의 가슴을 두어 번 쳤다. 해월은 그 꼴이 보기 싫어 눈을 감고 잠시 숨을 돌리면서 당돌한 자라고 생각했다. 이길주는 노골적으로 협박을 하고 있다. 해월은 그래도 허락하지 않으리라 결심했다. 이 자의 선동으로 동학당이 큰 시련을 당할 것이 분명했다. 위험한 자였다.

이길주는 해월이 영해성 공격을 끝까지 수락하지 않는데 화가 치밀었다. 어금니를 깨물었다 풀었다 하면서 숨을 거칠게 내뿜었다.

강수가 나섰다. 그가 이번 거사의 무모함과 위험성을 조목조목 지적하자 이길주가 얼굴을 붉히더니 목청을 높였다.

"스승님의 억울함을 풀기 위해 목을 내놓은 사람 앞에서 지금 훈계를 하는 거요! 겁쟁이! 배도자!"

이길주가 해월과 강수를 향해 손가락질을 하며 소리쳤다. 박사헌의 집 마당에 모여 일의 추이를 지켜보는 도인들이 들으라는 듯 과장된 호기를 부렸다. 그는 흥분해서 윽박지르듯 말을 내뱉다가는 돌연 목소리를 낮춰 사정을 했다. 시간에 쫓기다 보니 마음이 불안해진 탓이었다. 해월의 마음을 돌려야만 거사가 성공할 수 있다는 것을 알기 때문이었다. 그는 해월이 각 지역의 접주들에게 통문을 보내 봉기령을 내리지 않으면 영해성 공격은 영해 도인들만의 힘으로 해내야 한다는 것을 알고 있었다. 그럴 경우 성문을 열지도 못하고 총에 맞아 죽거나 칼에 목이 떨어져 나갈 것이 뻔했다. 그는 삼킬 수도 없고 뱉을 수도 없는 해월의 존재를 실감했다. 해월의 마음을 얻지 못하면 영해성 거사는 물거품으로 사라질 것이라 생각하니 분이 차올라 부들부들 떨렸지만 참았다.

영해접주 박사헌은 말을 아꼈고 신중했다. 주인 해월과 이길주의 팽팽한 대결을 지켜만 볼뿐 끼어들지 않았다. 그사이 마당이 캄캄해졌다. 도인 하나가 마루 기둥에 걸린 등잔불에 불을 붙였다.

해월은 이길주가 호락호락 물러설 자가 아니라는 것을 알았다. 끝내 허락하지 않을 경우, 이 자는 무리를 해서라도 영해부 도인들을 선동해 성을 공격할 것이다. 해월은 답답했다. 거사 계획을 포기시켜야 하지만 뾰족한 방법이 없는 것이다. 그렇다고 방관할 수도 없는 처지였다. 영해접주 박사헌은 왜 이리도 무기력하기만 한 것인지, 가부좌를 틀고 앉아 듣기만 하는 것이다. 은근히 화가 났다.

"박 접주는 왜 말이 없소?"

해월은 영해부 동학당의 지도자는 이길주가 아니라 박사헌 당신이 아니냐는 말이 입 밖으로 나오려는 것을 애써 참았다.

"외람된 말씀입니다만, 이길주의 생각과 이곳 도인들 생각이 같습니다."

박사헌이 이제껏 입을 다물고 있다가 기껏 한다는 말이 이길주의 생각에 동조한다는 것이다.

해월이 눈을 감았다. 박 접주마저도 이길주에게 넘어간 것이다. 기대해 볼 곳은 이제 한곳 밖에 없다. 영해부의 도인들이다. 그들도 이길주와 박사헌의 거사에 동조하는 것인지를 직접 들어보지 않고는 판단을 내릴 수가 없다.

"직접 도인들을 만나 보겠네."

해월은 날이 밝는 대로 창수를 출발해 후포와 평해, 울진, 원덕을 차례로 돌아볼 작정을 했다. 그곳 도인들을 만나면 금방 심중을 읽을 수 있을 것이라 여겼다.

첫 만남에서 아무런 결론을 내지 못한 이길주와 박사헌이 사랑방을 나갔다. 해월은 피로에 지친 몸을 누이고 잠을 청했다. 밤이 깊었는데도 샛바람이 거칠게 불었다. 마른 감나무 가지가 바람에 흔들리다가 부러져 날려가는 소리가 문지방 틈으로 들렸다. 밤하늘에서 바람소리가 윙윙 울렸다. 해월은 자신이 긴장하고 있는 것을 알았다. 강단 없는 마음이 못마땅했지만 지금의 상황에서는 어쩔 수 없는 일이었다. 이렇게 긴장을 하리라고는 전혀 예상치 못했다.

"시간이 더 필요한데……, 시간이……."

해월이 혼잣말을 했다. 동학의 법통을 이어받았지만 교권의 위엄과 기강을 세우고 교단의 질서와 체계가 잡히려면 시간이 더 필요했다. 그는 자신의 지도력이 파급되고 교권이 안정되기까지는 아직 시간이 더 필요하다는 것을 절감하고 있는 것이다.

"해결할 수 있는 방법이 있을 겁니다."

강수가 해월 옆에 누워 염려를 덜어주었다.

"동학의 법통이 시험대에 올랐네."

해월은 스승인 최수운이 그리웠다. 스승에게 길을 묻기 위해 솜이불을 털고 일어났다. 무릎을 꿇고 기도를 올렸다. 나약한 자신에게 용기를 불어넣어달라고 기도했다. 천지간에 홀로였다.

3

삐익! 소리와 함께 사랑방 창살문이 열렸다. 흐릿한 새벽 여명과 더불어 일찍 잠을 깬 텃새들의 짹짹 소리가 들려왔다. 과년한 규수가 김이 모락모락 올라오는 생강차를 들고 왔다. 그녀의 낯이 약간 붉어졌다가 이내 본래 빛깔로 돌아갔다. 그녀가 해월 앞에 소반을 내려놓은 뒤 찻잔에 노란 생강차를 따랐다. 솜씨가 정갈하고 고왔다. 쪼르르 찻물 떨어지는 소리가 들렸다. 그녀는 찻잔이 놓인 소반을 두고 돌아나가기 위해 일어서다 해월의 눈과 마주쳤다. 해월이 그녀의 맑은 얼굴을 보고 미소를 지었다. 그녀가 깜짝 놀라 눈을 아래로 내렸다. 볼이 다시 발개졌다.

"고맙네."

해월이 인사를 했다. 그녀는 대답도 못하고 서둘러 방을 나갔다.

"제 여식입니다"

함께 들어온 박사헌이 말했다. 해월은 그녀가 따라준 생강차로 목을 축인 뒤 떠날 채비를 서둘렀다.

박사헌의 창수리 집 대문을 나서는데 생강차를 들고 왔던 여식이 다가와 보자기를 내밀었다.

"가는 길에 요기라도 하셔요."

그녀가 다시 낯을 붉혔다. 주먹밥과 말린 문어포, 호두알을 쌌다고 했다. 해월이 고개를 끄덕이며 박사헌의 딸이 내미는 짙은 감색 보자기를 바라보았다. 따뜻한 마음씨가 느껴져 미소가 절로 나왔다. 강수가 대신 보자기를 받아들었다. 그녀는 보자기를 건넨 뒤 등을 돌려 안채로 돌아갔다.

해월과 강수는 박사헌의 집을 나와 곧장 북쪽 평해로 향했다. 해풍을 맞으며 반나절을 걸은 뒤에야 바닷가 마을 후포에 도착했고, 객주에 들러 잠시 숨을 돌린 뒤 평해에서 농사를 짓고 사는 황주일의 집을 찾아 들어갔다.

황씨가 해월을 알아보고는 깜짝 놀라더니 이내 눈시울을 붉혔다. 살아서 다시 만난 것에 감격한 황씨는 찐 고구마와 겨우내 삭은 무김치를 내왔다. 그는 6년 전 봄 기진맥진한 해월이 관군의 추격을 피해 이곳으로 도주해왔을 때 서너 달 동안을 숨겨준 의리 있는 도인이었다. 해월은 황주일과 반가운 상면을 했지만 그의 속내를 들어야 하는 일이 부담스러워 선뜻 말을 꺼내지 못했다. 그는 천성이 착해 거짓말을 하지 못하는 농부였다.

"영해성을 칠 작정인가?"

해월이 쭈뼛대자 강수가 다짜고짜 물었다. 농투성이 황씨는 강수의 갑작스런 물음에 놀란 듯 눈꺼풀을 한참이나 껌뻑댔다.

"일이 잘못 됐니껴?"

그가 되물었다.

해월의 가슴이 철렁 하고 내려앉았다. 그는 영해성을 치는 일을 당연한 것으로 알고 있다. 수운의 억울한 참형으로 동학이 사교로 내몰린데다가 동학당을 역적으로 몰아붙이는 것에 분노하고 있다. 그는 영해성을 치면 수운의 명예가 회복되고 동학이 공인되고 도인들이 자유롭게 활동할 수 있다는 이길주의 주장을 믿고 있는 것이다. 피바람이 지나간 뒤에 들이닥칠 후폭풍에 대해서는 아무런 지식이나 정보도 갖고 있지 않았다. 오로지 성을 친다는 생각에 빠져 있을 뿐이다. 그 역시 영해성 공격에 미온적이거나 반대하는 도인을 배도자라고 비난했다.

"모두가 때를 기다리고 있씹니더. 이래 사나 저래 사나 마찬가지 아닙니꺼? 세상을 뒤집어야 합니더."

황씨는 동학의 주인 해월까지 이번 거사에 직접 나선 것으로 알고 신이 난 듯 말했다.

해월은 자신이 동학당의 주인이라는 것이 부끄러웠다. 스스로 보기에도 초라하고 궁색했다. 누가 자신을 보고 최수운의 도통을 이어받은, 위엄 넘치는 동학의 주인이라고 하겠는가. 그를 나무랄 수가 없었다. 해월은 다음 행선지를 평계로 서둘러 집을 나왔다. 평해에서 울진으로 가려던 걸음을 멈추었다. 다른 도인들을 만나본들 황주일의 생각과 다를 것이 없다는 결론을 냈다.

"영해성 공격을 막았다가는 도인들에게 비난을 받겠군. 겁쟁이 최해월, 무식꾼 최해월이라고 놀려댈테지."

이를 어쩌랴. 이 역시 시대의 운수라면 거역할 수가 없는 것이다. 해월은 답답한 가슴속 숨을 뱉어내느라 쿨룩쿨룩 기침을 했다.

"허락하는 길 뿐입니다!"

강수는 이미 대세가 이길주 쪽으로 기울었다는 것을 알았다.

"막아서면 나의 도통이 위기에 처할 것이고, 허락하면 도인들 핏물이 영해성 마른 땅을 적실 터인데……. 어찌하면 좋을꼬?"

해월은 비참했고 화가 났다.

"희생이 있다한들 도통이 흔들려서는 안됩니다. 도통을 지켜야 동학의 앞날을 도모할 것 아닙니까!"

강수는 해월에게 내일을 위해 지금은 물러설 때라고 설득했다. 해월 역시 모르는 것이 아니었지만 피를 불러올 사태를 막을 수 없는 자신의 나약한 지도력과 무기력 때문에 심장이 떨렸다. 더욱이 그의 마음을 무겁게 하는 것은 영해성 공격을 허락하는 순간, 스스로가 거사의 중심에 서야 한다는 모진 운명이었다. 일을 꾸민 자는 이길주라도 일의 책임은 모두 동학당 주인인 자신에게로 돌아올 것이라는 생각에 머리가 아찔했다.

"나의 목숨을 노리는 자가 누구라고 보는가?"

해월이 또다시 내부의 적에 대해 물었다. 집요했다. 자신의 목숨을 노리는 자가 영해부 도인들 가운데 숨어있다는 생각이 들자 끔찍한 두려움보다도 슬픔이 밀려왔다.

"주인께서 사라지면 자신이 주인 역할을 할 수 있다고 착각하는 자겠지요."

"그자가 누구란 말인가?"

"영해성을 치겠다는 자가 아닐까요."

강수의 한결같은 대답에 해월이 고개를 가로저었다. 해월의 생각은 달랐다. 영해성을 치는 것과 주인 자리를 노리는 것은 별개라는 생각이 뇌리를 떠나지 않았다.

4

박사헌은 말없이 해월의 얼굴을 바라만 보았다. 이길주는 긴장한 탓인지 자꾸만 혀를 내밀어 마른 입술은 빨았다. 해월은 어지러운 생각이 파도처럼 출렁이는 것을 가라앉히려고 잠시 입을 다물었다.

인간과 사회의 변혁은 무력이 아니라 마음에 있음을 부정할 수 없었다. 일용 행사가 도道 아닌 것이 없는 것인데도 그런 진실을 거역해야 하는 현실이 가슴 아팠다. 영해부에서 일고 있는 불순한 폭풍에 맞서는 일에 자신의 역량이 모자란 것에 절망했다. 지금 스승이 살아있다면 어떤 결정을 했을까. 해월은 수운을 생각하며 마음을 가라앉힌 뒤 입을 열었다.

"한 사람이 착해지면 천하가 착해지고, 한 사람이 화和해지면 한 집안이 화해지고, 한 집안이 화해지면 한 나라가 화해지고, 한 나라가 화해지면 천하가 같이 화해지는 법일세. 인간과 사회의 변혁은 이처럼 비가 내리듯 때가 되면 절로 돼야하는 것이니 누가 능히 막을 수가 있겠소. 그러나 지금 영해부에 불고 있는 바람은 우리 동학의 근본과는 다른 것이니 내 어찌 근심하지 않겠소. 더구나 동학의 주인된 내가 인위적으로 막을 수 없는 기운이라면 누가 감히 막을 수 있겠소. 이 또한 하늘님 뜻이기를 바라지만, 하늘의 뜻이라면 이 혈기를 통해 무얼 깨닫게 하려는지, 그 결말이 두렵고 무서운 것을 내 어찌 숨기겠소. 나의 판단으로는 때가 아니지만, 시운이 이미 그쪽으로 흘러가고 있으니 홀로 막는다고 해서 막아질 일도 아니오. 다만 하늘님의 보살핌으로 도인들 희생이 없기를, 평화로운 입성으로 뜻이 이루어지기를 기도할 뿐이오."

그의 목소리는 결연했다. 강수가 주인의 아픈 마음을 헤아린 듯 머리를 들어 천장을 바라보았다. 박사헌은 기대 반 우려 반의 모호한 기분에 빠졌다. 자신의 얼굴이 창백해지면서 딱딱해지는 느낌이었다. 이길주가 벌떡 일어나 해월에게 큰절을 했다.

"주인께서 걱정하는 일을 명심하겠소. 동학의 명예를 걸고 맹세하겠소."

이길주는 해월의 고집을 꺾고 자신의 뜻을 관철시킨데 고무된 듯
두둑한 턱을 실쭉거리며 싱글벙글했다.

"조선은 동학으로 인해 새롭게 바뀔 것이오. 동학이 수백 년 세월
동안 낡고 빛바랜 조선의 썩은 역사를 밀어내고 새날을 열 것이오.
우리 스승님의 명예가 높아질 것이오. 사월 스무아흐렛날 천지가 진
동하고 개벽의 샛별이 떠오를 것이오."

이길주가 들뜬 목소리로 자신감에 찬 포부를 줄줄 늘어놓았다. 그
리고는 호탕하게 웃었다. 웃음소리가 사랑채를 뒤흔들었다. 마당에
모여 있던 도인들이 만세를 불렀다.

해월은 자리에서 일어났다. 어서 영양 일월산으로 돌아가 쉬고 싶
었다. 마음이 쓸쓸했다. 스스로가 점점 작아지는 느낌이었다. 일월
산에 칩거하는 동안 시중의 동향을 외면하고 무뎌진 것을 반성했다.
도인들의 마음을 제때 읽지 못한 것 또한 자신의 탓이었다. 자신의
처지가 한없이 처량해 속이 상했다. 수모를 당한 기분도 들었다. 그
러나 이미 결정을 내린 것이니 이제 도인들의 뜻을 따르는 수밖에
없었다. 그는 자신에게 들이닥친 시련이 가혹하다고 여겼지만, 이
또한 스스로가 넘어야 할 산이고 건너야 할 강이라고 받아들였다.

그는 일월산으로 돌아가는 대로 전국 각지의 접주들에게 영해성
거사의 전모를 알리고 대비를 해야 했다. 이제 자신이 나서 영해성
거사를 성공시켜야 했다. 피를 불러올 영해성 거사의 모든 결과는
동학당 주인인 자신의 몫이라는 생각에 두려움이 밀려왔다.

집을 나서려는데 박사헌의 딸이 털실로 짠 목도리를 들고 나와

내밀었다.

"괜찮다. 한 겨울도 아니고……."

해월이 어색해하며 구레나룻을 매만졌다. 비록 박사헌의 딸이지만 지나치게 관심을 주고 호의를 베푸는 것이 부담스러웠다.

"밤공기가 차가운걸요."

그녀가 얼굴을 들지 못한 채 손에 목도리를 들고 서서 말했다.

"받으시지요. 제 여식 수경이의 정성이라 생각하시고."

박사헌이 멈칫대는 해월에게 목도리를 받으라고 말했다. 해월은 규수의 이름을 속으로 되뇌어보았다. 수경, 수경, 수경이라……. 해월이 수경에게 목도리를 받아 목에 둘렀다. 부드럽고 따뜻했다. 해월은 주머니를 뒤져 평소 지니고 다니던 부절跗節을 꺼냈다. 오죽 뿌리를 잘라서 만든 작은 손 노리개였다. 심심할 때나 혼란스러울 때마다 손바닥에 넣어 가만히 굴려대면서 파란 하늘을 바라보던 동그란 부절이었다.

"내가 수경에게 줄 거라고는 이것뿐이로구나."

그가 건넨 작은 부절을 받아든 수경이 너무 좋아 빙그레 웃었다. 수경은 연신 고맙다며 머리 숙여 인사했다. 해월은 그녀의 해맑은 표정을 보며 들판에 갓 피어난 노란 민들레 같다고 생각했다. 그녀는 겉으로 보기에는 들꽃처럼 수수하면서도 염소처럼 고집이 있어 보였고, 별처럼 반짝이는 지혜가 넘쳐보였다. 해월은 박사헌의 집을 돌아 나오면서 수경에게 느껴지는 심상과 관상을 정리하다가 가슴이 꽉 막혀버렸다. 곧 일어날 환란이 그녀의 순결한 미소와 겹쳐졌기 때문이다. 해월은 수경이 보게 될 핏빛 계곡과 불타는 초가와 마당을 나뒹구는 세간을 불현 듯 보았다. 번개처럼 지나간 환상이었다. 온 몸이 떨렸다. 강수가 깜짝 놀라 해월의 팔을 붙잡았다.

"아무 일도 아닐세."

해월은 눈을 들어 먼 산을 바라보았다. 가깝고 먼 곳의 산색山色이 연한 초록에서 짙은 초록으로 경계를 나누어 잔잔한 빛을 뿜어내고 있었다. 산 빛깔이 느닷없이 검붉은 물감으로 뒤섞이는 것을 보았다. 해월은 손등을 들어 눈가를 비볐다.

어래객주

1

서산에 걸린 해가 바다 위에 황금 비늘을 뿌려놓았다. 잔광에 비친 물결이 뒤채는 비늘처럼 반짝거렸다. 조민구는 해가 저물어 영해에 도착했다. 강구와 영덕, 축산을 지나오면서 줄곧 보아온 동쪽 수평선 끝에서 검은 장막이 생겨나는 것을 보았다. 마지막 잔광을 받아 출렁이는 가까운 바다 쪽으로 그 장막이 성큼성큼 다가오고 있었다.

그는 경주를 떠나올 때부터 줄곧 남사당 줄꾼처럼 외줄에 올라탔다는 생각에 사로잡혔다. 자신의 임무를 모르는 바가 아니었지만 자칫 떨어지면 죽을 것이라는 비장한 마음 때문에 발걸음이 무거웠다. 어찌 생각하면 해동객사 주인 최교에게 홀린 듯도 했다. 그자의 말을 선뜻 믿은 것도 그랬고, 동행하겠다며 따라나선 수련을 적극 만류하지 않은 자신의 행동도 이해할 수 없는 일 가운데 하나였다. 그는 수련을 끝내 뿌리치지 않은 것이 염치없는 일이라 여겼다. 석양에 보았던 댕기머리 처녀의 인상이 사라지지 않고 마음에 남아있기 때문인지도 모른다는 생각에 부끄러웠다. 아침밥상을 들고 온 그녀의 고운 얼굴과 자태를 보고 가슴이 두근거렸던 일도 마찬가지였다. 그는 동학당 소굴로 들어가는 밀사의 비장함과는 어울리지 않는 수컷의 본능이 치사하다고 여겼다. 어찌 보면 동학당의 칼에 목이 베일지도 모른다는 두려움을, 동행하는 이성에 대한 호기심과 색色이 주는 감성의 몰입으로 상쇄하는 것인지도 몰랐다. 그는 그런 처지가 한심스럽다 못해 불쌍했다. 만난 지 불과 사흘뿐인, 열아홉 살의 처녀에게 위안을 느낀다니!

조민구는 날이 어두워지기 전에 여장을 풀 주막을 찾았다. 이곳에서 하룻밤을 묵은 뒤 내일 동학접주를 찾아 나서기로 했다.

저잣거리는 사람들의 왕래가 많았다. 마침 영해장이 파한 뒤여서인지 저녁풍경이 어수선했다. 습기를 머금은 찬바람이 철시한 장터 곳곳을 쓸어댔다. 옹기전을 지나 주막거리로 접어들자 생선국 냄새가 코를 자극했다. 입에 침이 돌았다. 마침 옹기전에서 나오던 젊은 방물장수가 그와 수련을 보고는 말을 걸어왔다.

"어데서 오는 길잉교?"

그가 등에 짊어진 커다란 보퉁이를 한차례 들썩 치켜 올리면서 물었다.

"경주라예."

남장을 한 수련이 톡 쏘듯 쌀쌀맞게 대꾸했다.

방물장수가 눈을 동그랗게 뜨며 호기심 가득한 표정을 지었다. 수

련이 입을 삐죽 내밀었다. 그럴 때면 표정이 여자 같아 보여 조민구
의 가슴이 철렁 내려앉았다.

"인심 좋은 주막이나 소개해 주시구려."

조민구가 방물장수에게 미소를 지으면서 말했다.

"창수령 너머 영양으로 가든, 바닷길 따라 평해로 가든, 오늘 밤은
여기서 묵어야 하니더. 밤길에 도적떼를 만나면 그래도 다행이지만
호랭이하고 마주치면 그날이 길손들 제삿날이시더."

방물장수가 중얼중얼 말하다가 힘! 하고 기침을 한차례 하고 나
서는 손가락으로 골목을 가리켰다.

"저기, 어래객주라꼬, 간판 보이니껴? 믿을만한 객줏집이시더."

방물장수가 알려준 쪽을 바라보니 기스락 아래 세로로 길게 내
건 주막등 아래 간판이 보였다. 어래객주魚來客酒였다. 그사이 사방
이 캄캄해졌다. 문설주에 내걸린 주막등이 바람이 지날 때마다 이리
저리 흔들렸다. 동쪽 바닷가에서 밀려오는 샛바람 때문에 저잣거리
의 저녁 공기는 냉했다. 객주의 낡은 널빤지 문을 열고 마당에 들어
서자 밥 익는 냄새가 코끝을 스쳐갔다. 열린 부엌문 너머로 활활 타
고 있는 아궁이의 장작불이 보였다. 검은 가마솥 뚜껑을 들썩이며
내뿜는 뿌연 김이 냉기 가득한 마당 위로 풀풀 날리다가 사라졌다.

밖에서 보는 것과 달리 객주 안은 분답고 열기가 넘쳤다. 방마다
하룻밤을 묵어가려는 장꾼들이 가득했다. 벌써 받아 놓은 저녁상 앞
에 퍼질러 앉아 게걸스럽게 밥을 먹는 장꾼들도 보였다. 대부분 영
해와 진보, 안동을 거점으로 물건을 사고파는 장사치들이었다. 영

해장을 보러왔다가 하룻밤을 묵어가려는 자들이었다. 그새 술에 취한 장돌뱅이들이 목청을 높여 티격태격 다투는 모습도 보였다. 마루와 섬돌 옆의 뜰까지 장꾼들의 짐 보따리가 수북이 쌓여 엉덩이를 비비고 앉을 자리가 없었다. 조민구는 뱃속에서 울려나오는 꼬르륵 소리를 들었다.

"주인장 계시오!"

조민구가 요란스럽고 지저분한 객주를 휙 둘러보고는 주인을 불렀다. 술밥을 먹고 마시느라 떠들썩하던 장꾼들이 일제히 시선을 돌렸다. 그는 자신의 목소리가 경상도 동해안의 거칠고 억센 말씨와는 사뭇 다르기 때문일 것이라고 여겼다. 수련이 두리번두리번 주위의 장꾼들을 돌아보다가 입을 삐죽 내밀었다.

"하룻밤 묵어가는 길손 첨 봤소! 눈 빠지겠소."

수련이 조민구와 자기에게 쏠리는 장꾼들의 삐딱한 시선을 의식한 듯 쏘아붙였다.

"객방에 들어봤자 치맛자락 들칠 과부 하나 없을 꺼니께 술이나 한 잔 받으시구려."

토박이 장꾼으로 보이는 사팔뜨기가 입술에 묻은 허연 탁주를 손바닥으로 훔쳐내며 말했다. 초행인 길손에 대한 시비가 거칠고 당돌했다. 조민구는 침착했다. 말려들지 않기 위해서는 대꾸하지 않는 것이 상책이었다.

"주인장! 주인장!"

조민구는 조금 전보다 더 큰 소리로 주인을 불렀다.

"한 턱 내슈. 참한 과부를 붙여줄 수도 있소. 불덩이처럼 달아오른 과부 맛을 알란지 모르겠네. 샌님 같은 약골들은 올라타자마자 싸고 말걸!"

한바탕 낄낄대는 웃음소리가 객주 마당을 울렸다. 조민구는 귓불이 화끈거리는 것을 느꼈다. 수련은 오히려 실실 웃기만 했다.

"그 과부 어딨소? 과부가 그 지경이 되도록 여기 남정네들은 뭘 한 거라예? 동네 인심이 이래 박해 가지고서야!"

수련이 능청스럽게 농을 하고 나서는 한바탕 크게 웃었다. 조민구가 수련을 바라보았다. 그녀는 낯빛 하나 변하지 않고 장꾼들을 상대로 말씨름을 벌였다. 그들과의 신경전이 재미있다는 듯 웃는 모습이 천연덕스럽기까지 했다.

"주인!"

조민구가 버럭 소리를 질렀다. 빨리 여장을 풀 객방을 얻고 밥상을 받아 주린 배를 채울 요량에 다른 것은 눈에 들어오지 않았다.

"그란다꼬 성낼 것까지는 없잖능교! 과부가 싫으면 젊은 것을 붙여줄 수도 있소. 그라니까네 술 한 잔 받으슈."

사팔뜨기가 취한 듯 혀가 꼬인 채 말했다. 장꾼들은 초행의 길손에게 공짜 술을 얻어먹을 요량에 늘 이런 식으로 시비를 붙는 듯했다. 조민구는 장꾼들의 놀림에 부아가 치밀었다. 수련이 주먹으로 그의 옆구리를 쿡쿡 찔렀다. 흥분하지 말라는 뜻이었다. 그러나 그는 배가 고파 가뜩이나 신경이 곤두서 있는데다가 화가 팥죽처럼 들끓어 버럭 소리를 지르고 말았다.

"이놈들! 누구 안전이라고 함부로 지껄이는 거냐. 아무리 난세라지만 지켜야할 법도는 있는 법이다!"

조민구는 발끈해서 소리쳤지만 이내 후회하고 말았다. 장꾼들의 희롱을 진득하게 참아야 했건만 촛불에 화르르 타오르는 종잇장처럼 흥분한 것이다. 분위기가 험악해졌다. 술상에 앉아 있던 키가 크고 눈이 자라처럼 툭 불거져 나온 사내가 콧방귀를 뀌었다. 그자가 손바닥으로 술상을 탕! 하고 쳤다. 술병이 넘어져 콸콸 쏟아져 나온 술이 사팔뜨기의 바지를 적셨다.

"나리! 사대부 법도는 한양에나 가서 찾으시구려. 도대체 양반이 뭐고 사대부가 뭐요? 개똥은 약에라도 쓴다지만, 당신 같은 양반 나부랭이들은 도대체 써먹을 곳이 없는 식충이와 다를 게 없소. 몸이라도 건사하고 싶거든 조용히 하소."

자라눈을 한 사내는 음성이 낮고 위압적이었다.

수련이 이곳을 나가자고 졸랐다. 조민구는 돌아나가기에는 이미 늦었다는 것을 알았다. 등을 돌리는 순간 들개처럼 한꺼번에 덤벼들 것이다. 장꾼 몇 명이 술상에서 일어나 마당으로 내려왔다.

"양반 나리. 여기 쇠전 싸전 솥전 푸줏간 어물전 쌍것들 다 모였소. 우리가 뭐, 댁한테 몹쓸 짓이라도 했수? 그 정도 농이야 주고받을 수 있는 것 아니우."

어깨가 쩍 벌어진 장돌뱅이가 손바닥에 침을 뱉으며 다가왔다. 객주 안의 장꾼들이 싸움구경을 하게 됐다는 듯 빙 둘러섰다. 장돌뱅이와 조민구를 번갈아 바라보며 누가 센지 내기를 하는 장꾼들도 보였다. 조민구는 책상머리에 앉아 글만 읽어온 신세가 새삼 한심스러웠다. 그 동안 단 한 번도 싸움다운 싸움을 해보지 못한 처지였다. 이대로 싸움이 벌어지면 주먹 한 번 내밀어보지도 못하고 장꾼들 손에 뭇매를 맞을 것이 뻔했다. 주자의 나라 조선의 약골 백면서생이라니. 주둥이만 살아 있는 것은 다름 아닌 바로 자신이었다.

"얍!"

어깨가 벌어진 장돌뱅이가 기합을 내지르더니 몸을 획 돌려 발차기 공격을 했다. 순간 날아온 발이 조민구의 턱을 아슬아슬하게 스쳤다. 수련이 뒤에서 그의 허리춤을 끌어당긴 것이다. 수련이 조민구 앞으로 나서며 칼집을 들었다. 수련은 칼을 빼지 않은 채 장꾼들을 상대했다. 수비하는 동작은 정교했고 공격은 빈틈없이 적확했다. 두 명의 장꾼은 덩치만 크고 성질만 급했지 체계적으로 무술을 배우지 못한 터라 그녀의 날렵한 동작에 꼼짝하지 못했다. 수련의 칼집이 장꾼의 급소를 찌를 때마다 아이고! 소리를 내며 마당에 고꾸라졌다.

수련의 무술 솜씨가 예사롭지 않은 것을 안 장꾼들이 합세했다. 장꾼들이 숫자를 앞세워 수련과 조민구를 제압하기 위해 에워쌌다.

"일을 망쳤어예. 그 놈의 성질!"

그녀가 조민구의 귀에 대고 투덜댔다.

"이야앗!"

수련이 허공을 한 바퀴 돌며 휘두른 칼집이 장꾼들의 콧날을 아슬아슬하게 스쳐 지나갔다. 그들이 기겁하며 한걸음씩 물러섰다. 장난

처럼 시작된 시비가 어느새 목숨을 건 싸움으로 번진 것이다. 그녀
는 서둘러 객주를 빠져나가는 길이 상책이라는 것을 알지만 장꾼들
을 따돌릴 재간이 떠오르지 않았다. 낯선 타향에서 몰매를 맞아 죽
거나 병신이 될 수도 있다는 위기감에 땀이 쏟아졌다.

"뒷문! 도망치소!"

수련이 거친 숨을 내쉬며 곁에 붙어있는 조민구를 떠밀었다. 조민
구는 도망가는 것을 단념했다. 장꾼들에게 붙잡혀 몰매를 맞더라도
그녀 곁에 있어야 했다. 점점 불리했다. 숫자를 앞세운 장꾼들이 거
칠어졌다. 장꾼들은 수련의 칼솜씨 때문에 그나마 함부로 다가오지
는 못했다. 시간을 끌수록 조민구 쪽이 불리했다. 수련은 빈틈을 노
려 도망칠 궁리를 하느라 머리가 아팠다.

"멈추거라!"

대문을 밀치고 들어선 낯선 사내의 목소리가 객주 마당을 울렸다.
모두가 돌아보았다. 대문 앞에 선 사내는 체격이 우람하고 각진 턱
에 눈매가 조각달처럼 날카로웠다. 예사롭지 않아 보이는 사내가 조
민구 쪽으로 성큼 다가와 장꾼들과 맞섰다.

"객지에서 온 길손을 대접하는 모양새가 이 정도밖에 안 된단 말
이오!"

사내가 장꾼들 뒤에 서 있는 사팔뜨기를 향해 말했다. 사팔뜨기가
들은 척도 하지 않자 주춤했던 장꾼들이 조민구와 수련을 다시 공
격했다. 낯선 사내가 조민구 앞으로 나섰다. 사내는 거침없이 몇 걸
음 나가더니 주먹과 발차기로 장꾼들의 급소만을 골라 정확하게 타

격했다. 장꾼들이 하나 둘 고꾸라졌다. 장돌뱅이들은 역부족이었다. 수적으로는 우세했지만 사내의 빠른 공격을 당하지는 못했다. 사내는 내공이 깊은 고수였다. 주먹과 발이 번개처럼 빠르고 타격의 강도가 장작을 패는 도끼날보다 더했다. 장꾼의 주먹이 날아오면 사내는 가볍게 몸을 피해 방어한 뒤 곧장 역공을 가해 상대방을 볏단처럼 쓰러뜨렸다. 뒤쪽에 서서 지켜보던 사팔뜨기와 마루 위 술상에 앉아 있던 자라눈깔을 한 장꾼이 슬금슬금 도망을 쳤다. 여기저기 쓰러졌던 장꾼들은 급소를 맞았는지 몸을 제대로 가누지 못한 채 비틀비틀 기어서 문턱을 넘어 내뺐다.

2

어래객주 마당이 달빛에 환하게 드러났다. 조민구와 수련을 구해준 사내가 흐트러진 옷을 추스르며 먼지를 털었다. 가만히 보니 사내 뒤에서 봇짐을 받아들고 있는 자는 해질 무렵 어래객주를 소개해준 방물장수였다.

"고맙소. 봉변을 당할 뻔했소."

조민구가 사내와 방물장수를 번갈아 바라보며 인사를 했다.

"그만하길 천만다행이시더."

방물장수가 고개를 저으며 혀를 끌끌 찼다.

조민구는 거칠고 드센 장꾼들을 단숨에 쓰러뜨린 사내가 궁금했다. 그에게 호감이 가 슬쩍 얼굴을 훔쳐보았다. 작지만 예리한 조각달 눈이 빛을 발했다. 목은 굵고 왼쪽 턱에는 칼에 베인 듯 깊은 흉터가 드러나 보였다.

"초면에 신세를 졌소이다."

조민구가 고마운 뜻을 전했다.

"별 것 아니오. 시절을 잘못 만난 탓이 아니겠소."

사내의 말투는 툭 쏘아붙이는 듯했지만 어딘지 신중했다. 그런 모습이 믿음직스러웠다.

"호시절이 찾아는 올런지 모르겠소."

조민구의 대꾸에 사내가 가볍게 미소를 지으며 똑바로 쳐다보았다.

"기강이 무너지니 장돌뱅이들도 겁 없이 설치는 거라오. 군자는 사라지고 영악한 소인배들만 득실대는 세상이니 한심하고 답답하오. 나라의 운수가 어쩌다 이 꼴이 됐는지 모르겠소."

사내가 행장을 추스르면서 불만스러운 심사를 아무렇지도 않게 털어놓았다. 조민구는 정신이 번쩍 들었다. 조선의 운수가 다했다는 말을 거리낌 없이 내뱉다니. 장꾼들의 무례한 행동과 들개같이 덤벼드는 근성 때문에 한바탕 싸움판이 벌어진 일을 나라의 운명과 연결 짓는 이 자는 누구인가?

"무슨 일을 하는 분이라예……."

수련이 사내의 얼굴을 호기심 어린 표정으로 바라보며 말끝을 흐렸다.

"뭘 하는 사람 같은가?"

사내가 피식 웃으며 그녀에게 되물었다.

"유랑하는 풍운아 같네예!"

수련이 당돌하게 말하자 사내가 껄껄껄! 목이 터져라 웃더니 냉수를 벌컥벌컥 마셨다. 그런 뒤 방물장수에게 눈짓을 했다. 그만 자리를 뜨자는 의미였다.

"갈 길이 멀어서 그만 가야겠니더."

방물장수가 앞장서고 사내가 뒤를 따랐다.

"어디로 가는데예?"

수련이 방물장수에게 물었다.

"창수로 간다오."

방물장수가 마당을 걸어가다 뒤돌아서서 말했다.

"창수?"

조민구가 혼잣말처럼 마을 이름을 따라 불렀다. 창수는 영해부 서쪽에 있는 작은 산골마을로 태백산간을 넘어 영양으로 가는 길목이다.

"난 조민구라 하오. 다시 만날 수 있으면 좋겠소!"

그가 앞서 걸어가는 사내가 들으라고 목청을 높였다.

"난 이언이라고 하니더."

사내 대신 방물장수가 고개를 돌려 대꾸했다. 그리고는 해진 장갑을 낀 손으로 객사의 마른 널대문을 밀었다. 삐익! 소리가 울렸다.

"이언."

조민구가 방물장수의 이름을 되뇌었다. 육체는 무예로 단련돼 있고 내면은 세상에 대한 불평으로 가득한 사내는 끝내 이름을 밝히지 않았다. 뒤도 돌아보지 않고 대문을 빠져나갔다.

3

수련은 봇짐을 베고 모로 누워 잠을 청했다. 온몸이 욱신거리고 머리가 쑤셔 잠이 오지 않았다. 불쑥 자신이 믿고 있는 동학이 목숨보다 귀한 것인지…… 그런 엉뚱한 생각에 젖었다. 회의감과 울적한 마음이 생겨난 것은 순전히 조민구 때문이었다. 그녀는 말똥말똥 눈을 뜬 채 지나온 여정을 돌이켰다. 도대체 이 일이 가당키나 한 것인지 스스로도 놀랐다. 풀 수 없는 수수께끼 같았다. 한양 선비 조민구에 대한 생각이 꼬리에 꼬리를 물고 이어졌다.

그가 주인 최해월의 목숨을 노리는 세작인지 아닌지는 좀 더 지켜보아야 할 일이지만, 그보다는 그를 따라나서는 데 조금도 주저하지 않은 자신의 마음이었다. 한양에서 내려온 낯선 과객, 해동객사에 이틀 밤을 묵었을 뿐인 정체 모를 젊은 선비에게 마음이 끌린 것이 아니고서야, 선뜻 따라나설 수가 없었다. 부끄러운 마음에 저도 몰래 볼이 달아오르는 느낌이었는데 그것이 싫었다. 그의 신분은커녕 심성도 모른 채 따라 나서기로 마음먹은 것은, 아무리 이해하려 해도 이해할 수 없는 일이었다. 오라버니는 조민구의 행동을 지켜보다가 세작으로 확인되면 가차 없이 명줄을 끊으라고 일렀는데, 수련이 조민구를 따라 나서겠다고 고집을 피우자 차선책으로 내놓은 것이었다. 그런데도 그를 조금도 두려워하거나 경계하지 않는 것은, 그를 통해 갑갑하고 따분한 일상을 벗어날 수 있을지도 모른다는 기대를 지닌 때문일지도 몰랐다.

수련은 해동객사의 주렴을 밀치며 들어선 조민구의 얼굴을 처음 본 순간, 게으르고 안일한데다가 인색하기까지 한 시골의 선비들과는 달리 총명하게 깨어있는 내면을 읽어낼 수 있었다. 고뇌하는 눈빛과 수심어린 표정 너머로 감추어진 충만한 지적인 모습이 수련의 마음을 끌었다. 오라버니를 설득하고 안심시키느라 애를 먹긴 했지만, 그를 따라 이곳 영해까지 온 것이 후회되지는 않았다. 경주의 해동객사에 눌러앉아 따분한 날들을 보내는 것보다는 훨씬 좋았다. 수련은 숨통이 트였다. 조민구가 무섭지 않았다. 애당초 그런 마음이 있었다면 따라나서지도 않았을 것이다. 앞으로 어떤 일들이 벌어질지 궁금했지만 그것 역시 두렵지 않았다. 그의 실체가 무엇인지, 그것도 두렵지 않았다. 세작인지 아니면 동학당이 되려고 내려온 선비인지……, 어떤 결과가 닥친다 해도 감내하리라 다짐했다. 세작인 것이 드러나면 칼을 빼들어 그의 목을 칠 것이고, 동학당이 되면 그의 영성이 거듭나도록 거들면 되는 것이다.

수련은 그런 생각들이 밀물처럼 다가와 잠을 이루지 못한 채 자신이 믿는 동학이 목숨보다 소중한 것인지를 캐묻고 또 캐묻기를 거듭했다. 콩닥거리는 심장소리가 윗목 문지방 앞에 쭈그린 채 잠든 조민구의 귀에 들릴까봐 손바닥을 펴 가슴을 꾹 눌렀다.

조민구 역시 잠을 이루지 못했다. 작은 객방에 두 사람이 들다 보니 몸을 뒤척이는 소리는 물론 숨소리도 들을 수 있었다. 곁눈으로 수련의 잠든 모습을 보다 말고 고개를 돌렸다. 그녀는 거리낄 것 없는 사내 같았다. 조민구는 그녀가 누워있는 아랫목에서 조금 떨어진 문지방 옆에 기대 이불을 턱까지 끌어당겼다. 그녀가 장꾼들과 싸우던 일을 떠올렸다. 칼솜씨가 예사롭지 않았다. 비록 남장을 하고는 있었지만 가녀린 여자 몸에 그만한 내공이 숨어 있다는 것이 놀라웠다. 그녀의 실체가 궁금했다. 여자의 몸으로 낯설고 먼 길을 동행하겠다고 따라나선 것부터가 이해할 수 없는 일이었다. 그러나 세상에는 그렇게 이해할 수 없는 일들이 아무렇지도 않게 일어나는 법이기도 했다. 더욱이 냉철한 이성으로는 불가능한 일이 어느 순간 감정의 변화로 가능할 수도 있는 법이라 생각하니 심란하던 마음이 가라앉았다. 그런 결론에 이르자 마음이 놓였다. 긍정적이거나 부정적인 갖가지 상상을 해본들 결과는 마찬가지였다. 도움될 일은 없었다. 복잡한 심사를 내려놓고 눈을 감았다. 바람소리가 문풍지를 울렸다. 피곤에 지친 수련의 숨소리는 가늘어졌다가 다시 거칠어지기를 반복했다.

그는 날이 밝으면 곧장 영해접주를 찾아나서야 한다는 생각에 마음이 조급했다. 최교의 말대로 이 지역의 동학접주를 만나면 일월산에 있는 최해월에게로 가는 길을 알 수 있을는지……. 최해월을 만날 수는 있는 것인지……. 마음이 조급해졌다. 달아난 잠을 다시 청해보지만 그럴수록 머리가 맑아졌다.

창수리 동학접주

1

"이 고을 동학당 접주가 누군지 아시오?"

수련이 어래객주를 나서면서 마당을 쓸고 있던 주인장에게 물었다.

"박 접주를 찾니껴?"

주인장은 대뜸 성姓까지 대가며 아는 체했다. 시골 마을에서는 이름 석 자만 대면 사는 집을 쉽게 찾을 수 있다. 주인이 비질을 멈추고 조민구와 수련을 번갈아 바라보았다.

"동학하는 사람들이 죽순맹키로 올라오는 걸 보니, 말세는 말세시더."

주인장의 목소리는 다소 동정적이었는데 동학에 대해 나쁜 감정을 갖고 있지는 않는 것처럼 보였다. 그는 무지렁이들이 그래도 동학이라도 믿으니까 죽지 않고 사는 거라고 말했다.

"창수리에 가서 물으면 다 아니더."

주인장이 대수롭지 않다는 듯, 영해접주가 사는 마을을 알려주고는 다시 비질을 했다. 당초 걱정했던 일이 의외로 쉽게 풀렸다. 동해안의 외떨어진 오지인데다가 관아의 경계도 느슨해 누구나 동학당에 대한 이야기를 스스럼없이 했다. 경주와는 딴판이었다.

창수리에 도착하니 영해접주 박사헌의 집을 모르는 사람이 없었다. 조민구와 수련은 박 접주가 사는 집에 이르러 대문을 들어서다가 걸음을 멈췄다. 지난밤 보았던 방물장수가 마당에 깔아놓은 멍석에 고사리를 널고 있는 모습이 보였다. 그자는 헤어질 때 자신의 이름이 이언이라고 했다. 그자가 대문을 들어서는 조민구를 알아보고는 고개를 갸웃거리며 다가왔다.

"우얀 일로 여길 다 왔니껴?"

조민구는 이언이 묻는 말에 대꾸는커녕 반가운 마음에 껄껄 웃기부터 했다. 아는 사람을 만난 것에 마음이 놓였다. 일이 술술 풀리고 있었다. 기분이 한결 가벼워졌다. 해월에게 가는 길을 제대로 찾아온 것이다.

"접주님을 찾아왔소. 경주사람 최교가 소개했소."

"경주접주 말잉교?"

이언이 확인하듯 물었다. 조민구는 순간 정신이 번뜩 들었다. 해동객사의 꾀죄죄한 주인장이 경주 동학당 접주라니? 혼란스러웠다. 최교가 동학당을 찾는 자신에게 신분을 감춘 것이 궁금했다. 해월을 만나고 싶다는 자신에게 선뜻 길을 가르쳐 준 이유도 마찬가지였다. 그나마 마음을 놓을 수 있는 것은 최교가 자신의 실체를 알지 못한다는 것이었는데, 그것 또한 장담할 수 없었다. 최교가 의심을 하고 있을지도 모르는 일이었다. 그 때문에 동학접주라는 말을 입 밖에 내지 않은 것일 수도 있었다. 경계심이 일었다.

조민구가 수련을 돌아보았다. 그녀가 눈길을 피했다. 그녀 역시 자신을 속인 것이다. 영해까지 동행한 이유는 무엇이란 말인가? 머리가 복잡했다. 최교와 수련이 동학을 찾아온 자신을 진심으로 인도하는 것인지, 아니면 자신의 신분을 눈치 채고도 모르는 척 두고 보다가 결정적일 때 볼모로 잡아두려는 것인지…….

조민구는 이미 동학당 영해접주 집을 돌아나가기에는 늦었다는 것을 알았다. 자신의 신분을 완벽하게 숨기는 것말고는 다른 길이 없었다. 수련이 의심한다 해도 시치미를 떼면 그만이다. 결정적인 증좌가 나온다면 몰라도, 실체가 드러날 어떤 물증도 몸에 지니고 있지 않았다.

그사이 영해접주 박사헌이 모습을 나타냈다. 낯선 길손이 마당에 들어선 것을 알고 나온 듯했다.

"접주님을 찾으라 했소. 길을 물으면 영양 일월산으로 갈 수 있다고 했소."

조민구는 접주 박사헌에게 자신이 이곳까지 찾아오게 된 이유를 설명했다.

"일월산엔 왜 가려고 하오?"

박 접주가 호기심 어린 표정으로 물었다.

"해월 선생을 만나보렵니다. 소문을 들어서 알고 있지만, 직접 뵙고 싶은 열망 때문입니다."

조민구는 실제로 해월을 만나야 했기 때문에 간절하게 말했다.

"운이 좋구려. 머잖아 해월 선생을 만날 수 있게 될 거요."

박 접주가 의미심장한 말을 했다. 옆에 있던 수련이 기다렸다는 듯 그에게 자신의 신분을 밝혔다.

"최교의 누이라예."

"허허, 반갑소! 젊은이가 참 잘도 생겼다 했더니 남장을 했구만!"

박사헌이 웃음을 터뜨리며 좋아했다.

이언이 조민구의 어깨를 툭 치더니 자신을 따라오라고 했다. 조민구는 이언을 따라 가면서 문득 지난 밤 빼어난 무술로 자신을 구해준 사내가 궁금했다.

"그자는 누구요? 번개처럼 날쌘 그 사내 말이요."

"사람 볼 줄은 아시네요."

이언이 껄껄 웃으며 선심이라도 쓰듯 사내의 이름을 알려줬다.

"이길주라카는데, 우리 도인들의 지도자시더. 아까 그 분은 영해 접주님이고, 이길주는 지도자라꼬 생각하면 되니더."

"이길주."

조민구가 사내의 이름을 기억해 두기 위해 나직이 따라 불렀다.

수련은 자신이 최교의 누이동생인 것을 밝힌 만큼 이제부터 여자들이 거처하는 안채 도장방으로 가 밥 짓는 일과 바느질, 빨래를 하며 살림을 돕겠다고 했다. 조민구는 남장을 한 그녀와 며칠 동행하는 동안 몹시 거북했던 터라 오히려 후련한 기분이 들었다.

"이제부터 철부지처럼 함부로 나대지 말고 부엌일이나 잘해요."

조민구가 놀리듯 말하자 수련이 지지 않고 대꾸했다.

"여기까지는 운이 좋았던 거라예. 앞으론 방심하면 안돼예. 목숨이 경각에 달렸다 그리 생각하고 정신 바짝 차려야 해예! 알았지예!"

수련이 마치 동생을 앞에 두고 걱정하는 투로 말했다.

"걱정도 팔자. 그건 그렇고, 날 속인 이유는 말해줘야 하지 않소?"

조민구는 최교와 수련이 신분을 감춘 속내가 궁금했다.

"정체도 모르는 선비에게 어떻게 말을 해예! 굳이 내가 동학접주요 하고 밝힐 이유도 없잖아예. 선비가 원하는 것만 들어주면 되는 게 아니라예."

수련은 그렇게 묻는 것이 오히려 이상하다는 듯 어이없다는 표정으로 말했다. 듣고 보니 그녀의 말에 일리가 있었다. 동학당을 찾는 낯선 길손에게 '내가 당신이 찾는 동학당의 접주요'라고 말하리라 기대했다면 그것이 잘못된 것이다. 조민구는 최교가 자신의 신분을 눈치 챘더라면 이곳까지 보냈을 리가 없을 것이라고 생각했다. 왕실의 밀사인 것을 알아냈다면 그 사이 목을 베었거나 잡아 가두었을 것이다. 최교는 세도가의 나라인 조선의 정치에 염증을 느낀 한양의 가난한 선비가 동학에서 길을 찾고자, 절박한 심정으로 내려온 것으로 알고 있는 것이다. 그렇게 정리를 하고 나니 마음이 가벼워졌다. 조민구는 자신의 내면 깊은 구석에도 그런 불순한 기운이 아주 없는 것이 아니라는 사실을 떠올리다가 피식 웃었다.

조민구는 이언을 따라 쪽문 건너편의 봉놋방으로 들어와 여장을 풀었다. 그날 저녁, 곁에 붙어서 쉬지 않고 쫑알대던 수련이 보이지 않자 마음이 적적했다. 홀로 누워 있자니 문득 쓸쓸해서 그녀 생각이 났지만 그때마다 못난 놈 하고는 마음을 돌렸다. 한 여인에 대한 허접한 그리움에 마음이 상하는 것이 싫었다.

그는 수련에 대한 자신의 감정이 두갈래로 나뉘어 있는 것을 알고 있다. 그 때문에 정신을 바짝 차려야 한다고 스스로를 채근했다. 수련이 자기를 감쪽같이 속인 골수 동학당이라는 것을 떠올릴 때마다 괘씸한 마음과 함께 경계심이 일었다. 그렇게 선을 긋고 거리를 두면서도 저도 몰래 그녀에게 기대고 있는 심사가 묘했다. 조민구는 단전 깊이 숨이 다다를 만큼 길게 들이마셨다가 서서히 내뱉기를 몇 차례 하다가 잠이 들었다.

2

해월이 온다는 소문이 파다했다. 조민구는 동학당 수괴를 직접 대면할 수 있게 됐다는 것이 믿겨지지 않았다. 운이 좋다고 생각하자 불쑥 도승지 김시정 대감의 귓속말이 들려왔다.

주상 전하께서 원하는 것은 최해월일세. 조민구는 환청 같은 도승지의 음성을 듣는 순간, 어명 뒤에 간당거리는 자신의 가냘픈 목이 떠올라 오금이 저렸다. 조금도 방심하거나 실수를 해서는 안 된다며 스스로를 다그쳤다.

해월을 마중하기 위해 도인들이 분주하게 움직였다. 접주 박사헌이 주인을 맞으러 직접 동구 밖까지 내려갔다. 해가 뉘엿뉘엿 창수령을 넘으려는 저녁이었다. 조민구는 이언과 함께 주인을 마중 가는 도인들 틈에 끼었다.

"거사 때까지 여기 머물 거시더."

이언이 신이 난 듯 말했다. 그를 따라 산길을 내려가던 조민구는 귀를 의심했다. 거사라니? 이 자들이 무슨 작당을 하고 있는 건가! 조민구는 갑자기 등골이 오싹해졌다. 주인 최해월이 영양 일월산에서 영해부로 내려오는 것이 모종의 거사와 관련된 것이라 생각하자 심장이 두근거렸다. 도인들이 웅성거리기 시작했다. 봄 가뭄에 바짝 마른 창수천을 걸어오는 해월의 행색은 영락없는 농사꾼이었다. 해월을 따라오는 일월산 도인 예닐곱 명의 발치에서도 누런 흙먼지가 풀풀 올라왔다. 해월 앞으로 드리운 긴 그림자가 박사헌의 무릎에 닿았다. 기우는 해 때문에 눈이 부셨다. 해를 등진 주인의 얼굴이 잘 보이지 않는지 박사헌이 손을 올려 이마에 댔다. 조민구의 눈에도 해월의 검은 윤곽만 보일 뿐이었다.

"험한 산길을 두 번씩이나 넘어오시게 해 송구할 따름입니다."

박사헌이 머리를 숙여 절을 했다. 성큼 다가온 해월이 박 접주의 두 손을 마주잡았다.

"평안하셨소?"

해월이 안부를 물은 뒤 미소를 지었다.

조민구는 박사헌의 등 너머에서 해월을 살폈다. 검은 구레나룻이 보기에 좋았다. 눈썹이 짙고 코가 우뚝했으며 키가 훤칠했다. 범접할 수 없는 기운이 감싸고 있었는데, 마치 움직이지 않지만 생동하는 노거수 같았다.

조민구는 해월을 안내하는 박사헌 곁에 바짝 붙어 움직였다. 그가 걸으면 같이 걷고, 멈추면 같이 멈추었다. 몸종처럼 잠시도 곁을 떠나지 않았다. 조민구는 박사헌이 자신을 갓 동학에 입문한 가난한 한양 선비로 여겨 마음에 들어 한다는 것을 알고 있다. 주자학에 염증을 느끼고 한양을 도망쳐 나온 몰락한 양반집 자제로 알고 있는 것이다. 천하에 버림받은 가난한 선비의 울분을 누구보다 익히 알고 있는 것도 박사헌이었다. 그 때문에 동학을 찾아 동해안 오지까지 들어온 자신에게 감동과 연민을 동시에 느끼고 있는 것이라고 여겼다. 조민구는 박사헌의 신뢰를 받으면 해월에게 다가가기가 훨씬 쉬울 것이라 여겼다. 박사헌의 손과 발이 되어야 했다.

이날 밤 창수리 박사헌의 집은 잔치라도 벌어진 양 떠들썩했다. 동학당 주인 최해월 때문이었다.

3

동학당들은 이달 스무아흐렛날 밤 영해성을 친다고 했다. 조민구는 그 소리를 듣고 난 후 입맛을 잃었다. 도인들이 낫으로 죽창을 만들고 숫돌에 칼날을 세우느라 분주했다. 의분이 넘치는 모습을 볼 때마다 눈앞이 캄캄해지면서 머리가 아찔했다. 그는 운이 없다고 한

탄했다. 동학당들이 꾸미고 있는 역모의 현장에 때를 맞춘 듯 찾아온 자신이 한심하기도 했다.

조민구는 정신을 차렸다. 자책만 하고 있을 때가 아니었다. 동학당의 수괴 해월이 꾸미고 있는 역모를 막기 위한 묘책을 찾아야 했다. 제일 먼저 떠오른 것이 도승지 김시정 대감 앞으로 서계를 보내는 일이었다. 사람들 눈에 띄지 않도록 짧은 시간에 단문으로 핵심을 적어야 했다. 먹과 붓을 찾았다.

삼가 대감의 건강이 만중하시고 우환은 없으신지요. 그립고 걱정이 됩니다. 다름이 아니오라 이달 6일 영해부 창수리에 있는 동학당의 소굴에 잠입해 입수한 정보에 따르면, 29일 밤 영해성을 습격한다 하옵니다. 동학 수괴 최해월과 정체 모를 검객 이길주란 자가 담합했습니다. 동비東匪들의 역모입니다. 대감, 서둘러 대비하셔야 합니다. 다급해서 예를 갖추지 못합니다. 동비들 몰래 파발을 올리옵니다.

4월 15일 조민구 배수拜手.

입으로 후후 바람을 불어 한지에 먹인 붓글씨를 말렸다. 서계를 접어 품에 넣은 뒤 밖으로 나오니 눈발이 흩날렸다. 춘분이 지나 청명이 가까운 계절에 내리는 춘설이었다. 습기를 머금은 눈송이가 소한 절기 때 내리는 눈송이와는 달리 솜털처럼 크고 무거웠다.

조민구는 서계를 한시라도 급히 한양의 도승지에게 보낼 방법을 찾았다. 파발꾼을 움직일 수 있는 것은 관아에서나 가능한 일이었다. 이곳 동해안의 낯선 고을에서는 그 역시 이름 없는 평민에 불과했다. 자신의 신분을 아는 사람이라고는 한양의 김시정 대감뿐이었다. 대감마저도 모른다고 시치미를 떼면 그만이었다. 그는 자신이 어명을 받들고 있는 신하가 맞는 것인지 혼돈스러웠다. 갈수록 좁아만 가는 속내가 스스로 보기에도 짜증스러웠다.

창수에서 영해성까지는 이십 리길이다. 무슨 수로 그 길을 달려간단 말인가. 동학당의 시선을 피해 영해성까지 간다 한들 한양에 보낼 파발꾼을 어찌 구한단 말인가. 동학에 적대감을 지닌 유림을 찾는 방법과 영해부사 이정을 만나는 방법을 떠올렸다. 부사 이정은 위험했다. 신분을 숨긴 채 서계를 올려달라고 했다가는 곤장만 맞고 쫓겨날 것이다. 아직 신분을 밝힐 수는 없었다. 영해부 관청 내부의 적도 염두에 두어야 했다. 조정의 밀사치고는 너무나 한심한 신세였다. 그는 절로 나오는 한숨을 쏟아냈다.

"고민이라도 있니껴? 웬 놈의 숨을 땅이 꺼져라 내뱉능교."

이언이 마침 곁채의 삽짝을 밀고 들어서다가 물었다.

"눈을 보니까 떠나온 한양 생각이 나는구려."

조민구가 펄펄 내리는 눈송이를 바라보며 멍한 표정을 지었다.

"춘설이 날리니 오죽하겠니껴. 부지런히 마음을 닦고 도를 깨치면 절로 평정을 찾게 될끼라요."

"나는 군자의 도리를 익혀 부모를 섬기고 임금을 섬기고 사물의 이치를 깨달아 온 세상이 평화롭게 되는 날을 꿈꿔왔소. 그런데, 돌이켜보니 그것은 책갈피 속에서 피어나는 곰팡내 같은 것이었소. 소수의 세도가들이 자기 문벌을 보호하고 권력을 고착시키면서 영원한 부귀영화를 누리기 위해 악용하는 방편일 뿐이었소."

조민구는 스스로도 깜짝 놀랄 만큼 유학의 병폐를 까발렸다. 그렇게 투덜대듯 비난하고 나니 오히려 속이 시원했다. 이언이 껄껄 웃었다. 당신 같은 선비가 어디 한둘인 줄 아느냐고 되받았다.

"술이나 한잔 하시려우?"

조민구가 문득 그를 꾀어 아랫마을 삼거리에 있는 주막으로 갈 생각을 했다.

"어라! 이 양반이 보기보다는……. 선비의 심정을 어찌 모른다 하겠니껴. 춘설도 날리고, 울적한 심사라! 한잔 하입시더."

눈은 내려도 쌓이지 않았다. 춘설이라 땅에 닿자마자 바로 녹아들었다. 질퍽이는 산길을 내려와 주막에 들어서니 공기가 썰렁했다. 주모가 낮잠을 자다 깬 듯 부스스한 머리를 쓰다듬으며 나왔다. 조민구와 이언은 마른 가자미를 안주로 술잔을 주거니 받거니 했다.

"난 종종 주인처럼 살아야겠구나, 그런 다짐을 하니더."

이언의 얼굴이 그 사이 술기운에 발개졌다. 둘 사이의 경계가 편하고 느슨해졌다.

"주인이라니요?"

"헛! 이 양반이. 해월 선생 말이시더."

이언은 6년 전 가을 해월에게 들은 첫 강론을 지금도 잊을 수가 없다며 눈을 감았다. 그때 받은 감동으로 며칠 밤을 뜬 눈으로 지새운 이야기를 실감나게 들려주었다.

"그날이 수운 선생의 생신이었니더. 스승께서 참형당한 뒤 처음 맞는 생일을 앞두고 그동안 숨어서 지내던 해월 선생이 움직인다는 통문이 돌았니더."

이언은 주인 해월이 은거해 있던 영양 일월산을 떠나 고향인 경주 북서쪽의 신광 마북동으로 향했다고 했다. 스승의 탄신일에 제례를 올리는 행위를 통해 흩어진 동학당의 조직을 재건하고 앞으로 나가야 할 방향을 제시할 작정이었다는 것이다.

"영해접주 앞으로 통문이 왔을 때, 나는 내가 갈끼라꼬 나섰니더. 그란 뒤 곧장 출발했니더. 말로만 듣던 주인의 고장 마북동은 하늘만 빼꼼한 깊은 산 속이었니더. 앞은 동해의 영일만이고 뒤는 청송 주왕산이었는데, 그 안에 주인이 살던 옛집이 있었니더."

이언은 그날 각지에서 찾아온 도인들이 백여 명에 달할 정도로 많았다고 기억했다. 날씨는 쌀쌀했고……, 벌써 늦가을을 지나 초겨울로 접어든 계곡은 차가웠다. 낙엽이 떨어진 자리에 흰 가지가 선연하게 드러나 있었다.

"주인께서 마루에 올라서더니 마당에 가득 모인 도인들에게 카랑카랑한 목소리로 강론을 시작했니더."

살아서 다시 만나니 감개무량하오. 작년에 닥친 고초로 도인들 마음에 상처가 난 것을 어찌 모르겠소. 스승을 잃고 뿔뿔이 흩어진 도인들을 이렇게 다시 만날 수 있는 은혜에 감사할 뿐이오.

도인 여러분! 스승께서는 하늘님이 내 몸 안에 모셔져 있다고 했소. 그게 바로 시천주侍天主요. 우리 몸 안에 하늘님을 모시고 있다는 겁니다. 사람이 하늘님이니 양반 상놈 가리지 않고 하늘님처럼 똑같이 대해야 하오. 사람은 평등해서 차별이 없소. 귀하고 천한 것은 사람들이 인위적으로 만든 제도일 뿐이오. 그러니 우리 도인들은 귀천의 차별을 철폐해야 할 것이오.

사람은 누구나 몸 안에 하늘님을 모시고 있으니 누구를 막론하고 하늘님과 같이 존엄하오. 그러니 사람의 존엄성과 하늘님의 존엄성은 똑같은 것이오. 사람이 곧 하늘님인 것이오. 우리 도인들은 양반이니 상놈이니 하는 신분의 차별을 없애야 하오. 귀한 것과 천한 것도 가리지 말아야 하오. 귀천은 누가 만들었소? 하늘님이오! 임금님이오! 귀한 집에서 난 것은 누구의 도움 때문이오? 천한 집에서 태어난 것은 누구의 탓이오? 이와 같은 차별은 사람들이 만들어낸 잘못된 제도일 뿐이오. 여기 모인 도인들은 모두가 하늘님이오. 나도 하늘이고 저기 어린아이도 하늘이고 아이의 엄마도 하늘이오. 모두가 똑같소. 사람이 곧 하늘이니 사람 대하기를 하늘같이 하셔야 하오.

"놀랍지 않니껴!"

이언이 주인의 강론을 전하다 말고 흥분에 들떠 조민구 앞으로 얼굴을 바짝 들이댔다. 그리고는 제풀에 감동한 듯 허! 하고 감탄사를 내뱉었다.

조민구는 귀가 솔깃해졌다. 사람이 하늘이라니! 이때까지 매달린 주자학의 어느 구석에도 사람이 하늘처럼 고귀하여 남녀노소가 똑같다고 한 적은 없었다.

"그때 주인 나이가 얼만 줄 아니껴? 서른여덟 살이시더. 그날 검곡에서 들은 강론이 주인의 첫 강론이니까네 내가 운이 좋은 기라에. 주인은 그날 강론에서 스승을 잊어뿔고 방황하는 도인들에게 새로운 희망을 보여준 거시더."

"그런데 왜 거사를 하려는 거요?"

조민구가 뿌루퉁하게 말했다. 사람이 하늘이라면 모두가 귀한 것인데 왜 영해성을 습격해서 피를 뿌리려 하는 것인지 의문이 들었다.

"쉿!"

이언이 눈을 동그랗게 뜨며 주위를 돌아보았다. 손가락을 입에 대고는 누군가 엿들은 사람이라도 있는지 살폈다. 주모는 방에 들어가 다시 낮잠에 빠졌는지 조용했다. 주막의 낮은 처마에 물 떨어지는 소리가 요란했다. 점점 눈보라가 거세지다 보니 음지쪽 길에는 눈이 쌓여갔다.

"나중에 얘기하입시더."

이언이 놀란 기색을 가라앉히며 말을 끊었다. 거사 이야기가 튀어나오는 바람에 김이 샜는지 서둘러 돌아갈 낌새였다. 조민구는 일부러 큰소리로 주모를 불러 술을 더 내오라고 일렀다. 이언은 부담스럽다는 표정을 짓더니 자리를 털고 일어섰다.

"한 잔만 더 하고 가겠소."

조민구가 울적한 표정으로 이언을 바라보았다.

"난 그만 가니더."

이언이 주막 문을 밀치고 밖으로 나섰다. 길 건너 검은 돌담 앞에서 하얀 눈송이가 춤을 추었다.

춘설 내리는 옹기점

1

해질 무렵 해풍이 거세게 불었다. 바다에서 만들어진 먹구름이 뭍으로 낮게 몰려오면서 눈을 퍼부었다. 때늦은 봄눈이 내려서인지 거리의 행인은 뜸했다.

"이방 나리께서 올 걸세. 점방 앞에 당도하거든 옹기를 흥정하는 것처럼 하다가 안쪽으로 안내하게."

박사헌이 박기준에게 일렀다. 영해성 남문 밖 저잣거리에서 옹기점을 하는 박기준은 동학당의 세작이었다. 그는 성실할뿐더러 입이 무거운 자였다. 주변의 상인들조차 그가 동학 하는지를 모를 정도로 매사에 언행이 신중했다.

땅거미가 밀려오면서 눈발은 더 굵어지고 거칠어졌다. 바다에서 밀려오는 습한 기류가 더욱 강해졌기 때문이다. 퍼붓는 눈보라에 옹기 뚜껑마다 눈이 소복이 쌓였다. 박기준은 눈을 피해 처마 아래 서서 목이 빠져라 성문 쪽을 쳐다보았다. 그러다 옹기전 안을 흘끔 들여다보았다.

　박사헌은 초조했다. 어제 낮, 평소 친분이 있던 교졸을 통해 이방 신택순에게 기별을 넣었지만 그가 나올지는 알 수 없는 일이다. 박사헌은 연로하신 어머니를 떠올렸다. 평해 신씨인 어머니는 이방 신택순의 재종고모로 열네 살에 함양 박씨 문중으로 시집을 왔다. 신택순은 그런 연고로 6년 전인 갑자년 봄, 영해부 동학접주였던 아버지 박동선이 추포됐을 때 관원들 몰래 편의를 봐주었다. 옥에 갇혔을 때는 가족들과 면회를 주선했다. 아버지가 문초를 당할 때 물고를 당하지 않은 것도 그가 강도를 낮추었기 때문이었다. 물론 석방된 후 후유증으로 숨졌지만 이방 신택순으로서는 친척인 박사헌의 어머니에게 나름으로는 도리를 다한 셈이었다.

　박사헌은 그런 인연으로 아버지가 숨을 거둔 뒤 날을 잡아 신택순의 집을 찾았다. 그간의 고마움을 전하고 그의 재종고모가 되는 어머니의 안부도 각별히 전했다. 사적으로 처음 대하는 자리였지만 신택순은 선입견과는 달리 겸손했다.

　지방관아의 이방은 향리의 실질적인 권력가였다. 행정은 물론 조세와 재판, 치안을 관장하는 지방권력의 핵심인 자리였다. 그 때문에 향리마다 이방의 횡포는 극에 달했다. 그러니 관아의 실세인 이방의 평판은 좋을 리가 없었다. 하지만 신택순에게서는 권력을 거머쥔 자의 오만한 기색은 엿볼 수 없었다. 더욱이 그가 여느 이방들과 달리 보인 것은 국법으로 금한 동학이 사교 집단인줄 알면서도 사심 없이 대했다는 점이었다.

박사헌은 생사를 건 한판 도박을 벌이는 기분이었다. 당장 자리를 뜨는 것이 옳다는 부정적인 생각이 밀려왔다 사라지면, 뒤따라 부딪히면 길이 열릴 것이라는 긍정적인 생각이 밀려왔다. 긍정과 부정의 상반된 생각이 밀물과 썰물처럼 들락거렸다. 심장이 두근거렸다. 차라리 그가 나타나지 말았으면…….

"옵니다!"

옹기점 주인 박기준이 처마 아래 서 있다가 어둑신한 실내 쪽에다 대고 일렀다. 박사헌은 주사위가 이미 던져진 것을 깨달았다. 이제 와서 자리를 피할 방법은 없다. 숨을 구석도 없다. 신택순은 자신을 만나자고 한 연유를 물을 것이다. 안부가 궁금해서 보자고 했다고 변명한들 통할 리가 없을 것이다.

이방 신택순이 옹기점 앞에 다가와 헛기침을 내뱉는 소리가 들렸다. 박기준이 근래 들어 옹기가 영 팔리지 않는다며 엄살을 떨었다. 그가 수수 빗자루를 들고 이방의 도포에 쌓인 눈을 털어내는 모습이 여닫이 문빗장 사이로 보였다. 신택순이 대꾸는 하지 않고 헛기침을 했다. 그는 옹기점 안으로 들어서자마자 으슥한 구석을 살폈다. 박사헌이 자리에 앉아 있다가 슬그머니 일어섰다. 그의 눈에 어둠침침한 실내를 걸어오는 신택순의 몸집이 거인처럼 보였다.

2

이방 신택순은 영해성 남문 성루를 빠져나오기 전에 걸음을 멈추고 뒤를 살폈다. 행여 누군가의 눈에 띨까봐 주위를 둘러본 것이다.

옹기전 앞은 누구 하나 얼씬거리는 사람이 없었다. 쌓아놓은 옹기마다 하얀 눈송이가 덮였다. 발걸음이 잘 떨어지지 않았다. 그는 박사헌이 파놓은 함정에 영락없이 빠진 것을 알았다. 막자 해도 이미 막을 수가 없다는 것을 알고 있었다. 영해 관아의 병력과 무기는 참으로 가소로울 지경이었다. 교졸 십 수 명과 낡은 대포 두 문, 소총 열 자루, 녹슨 칼과 창이 전부였다. 대포는 제대로 작동이나 할지 의문스러울 정도였다. 신택순은 그 대포를 사용한 기억이 가물가물했다. 교졸들은 실전을 치른 적이 없다. 병자년 호란 이후 근 이백 년이 지나도록 전쟁을 모르고 살아왔다.

부사 이정에게 동학당의 흉계를 고한다 한들, 방비책이 없다는 것도 안다. 반면 저들은 수천 명의 도인들로 수적 우위를 지니고 있는데다가 신심으로 뭉쳐져 죽음을 두려워하지 않았다. 신택순으로서는 선택의 여지가 없는 것이다. 임금을 위해 목숨을 바치는 것이 유학의 예요 신하된 자의 도리라지만 지금껏 임금은 변방의 궁색한 고을을 위해 무엇 하나 은덕을 베푼 적이 없었다. 벼슬아치들과 양반들의 수탈로부터 백성을 보호해주지도 못했다. 도적들의 노략질을 엄벌하기는커녕 막기조차 벅차했다. 수시로 몰려오는 바닷가 해적은 속수무책이었다. 도대체 나라는 왜 존재하는 것인지 의문스러웠다. 너무나 암울한 현실이지만 그렇다고 사백여 년을 이어온 조선의 종묘사직에 등을 돌릴 용기도 없는 것이다. 마찬가지로 사악하고 잡된 동학 무리에 편승할 배짱도 없었다. 건너편 성벽 너머의 옥사 지붕이 하얀 춘설로 덮여가는 것이 보였다.

신택순은 먼지가 수북이 쌓인 탁자 앞에 일어나 있는 박사헌을 보았다. 이 자를 당장 옥사에 집어넣어야 하건만, 동학당에 대한 미련을 떨치지 못했다. 동학을 믿는 것은 아니었지만 그렇다고 동학을 배척하지도 않았다. 신택순은 동학하는 자들의 심성을 알기에 악의 무리로 지목해 쥐를 잡듯 몽둥이로 내려치지 못했다. 박사헌은 이달 스무아흐렛날이라고 했다. 닷새 뒤였다.

"왜 그러는가?"

신택순이 답답하다는 듯 물었다.

"쓰러져가는 나라를 구하기 위해섭니다."

박사헌은 비록 동학쟁이지만 보국안민이라는 대의를 위한 것이라고, 일부러 거창하게 대답했다.

"자네들이 어찌 나라를 구한단 말인가? 변방의 작은 관아를 쳐서 무얼 얻겠다고. 자네 선친 때문인가?"

신택순은 정곡을 찔렀다고 생각했다.

"새로운 세상을 만드는 일이 먼저입니다."

박사헌은 고개를 저으며 결연하게 대답했다.

신택순은 새로운 세상이라는 말에 혀를 찼다. 조선 왕실에 대한 역모였다. 그만 관아로 돌아가기 위해 자리에서 일어서다가 물었다.

"동학은 왜 믿게 됐는가?"

"평등한 세상에서 살고 싶은 마음 때문이었습니다."

"평등이라!"

신택순이 새삼 평등이란 말을 되새겼다. 동학쟁이들은 누구나 할 것 없이 차별 없는 세상을 꿈꾼다고 했다.

"사람이 곧 하늘이라면 이방 어른께서는 어찌하시겠습니까. 나와 네가 똑같고 어린애와 부녀자가 똑같고 양반과 상놈이 똑같다면 어찌하시겠습니까. 그런 세상이 옳은 겁니까? 아니면 나와 네가 다르고 어린 것들과 부녀자가 다르고 양반과 상놈이 각기 다르다면, 그래서 차별이 있고, 신분의 높고 낮음이 있고, 계급이 있다면 그런 세상이 옳은 겁니까?"

박사헌이 내친김에 하고 싶었던 이야기를 거리낌 없이 했다. 어차피 살고 죽는 것이 신택순의 손에 달려 있다. 신택순은 묵묵히 듣기만 했다. 박사헌이 더는 말을 하지 않자 걸음을 옮겼다. 안에서 바라본 바깥은 눈보라로 어지러웠다.

신택순은 검은 옹기 위로 쌓이는 흰 눈이 아름답기보다 왠지 슬퍼 보였다. 문을 밀치려는데 박사헌이 정중히 인사를 했다.

"저의 뜻을 헤아려 주십시오."

신택순은 입을 열지 않았다. 옹기점 문을 나서다 말고 걸음을 멈추고는 고개를 돌렸다.

"형방아전은 왜 그랬는가?"

박사헌의 등줄기로 식은땀이 흘렀다.

"무리 중에 신중하지 못한 자가 저지른, 예기치 못한 사고였습니다."

신택순이 끙! 하고 앓는 소리를 냈다. 박사헌은 더 이상 물러설 길이 없는 벼랑 끝에 서 있는 자신의 처지를 알았다. 굳이 숨기고 싶지 않았다. 신택순이 형방아전처럼 군다 해도 어쩔 수 없는 일이었다. 박사헌은 영해 관아의 이방 신택순에게 모든 것을 걸고 있는 자신이 두렵고 무서웠다. 하지만 선택의 여지가 없었다. 결국 죽고 사는 일이 그의 손에 달려 있다니……, 희미하지만 꺼지지 않는 등불을 바라보는 심정이었다.

"난세로세."

신택순이 고개를 절레절레 흔들고는 눈발이 날리는 어둠 속으로 나섰다.

그는 밤이 늦도록 퇴청하지 않았다. 사가私家로 돌아갈 엄두가 나지 않았다. 눈은 그칠 기미가 없었다. 춘설치고는 고약했다. 성루의 횃불이 눈발 때문인지 오늘밤 따라 유난히 흐릿했다. 신택순은 꼼짝하지 않고 자리에 앉아 초저녁에 만난 박사헌 생각에 골몰했다.

박사헌은 밤이 늦어 창수리 집으로 돌아왔다. 부인이 밥상을 차려왔지만 숟가락을 들지 않았다. 입안이 모래를 씹은 듯 텁텁했다. 경솔한 것은 아니었는지 후회가 됐다. 모두의 목숨이 걸린 일이었다. 그런데도 신택순에 대한 신뢰에 무게가 더해졌기에 마음을 안정시킬 수 있었다.

박사헌이 돌아온 것을 알고 이길주가 찾아왔다.

"믿어도 되겠소?"

이길주가 다짜고짜 다그치듯 물었다. 성 안의 첩자를 확보해야 한다는데는 합의했지만 그가 이방 신택순일 줄은 몰랐다. 며칠 전 포섭에 실패한 형방아전을 뜻하지 않은 상황에 처하는 바람에 칼로 쳐서 살해한 뒤라 경계심이 더했다. 이길주는 박 접주가 무모하게 승부를 건 것이라 여겼다.

"이미 공은 넘어갔소."

박사헌이 단호하게 잘라 말했다.

"거사를 하기도 전에 전멸할 수 있소. 그자가 발고하면 우리는 모두 개죽음이요!"

이길주는 박사헌이 신뢰하고 있는 이방을 믿을 수 없어 불안했다. 이방이 발설하기 전에 목을 베야한다는 생각이 스쳐갔다. 무술이 출중한 도인을 당장 읍내에 있는 신택순의 사가로 보내 그자의 입을 막아야 한다고 여겼다.

"지금이라도 늦지 않았소. 자객을 보내 청을 거절하면 목을 쳐야 하오."

이길주가 박사헌을 압박했다.

"우리를 돕겠다면 다행이고, 설사 도와주지 않는다 해도 발고하지는 않을 거요."

"믿어도 되겠소?"

"믿어야 하오."

박사헌이 주먹을 꽉 쥐었다. 거사일까지 남은 닷새가 다섯 달이라도 남은 듯 까마득히 멀게만 여겨졌다. 처마 끝에 떨어지는 물방울 소리가 장구소리처럼 분다웠다. 그 소리가 애써 눌러 앉히고 있는 박사헌의 불안을 부채질했다. 그는 자신이 꾸민 거사와 거사 뒤에 전개될 모종의 음모가 성공할지, 혹은 예기치 못한 돌발변수로 실패할지, 어느 것도 예측할 수 없었기 때문에 불안을 감추지 못했다.

혼돈

1

조민구가 주모에게 부탁해 마을에서 얻은 말은 순하기는 하지만 너무 늙었다. 안장을 얹혀 놓고 보니 도대체 제대로 달릴 수나 있을지 의심스러웠다. 말을 내어주는 마부는 보기는 이래도 안동과 경주를 쉬지 않고 달렸던 말이라며 너스레를 떨었다. 마부는 조민구에게 받은 엽전 꾸러미를 주머니에 넣으며 너무 늦지 않아야 한다고 다짐을 받았다.

그는 영해부 관아로 향하면서 이 지역 유림을 떠올렸다. 동학당을 경멸하는 유림 쪽에 서계를 맡기는 편이 나을지도 모른다는 생각이 들었기 때문이다. 그러나 조선 문화의 주류라고 자임하는 유림은 유학의 전통과 정치이념을 이상적으로 여기면서도 서학과 동학에 곁눈질하는 교활한 무리들이었다.

조민구는 머리를 흔들었다. 화려했던 과거에 빠져 살면서 암울한 현실에 대해서는 애써 외면하는, 주둥이만 살아있는 유림들이다. 동학에 대한 반감이 제아무리 크다 해도 그들 대부분은 간사해서, 앞에서는 주자의 예禮를 칭송하다가도 돌아서서는 천주학에 매료돼 눈물을 떨구는 것이다. 그들 중에 동학에 경도돼 몰래 주문을 외는 자가 있을지 누가 알겠는가. 영해접주 박사헌만 하더라도 영해 유림의 뼈대 있는 가문이라고 들었다. 아무도 믿을 수가 없었다.

영해 들판에 땅거미가 깔렸다. 아득한 들판 너머로 보이는 작은 마을이 가물가물해 분간할 수 없다. 들판 위로 날리는 춘설 때문이었다. 말은 걷다가 달리기를 반복했다. 성문이 닫히기 전에 도착해야 했다.

영해성 남문에 도착해 말을 내리니 성루 아래서 번을 서던 교졸이 달려와 앞을 가로 막았다.

"뉘시오?"

교졸은 추운지 어깨를 꼽추마냥 올리면서 물었다.

"사또를 만나야겠네."

조민구는 당당했다. 신분을 감추어야 하는 밀사인 것을 깜빡 잊어버린 것이다. 그가 왕실의 예문관 4품 관료라는 사실을 알고 있는 사람은 한양의 도승지 김시정 대감뿐이었다.

교졸도 만만치 않았다. 말고삐를 잡고 있는 그에게 신분을 밝히라고 다그쳤다. 조민구는 갑자기 막막했다. 어명을 받고 잠행 중인 밀사라고 떳떳하게 말할 수 없는 것이 답답했다. 도승지 김시정 대감이 건넨 임금의 교서를 보일 수도 없는 일이었다. 밀사의 신분을 철저히 감추어야 했다. 동학당에게 발각되더라도 예문관의 4품 관리로 끝나야 했다. 임금이 보낸 밀사는 김시정 대감과 조민구 둘만의 일이었다.

"급히 전할 말이 있네."

그가 위엄을 잃지 않고 신중하게 말했다.

생김새와 행장이 말끔해서 사대부집 선비가 분명한데다 말씨도 한양의 양반들 투라 교졸은 함부로 대하지는 않았지만, 그렇다고 호락호락 들여보낼 심사도 아니었다.

"닌지 알아야 들여보낼 것 아닝교!

"실랑이를 벌일 때가 아니래도 그러는군. 한시가 급하네. 정 그렇다면 기별을 넣어주게."

남문 앞에서 옥신각신하는 소리가 마당 너머 관아까지 들렸는지 숙직을 서던 관원이 멀찍이서 그 광경을 지켜보았다. 그의 곁에 서 있던 말이 히이잉! 하고 소리를 질렀다. 말갈기에 쌓였다가 녹은 눈이 미끄러져 땅바닥으로 떨어졌다. 벌써 사방이 어두워졌다. 다른 교졸 하나가 성문 닫을 채비를 했다. 조민구는 답답하고 분통이 터져 버럭 소리를 질렀다.

"사또! 사또 영감!"

교졸이 당황한 나머지 조민구를 밀쳐내기 위해 창을 내밀었다.

2

퇴청을 하지 않고 고민에 빠져있던 신택순이 당직 관원의 보고를 받고는 얼굴을 찌푸렸다. 낯선 선비가 성문 앞에서 무작정 부사를 만나야 한다며 버틴다니? 부사는 지금 부재중이다. 성 밖 기방에서 술에 취해 있을 터였다.

평소 같으면 내쫓으라고 했을 것이다. 성문을 닫아걸라고 했을 것이다. 그러나 오늘은 달랐다. 신택순은 오후에 만났던 동학접주 박사헌의 긴장된 얼굴이 떠올랐다. 혹시? 그 일과 연관된 것일지도 모른다는 생각이 스쳤다. 자리에서 벌떡 일어났다. 당직 관원을 불러 안으로 들이라고 일렀다.

눈에 젖은 도포를 털며 들어서는 선비의 얼굴이 유난히 하였다. 등잔불 때문에 갓 아래 그림자가 드리웠지만 풍채가 좋고 젊었다.

"무슨 일인가?"

신택순이 조민구를 노려보며 물었다.

"사또를 만나게 해주시오."

조민구는 이방에게 서계를 맡길 수는 없었다. 이방은 이 고을의 토박이 관료가 아닌가. 중앙에서 부임돼 내려온 부사라야 믿을 수 있고, 파발꾼을 신속히 보낼 수 있을 것이라 판단했다.

"사또께서는 부재중이네. 성 밖으로 나가고 없네. 그러니 내게 말하게. 대신 전함세."

조민구는 일이 꼬인다고 여겼다. 관아에 없는 사또를 불러오랄 수도 없는 일이었다. 서둘러 창수리로 돌아가지 않으면 방물장수 이언이 의심할 터였다. 그사이 술에 취해 있을 자신을 찾아 주막으로 내려왔을지도 모른다고 생각하니 조급했다. 조민구가 머뭇거리자 신택순이 자리에서 일어섰다.

"퇴청해야겠네. 내일 날이 밝으면 다시 오게나. 사또께서 만나 줄지는 모르겠네만."

"잠깐!"

조민구가 두루마기 소매를 뒤져 꼬깃꼬깃 접은 한지를 꺼냈다. 이방 신택순의 턱 아래로 그것을 내밀었다. 조민구는 긴장 때문에 떨리는 손을 감추느라 힘을 줬다.

"당장 한양으로 파발꾼을 보내시오!"

신택순에게 낮은 목소리로 말한 뒤 덧붙였다.

"반드시 도승지 김시정 대감께 전해야 하오."

신택순이 조민구가 내민 서계를 받아 펼쳤다. 조민구가 그의 표정을 살폈다. 노회한 이방은 서계의 내용을 읽으면서도 흔들리지 않았고, 오히려 태연했다. 내면을 감출 줄 아는 노련한 관리였다. 그에게서 등을 돌려 밖으로 나오니 그새 눈이 그쳐 있었다. 밤인데도 날씨가 포근해 쌓인 눈이 녹아 흘렀다. 기와지붕의 처마 끝에서 물 듣는 소리가 요란했다.

"댁은 뉘시오?"

따라 나온 신택순이 묻는 말에 조민구가 고개를 돌렸다. 이방의 얼굴이 아까와는 달리 파랬다. 조민구는 대꾸를 하지 않고 관청 마당을 걸어 나왔다. 신택순이 뒤따라와 거듭 물었다.

"누구냔 말이요?"

신택순은 질퍽이는 눈길을 서너 걸음 따라가다가 제자리에 섰다.

뒤도 돌아보지 않고 성문 쪽으로 성큼성큼 걸어가는 조민구를 굳이 붙잡을 생각이 들지 않았다. 동헌으로 들어와 서계를 다시 펼쳤다. 맨 아래쪽에 서명한 '신 조민구'라는 이름을 뚫어질만큼 바라보았다. 동학당 소굴에 잠입한 조정의 세작이라면? 도승지 김시정 대감이 보냈단 말인가? 그렇다면 이 서계를 한양에 전해야 하는 걸까? 파발꾼을 띄워야 하는가? 신택순은 혼란에 빠졌다. 자신의 처신이 박쥐와 같다는 자책이 밀려왔고 한편으론 낭패감을 느꼈다. 어찌해야 좋을지 고민에 사로잡혔다. 밤이 깊도록 관아에 머물다가 진이 빠져 집으로 갔다.

신택순은 이부자리에 들어서도 선뜻 눈을 붙이지 못했다. 신 조민구라……. 지붕과 나뭇가지에 쌓인 눈이 녹으면서 떨어지는 물방울 소리가 요란스럽게 집을 에워싸고 있었다. 그 소리가 점점 크게 울려 불안했다. 그는 아무 것도 결정할 수 없었다.

3

조민구는 삼거리 주막에 말을 돌려준 뒤 서둘러 마을로 올라갔다. 눈에 젖어 질척이는 길을 걷느라 짚신이 엉망이었다. 구슬픈 소쩍새 소리와 앙칼진 고라니 소리가 계곡에서 번갈아 들려왔다. 조민구는 이방 신택순의 얼굴을 떠올려 보았지만 선뜻 그려지지가 않았다. 등불에 비친 얼굴이 확연하지 않았던 탓이다. 그자는 지금쯤 파발꾼을 한양으로 보냈을 것이다. 동비東匪들이 영해성으로 쳐들어가기 전에 관군이 도착해야 한다는 조바심에 입안이 말랐다.

박 접주의 집 가까이에 이르자 길 아래쪽 바위틈에서 솟아오르는 옹달샘 생각이 났다. 미끄러운 비탈길을 내려가니 샘에서 흘러넘치는 물소리가 일정한 리듬을 타고 울렸다. 손바닥으로 물을 떠서 마른 목을 축였다. 달고 시원했다. 옹달샘 옆의 그루터기에 앉아 잠시 숨을 돌렸다. 마을은 불이 꺼져 어둠 속에 잠들어 있고, 지붕 위로 눈구름이 걷힌 하늘에 파란별 몇 개가 초롱초롱 빛났다.

"어딜 다녀오는거라예?"

"어이쿠! 깜짝이야!"

넋을 놓고 앉아있던 조민구는 놀라서 저도 모르게 소리를 지르고 말았다. 어둠 속에서 불쑥 나타난 사람은 수련이었다.

"이 시간에 여긴 웬일이요?"

조민구는 놀라기도 했지만 이슥한 밤중에 도장방을 나와 산길을 서성이고 있는 수련이 마음에 걸렸다.

"그러는 선비는예? 야심한 밤중에 어딜 다녀오느라 목이 말라서 난리라예?"

수련이 옹달샘으로 내려온 그를 몰래 지켜보고 있었던 듯 미심쩍어하며 물었다. 그녀는 조민구가 삼거리 주막에 혼자 틀어박혀 밤이 깊도록 술을 마시다 올라온 것이 아니라는 것을 알고 있었다. 방물장수 이언에게 초저녁 일을 다 들었던 터였다.

"방물장수는 벌써 코를 골고 자는데, 선비는 어디서 무얼 하다 이제 오는 거라예?"

수련은 순순히 물러설 요량이 아니었다.

"아무 일도 아니오. 눈도 내리고 해서 읍내 저잣거리에 나가 바람을 쐬고 왔소."

조민구는 태연하게 둘러댔다.

"낮엔 뭘 하다가, 한밤중에 바람이 난거라예?"

수련은 그의 속내를 캐고 싶어 따지듯 물었다. 오라버니 최교는 영해로 떠나오기 전 따로 불러, 조민구의 움직임을 한시도 놓치지 말라고 일렀다. 그런데 방심한 사이 어둠을 틈타 영해 읍내를 다녀온 것이다.

조민구는 신경이 바짝 섰다. 예문관 4품 관료라는 감추어진 신분을 떠올리며 냉철해졌다. 수련을 경계해야 했다. 게다가 영해부의 운명이 경각에 달렸다는 생각에 마음이 조급해질수록 스스로 결연해졌다. 그녀의 물음에 대꾸를 하지 말고 입을 다물면 그만이었다. 그가 그루터기에서 일어나 산채로 돌아갈 채비를 했다.

"싫으면 됐어예. 나중에 도와달라는 소리나 하지 말아예."

수련이 쌀쌀맞게 말했다.

조민구는 아무 일도 없었다는 듯 태연했다. 수련은 저녁 무렵부터 지금까지 서너 시간 동안 사라졌다 돌아온 자신의 동선을 알지 못한다. 단지 예민한 직감으로 의심하고 있는 것뿐이다.

"그런 일 없어요. 설사 그런 일이 닥친다 해도 손을 내밀 것도 아니고……."

조민구는 자신 있게 대꾸를 하며 걸음을 옮겼다. 산 위에서 내려

온 차가운 바람이 신우대의 뾰족한 이파리를 흔들었다. 그 소리가
잠든 산의 정적을 깨뜨렸다.

"걱정 돼서 그러지예. 낯선 곳에서 길을 잃을 수도 있고, 산적하고
맞닥뜨려 낭패를 당할 수도 있고, 짐승을 만나 다칠 수도 있고, 뭐
그런 것들이 걱정 돼서 그러는 거라예."

수련이 조금 전과는 달리 맥없이 말했다. 피로감이 섞인 낮은 목
소리가 왠지 처연하게 들렸다. 조민구는 그 음성이 너무 애잔하게
다가와 마음이 뒤숭숭했다. 산바람에 흔들리는 신우대처럼 마음이
홀연히 흔들렸다. 그 때문에 눈을 감았다. 어디선가 알지 못하는 곳
에서 밀려오는 감성의 파도에 옷이 젖는 기분이었다. 그 감성이 그
윽하고 무거웠다. 지금껏 누군가가 나를 위해 그렇게 걱정해 준 일
이 있었던가. 밤중에 길을 잃을까봐 어둠에 몸을 감추고 남몰래 지
켜봐준 사람이 있었던가. 산짐승을 만나 다치기라도 할까봐, 산적을
만나 욕을 보기라도 할까봐……, 기다려준 사람이 있었던가. 심장이
두근거렸다. 남들에게 들킬까봐 감추듯 모아두었던 고독한 심사가
울컥 튀어나왔다. 걸음이 떨어지지 않았다. 애틋한 마음이 풍랑처럼
일렁였다. 비로소 수련을 바라보았다. 어둠 속에 서 있는 모습이 너
무 가련해 보여 가슴이 쓰렸다. 당장 그녀에게로 달려가 손을 잡아
주지 않으면 후회할 것이라는 마음이 폭풍처럼 불어왔다.

수련이 섭섭한 마음을 감추고 돌아서는데 팔을 붙잡는 조민구의
손길을 느꼈다. 그 순간 두려움과 떨림이 온몸을 휘몰아쳐 아득했
다. 수련은 후들후들 떨고 있는 자신이 미웠고 한편 믿겨지지가 않

왔다. 조민구에게 그런 모습을 들키기라도 할까봐 조바심이 났다.

조민구는 떨고 있는 수련이 애처로워 손에 가만히 힘을 주었다. 그런 뒤 팔을 가볍게 당겨 어깨를 다독거렸다. 그녀는 숨을 제대로 쉬지도 못한 채 꼼짝달싹하지 못하고 앞에 서 있었다. 심장의 박동이 가슴을 터트릴 것처럼 격렬했다. 그가 두 팔로 그녀의 어깨를 감싼 뒤 손바닥으로 등을 다독였다. 그녀의 등에서 온기가 피어올라 손바닥이 따뜻했다.

"안돼예."

수련의 목소리가 가늘게 새어나왔다.

조민구는 아무런 대꾸도 하지 못한 채 그녀의 초롱거리는 눈동자만 바라보았다. 그녀의 몸에서 복숭아 향이 났다. 처음 맡아보는 여인의 향기가 황홀했다. 숨을 들이마셨다 내쉬면서 은은하게 느꼈다. 조민구는 마주한 수련의 얼굴이 한 뼘도 채 되지 않을 것 같다고 느꼈는데, 그 거리가 이내 사라지고 말았다.

수련은 조민구의 입술이 닿는 순간 정신이 몽롱했다. 어찌해야 좋을지 몰라 눈을 꾹 감았다. 처음 느껴보는 알 수 없는 감정이었다. 심장이 터질 듯 쿵쿵거렸다. 그녀는 낯설고 신비한 세상에 들어온 기분이었다. 달콤했으며 따뜻했고 시간은 갑자기 멈춘 듯했다.

두 사람은 거대한 회오리바람 속으로 영문도 모른 채 빨려 들어가는 물질처럼, 살아야 한다는 본능 같은 직감에 서로의 손을 꽉 붙잡았다. 산길을 걸을 때 삐죽삐죽 튀어나온 신우대가 바짓가랑이에 스쳤다. 사각사각 소리가 잠든 숲을 깨웠다. 춘설이 깔린 숲은 별빛의 세례를 받아 아롱거렸고 차가운 바람은 어둠을 타고 유희했다. 숲 사이로 난 산길을 침묵 속에서 오래 걸었다. 걸음을 멈춘 곳은 마을 뒷산 아래 지어진 낡은 외양간이었다. 비워둔 지 오래여서 여물통은 바짝 말라있고 바닥에 널린 짚더미는 폭신했다. 두 사람은 그곳으로 들어가 나란히 앉았다. 외양간 남쪽의 떨어져 나간 문짝 사이로 초롱거리는 별이 가까이 보였다.

수련은 구름 사이로 나타난 별 하나를 뚫어지게 바라보았다. 물레방아처럼 쿵쿵 뛰던 심장은 점점 고요해졌고 숨결도 느려졌다. 침묵 속에 하늘과 땅이 활짝 열리는 느낌이었다. 바람 소리는 물론 계곡의 물소리와 산짐승 소리도 홀연히 사라졌다. 우주만물이 한순간 생동을 멈춘 듯 적막이 찾아왔다.

살아있는 물질은 두 사람뿐이었다. 조민구는 그녀의 심장 뛰는 소리가 먼 곳의 북소리처럼 다가와 귓속을 맴도는 것을 느꼈다. 두 사람은 세상의 모든 것이 자취를 감추었거나 죽었다고 여겼다. 나무와 짐승과 미물들조차도 그들에게는 아무런 의미를 지니지 못했다. 지상의 작고 초라한 외양간 속에 오직 한몸이 된 그들만이 있을 뿐이었다. 서로의 품에 안겨 얼마의 시간이 흘렀을 때, 비로소 사라졌던 세상의 갖가지 생명들이 하나둘 다가와 자신들의 소리로 두 사람의 귓불을 간지럽혔다.

둘은 짚더미에 누운 채 구름 사이에서 숨바꼭질하는 별들을 바라보았다. 꿈을 꾸고 난 기분이었다. 침묵 속에 시간이 흘러갔다. 시간이 지나갈수록 황홀했던 꿈이 구름처럼 흩어졌다. 놀람과 진기

함, 충만, 당혹, 부끄러움, 자책, 두려움……. 예상할 수 있기도 하지만 전혀 예상할 수 없는 만 가지 근심이 눈발처럼 흩날렸다. 혼돈스러웠다.

한바탕 발동한 색으로 미친 듯 탐닉한 것인가? 욕정이었단 말인가? 수련이 헉! 하고 탄식 같은 신음을 내뱉었다. 부끄럽기도 했고 무서웠다. 두 팔로 조민구를 밀쳐낸 뒤 자리에서 일어나 도장방이 있는 안채 쪽으로 달려갔다. 그녀는 화가 났다. 조민구와 몸을 섞은 것이 믿겨지지 않았다.

미쳤어. 수련은 그러면서도 그를 염려하고 걱정하고 있는 자신이 미웠다. 조민구는 동학당을 위험에 빠뜨릴 수도 있는 정체 모를 인물이었다. 그런데도 그를 걱정하고 돌봐주는 것도 모자라 몸까지 섞다니. 한숨이 절로 나왔다. 그 같은 후회가 성난 설풍처럼 휩쓸고 지나가자 이번에는 따뜻한 연정이 봄바람처럼 불어와 마음을 들뜨도록 흔들어놓았다. 그의 뜨거운 숨소리가 환청처럼 귓가를 맴돌았다. 입술의 감촉이 느껴질 때마다 온몸이 쩌릿했다.

조민구는 어둠 속으로 달려가는 수련의 뒷모습을 보며 자애와 열망으로 뭉쳐진 묘한 심정에 젖었다. 지금까지 보아 온 최교의 철부지 누이동생 수련이 아니었다. 저만큼 흐릿하게 멀어져가는 푸른 어둠 속의 수련은 남장 차림으로 덜렁대던 여인도 아니고, 낯선 장꾼들을 숨은 칼솜씨로 혼쭐내던 여인도 아니고, 박 접주의 도장방 부엌에 들어가 가마솥에 장작불을 지피던 여인도 아니었다. 그녀가 성숙한 이성으로 다가왔다. 그는 몰입 속에 불타올랐던 정념을 털어내

려고 머리를 흔들었다. 캄캄한 어둠을 방패삼아 몸을 섞은 것이 믿
겨지지 않았다. 그녀의 입술에서 묻어난 촉촉한 감촉이 사라질까봐
입술을 움직이지 못했다. 조민구는 그녀의 반짝이던 눈빛과 꿀처럼
달았던 입술과 뜨겁지만 비단처럼 부드러운 살결이 금방이라도 만
져질 것 같은 환상에서 벗어나지 못했다. 구름 위를 걷는 기분이 이
럴까. 조민구는 버려진 낡은 외양간의 짚더미 위에 드러누워 집으로
돌아갈 생각을 하지 못했다.

4

도인 여러분!

갑자년 봄 스승을 잃은 시련이 엊그제 같은데 어느덧 7년의 세월이 지
났소. 아시겠지만 4월 29일은 수운 대신사께서 순도하신 날이오. 그
러나 신사께서는 좌도난정율이란 죄명을 쓰고 억울한 죽음을 당한 이
후 아직껏 명예를 회복하지 못하고 있소. 조정은 오히려 사교라며 우
리의 도를 짓밟고 있소. 우리의 앞날은 바람 앞의 등불과 같소. 언제
또다시 갑자년(甲子年, 1864) 봄에 닥친 칼바람이 불어올지 아무도 장
담할 수가 없게 됐소. 우리 도인들이 동학을 한다는 이유만으로 붙잡
혀서 목이 베이고, 문초를 당해 병들어 죽고, 차가운 옥사에서 물고를
당하고, 절해고도로 정배를 가고, 고향에서 쫓겨나 유랑민이 되는 일
이 또 다시 일어나서는 안 될 일이오.

금년 스승 수운의 기일에는 각별히 전국의 도인들이 한자리에 모일 것

이오. 스승의 명예회복은 물론 나라의 운수를 헤아리고 평등한 세상을 만들기 위한 초석을 놓을 것이오.

조정은 덕스럽고 지혜로운 관리들이 사라지고 썩고 무능한 관리들로 채워진 지 오래요. 임금을 농락하는 세도가들의 권세가 낳은 비극이 아닐 수 없소. 자신들의 축재에만 눈이 멀어 나라의 빈 곳간을 채울 고민도, 굶주리는 백성들을 살릴 고민도, 외세의 침략에 맞설 대책도 내놓지 못하고 있소. 백성들은 관리와 양반들의 수탈로 굶주림과 학정에 못 견뎌 유리걸식하고 있소. 이 모든 것은 개벽의 때가 도래하고 있다는 징표라 아니할 수 없소.

우리 동학은 스승에서 피 흘려 순도하신 날, 새로운 세상의 꿈을 펼쳐 보일 것이오. 각 지역의 접주들은 도인들을 인솔해 스승의 기일에 맞춰 오기를 바라오. 접주 제위께 수운 대신사의 보호가 함께 하길 기도하오.

동학주인 최해월.

때 : 신미년(辛未年, 1871) 4월 29일
곳 : 경상도 영해부 창수리 영해접주 박사헌 사가

해월이 붓을 놓고 잠시 눈을 감자 스승 최수운의 얼굴이 흐릿하게 다가왔다. 참형되기 하루 전 대구성 옥사에서 마주했던 마지막 얼굴이었다. 스승의 모습을 보자 목이 잠겼다. 그러나 감정에 흔들리지 않기 위해 정신을 차렸다. 해월은 도인들에게 보낼 통문을 펼쳐 놓은 채, 스승인 수운을 직시했다. 그러자 마음속을 떠다니고

있던 갖가지 의문들, 폭력을 둘러싼 정당성에 대한 판단과 영성이
제자리를 잡지 못하고 밀려나는 형국에 대한 물음이 봇물처럼 터
졌다.

"때가 오기를 기다리라 하셨습니다. 지금이 그 때입니까?"

때는 자연의 때와 인간 역사의 때가 있다. 자연의 때는 절로
오지만 인간의 때는 만들어야 한다. 나의 시를 읽어보아라.

해월은 스승의 시 〈탄도유심급歎道儒心急〉을 낮은 목소리로 또박
또박 낭송했다.

겨우 한 가닥 길을 찾아 걷고 걸어서 험한 물을 건넜네. 산 밖
에 다시 산이 나타나고 물 밖에 또 물을 만났네. 다행히 물 밖의
물을 건너고, 간신히 산 밖의 산을 넘어서, 비로소 넓은 들에 이
르자 비로소 큰 길이 있음을 깨달았네.

纔得一條路 步步涉險難 山外更見山 水外又逢水 幸渡水外水 僅越山外
山 且到野廣處 始覺有大道

해월이 낭송을 마치고 나서 이번에는 시에 감추어진 상징에 대
해 물었다.

"인간의 역사는 어려움을 딛고 개척해 나가는 것이라는 말씀입
니까?"

해월의 눈에 비친 스승의 얼굴은 평온했지만 근엄했다. 수염이 길고 눈이 깊어 흡인력이 강했는데 바라만 보아도 빨려 들어갈 것 같았다. 해월은 스승의 말에 귀를 기울였다.

굶주리고 병들고 학대받는 고통으로부터 벗어나기를 갈구하는 백성들은 요순시대 같은 평화의 세상이 빨리 와 편안하게 살기를 원한다. 그러나 내가 이른 후천개벽의 때가 다된 줄로 잘못 아는 도인들이 있어 심히 우려되었다. 나의 시에는 그에 대한 경계의 뜻이 담긴 것이다.

"잘못 알다니요! 지금이 역사의 때가 아니란 말씀입니까. 그리하여 경계를 하신 겁니까."

한 문명사회가 다른 문명사회로 교체되려면 수백 년이 걸린다. 산을 넘으면 산이요 물을 건너면 다시 물이니, 산을 넘고 물을 건너기를 되풀이해야 비로소 넓은 들판을 만날 수 있다고 타이른 것이다.

해월은 스승의 말을 듣고 나서야 어지럽던 마음이 가라앉았다. 자신의 판단이 옳았다는데 위로가 됐다. 개벽의 때는 인위적인 것으로만 되는 것이 아니다. 산을 넘고 또 다시 산을 넘어가다 보면 평등과 자유의 세상이 열리는 것이다. 해월은 사월 스무아흐렛날 영해성 공격이 개벽의 때가 아니라 평등이라는 이름의 첫 산을 넘는 무위의 행위라고 정리했다. 그 순간 스승의 얼굴은 해월이 감고 있는 눈 안에서 홀연히 사라졌다.

해월은 미소를 지었다. 불안 때문에 흔들리고, 쓸쓸해서 적막했던 마음을 스승 수운이 충만하게 해주었다. 해월은 영해성 공격을 둘러싼 폭력의 정당성 문제와 거사가 동학의 종교적 이념에 맞는지 혹은 틀리는지에 대한 갈등으로 고통스러웠던 일들을 비로소 해결했다.

해월은 이날 밤 소쩍새 소리를 들으며 모처럼 깊고도 달콤한 잠을 잤다.

양천주養天主 상천주傷天主

1

영해성 공격의 지도부는 이길주를 총사령으로 하고 강수와 박사헌, 남두병을 부사령으로 짜여졌다. 지도부는 해월을 공격 대오에서 제외하기로 했다. 동학의 법통을 이은 교주를 보호해야 한다는데 뜻을 같이했다. 영해접주 박사헌이 한양 선비 조민구를 자신의 참모로 삼겠다고 말했다.

"한양서 내려온 조민구는 젊고 똑똑해서 한몫할 겁니다."

박 접주가 조민구의 어깨를 툭툭 두드렸다. 조민구는 예상치 못한 일이라 어리둥절했다. 사전에 어떤 언질도 없었다. 창수리에 도착해 불과 보름도 지나지 않은데다가 자신의 정체도 정확히 알지 못하는 박 접주가 참모로 삼겠다고 선언한 것이 두려웠다. 박 접주를 극진하게 따르면서 그의 의중을 엿듣고 때로는 심부름도 하면서 신임을 얻은 것은 알지만, 전쟁터에서 자신의 참모로 기용하겠다고 나선 것이 영 부담스러웠다.

갈수록 태산이라더니, 잘못 걸려들고 말았군. 조민구는 어이도 없거니와 황당해서 말문이 막혔다. 그렇다고 박사헌의 낙점에 손사래를 치며 사양할 분위기도 아니었다. 혼란스럽고 짜증스러웠다. 적당히 동학당 무리에 끼어서 움직이다가 전황을 살피고 기회를 보아 도망치든지, 더 지체하든지를 결정해야 할 것이었다. 일이 점점 꼬여가고 있었다.

"경주접주가 추천한 인물입니다."

박사헌은 조민구가 학식이 깊고 충직하며 성실하게 활동하는 것을 눈여겨보았다며 참모로서 손색이 없다고 거듭 말했다. 영해부 도인들 대다수가 농부와 어부 출신으로 무식한데 반해 조민구는 학식이 풍부하고 총명한 선비였다. 박사헌에게는 그런 젊은 선비가 필요하던 차였다. 영민한데다가 말수가 적었으며 몸가짐이 반듯한 것도 박 접주의 마음을 끌었다.

해월이 조민구를 바라보았다. 눈빛이 맑고 깊었다. 공부를 게을리 하지 않은 선비였다. 해월은 싸움에서 총명함이야말로 총칼에 버금가는 빛나는 무기인 것을 알고 있었다. 지혜로운 판단은 칼 한 자루의 무기보다 훨씬 강하기 때문이다.

"한양에서 왔는가?"

해월이 물었다.

"예."

조민구가 짧게 대답을 했고, 해월은 고개를 한차례 끄덕였다.

조민구는 해월과 나눈 첫 대화인데다가 그의 얼굴을 가까이서 자세히 볼 수 있어 가슴이 설레었다. 박사헌의 참모가 되면 해월을 지근거리에서 지켜볼 수 있을 것이라는데 안도하면서도 한편으로는 영해성 공격의 중심에 서게 된 자신의 정체성 때문에 혼란스러웠다.

동학당의 음모를 낱낱이 밝혀 발본색원할 묘책을 세워야할 조정의 밀사가 동비들과 함께 관아를 공격하다니! 게다가 영해접주의 참모라니! 이제 공격 대오에서 빠져나가기는 틀렸군. 불안한 마음 때문인지 심장이 두근거렸다. 영해성 공격이 시작되기 전에 도주해야 하는 것인지, 공격에 가담해 끝까지 해월과 동학당의 심부에 남아있어야 하는 것인지 판단이 서지 않았다. 두 갈래 길 가운데 어느 쪽을 선택해야 할지 혼돈스러웠다. 어느 쪽도 버리기가 아까웠다.

영해성 공격을 주도할 지도부가 정해지자 해월이 공격 대오를 인준하고 이를 공개했다.

총사령 – 이길주

부사령 – 강수, 박사헌, 남두병

중군 – 전인철

참무사 – 장성진

참모 – 이군협, 조민구

세작 – 박기준

별무사 – 이언, 김덕창, 한상엽

해월은 모임을 마친 뒤 마당으로 나와 서산에 걸려있는 반달을 보았다. 창수리에 남아 전황을 지켜보기로 했지만 마음이 편치 않았다. 거사 이후 동학이 가야할 진로와 도인들에게 신심을 결집하도록 하는 방안을 모색해야 했다. 공격의 성패 여부에 따른 대응방법도 중요했다. 성공하면 동학당과 주민들이 공동으로 민주적인 협의체를 구성해야 했다. 실패할 경우 신속하고 질서 있는 퇴각로를 만들어 도인들이 상하지 않게 도피하도록 해야 했다.

달빛에 동쪽으로 길게 드리워진 나무 그림자가 어지럽게 흔들렸다. 영해성 공격이 하루 앞으로 다가왔다.

2

멧새 소리가 요란했다. 아직 싹이 돋아나지 않은 마른 갈참나무 사이를 검은 멧새가 숨바꼭질을 했다. 푸르릉거리는 멧새들의 날갯짓과 잠시도 쉬지 않고 지저귀는 소리가 활기를 더했다.

스무아흐렛날 상오, 해가 중천에 이르기 전 주인 해월이 강론을 했다. 전국에서 모여든 도인들이 주인의 강론을 듣기 위해 마당에 모였다. 바람이 잠잠해 옆 사람의 숨소리가 들릴 정도였다. 도인들은 주인의 강론이 시작되기를 기다리며 저마다 두 손을 굳게 잡고 경건하고도 거룩한 음성으로 주문을 외웠다.

시천주조화정영세불망만사지侍天主造化定永世不忘萬事至

그 소리가 하나로 모아져 영혼의 울림처럼 맑은 허공을 은은히 돌았다. 해질 무렵 관아를 공격하게 될 동학당들에게서 두렵거나 불안한 기색은 찾아볼 수가 없었다. 유순한 산골농부와 바닷가 어부들의 얼굴에 강물 같은 평화가 넘쳤다.

구레나룻이 덥수룩한 해월이 사랑채를 나와 대청 위에 섰다. 깊이 들어간 눈과 훤칠한 이마와 볼에서 빛이 났다. 우뚝 선 몸에 위엄이 넘쳤다. 모두들 입을 다물었다. 카랑카랑한 목소리가 대기를 울렸다. 그 순간 사방의 모든 소리, 그러니까 새와 개와 닭과 뒷마당 우리 속의 돼지까지도 숨을 죽였다.

스승께서는 일찍이 시천주侍天主라 하셨소. 여기에 모인 도인들 한 사람 한 사람마다 모두가 하늘님을 모시고 있다고 했소. 이는 곧 너나 할 것 없이 모두가 하늘을 모신 소중한 존재란 말이오. 만민이 모두가 자신의 내면에 하늘님을 모시고 있다는 것입니다.

그렇다면 의문스런 것이 떠오르지 않습니까? 선인이나 악인이나 도둑이나 탐관오리나, 모두가 하늘님을 모시고 있다면 이를 어찌 해석해야 옳겠소! 악인도 하늘을 모신 소중한 존재로 인정해야 하느냐 말이오.

사람이 모두 평등하면서도 선인과 악인의 인격이 차이가 나는 것은, 자신의 내면에 모셔진 하늘님을 기르는 양천주養天主의 수도적 실천에 따라 달라지는 것이오. 이 자리에 모인 도인들은 선과 악의 문제를 확실히 구분하셔야 하오.

그저 모든 인간이 시천주 함으로써 본성이 착하다면 악의 기원은 설명되지가 않소. 나는 모든 사람이 날 때부터 천심을 지녔다는 성선설은 인정하오만, 그 천심이란 것은 스스로가 기르지 않으면 손상되거나 약화되어져서 없어질 수도 있다는 사실을 강조하는 바이오. 결코 잊어서는 안 될 것이오.

검은 멧새 무리가 지저귀며 담을 넘나들다가 새순이 돋아나는 감나무 가지로 빠져나갔다. 어찌나 조용한지 멧새의 푸르릉 거리는 날갯짓이 들렸다. 도인들 틈에 끼어 해월의 강론을 듣던 조민구가 허리를 폈다. 예문관에 처박혀 하품만 하던 그의 눈에서 빛이 났다. 산골짜기의 이름 없는 농부 행색을 한 해월이 듣는 이들을 빨려들게 만드는 설법으로 시선을 집중시키는 것이다. 마루 위에 선 해월의 강론은 거침이 없이 이어졌다.

하늘이 내 마음 속에 있는 것은 마치 종자의 생명이 종자 속에 있는 것과 같소. 종자를 땅에 심어 그 생명을 기르는 것과 같이 사람의 마음은 도에 의해 하늘을 기르는 것이오. 같은 사람이라도 자기의 내면에 하늘이 있는 것을 알지 못하는 것은 종자를 불 속에 던져 그 생명을 멸망케 하는 것과 똑같소. 그런 사람은 한평생을 마치도록 하늘을 모르고 살 수 있소. 그래서 오직 하늘을 기르는 사람에게 하늘이 있고, 기르지 않는 사람에게는 하늘이 없는 것이오.

도인 여러분! 종자를 심지도 않은 사람이 어찌 곡식을 얻을 수가 있겠소. 심어 놓고도 기르지 않으면 죽을 뿐이오. 이와 같이 마음속에 모셔진 하늘님을 잘 길러야 하고, 누구든지 마음속에 하늘님이 계시기 때문에 사람 섬기기를 하늘같이 하셔야 하오.

내가 여러 도인들을 보니 스스로 잘난 체하는 사람이 많아 한심한 일이오. 동학에서 이탈하는 사람도 이래서 생기니 슬프지 않을 수가 없소. 나 또한 이러한 마음이 생기려면 생길 수가 있는 것이오. 이런 마음이 생기려면 생길 수 있으나, 이런 마음을 감히 내지 않는 것은, 하늘님을 내 마음에 기르지 못할까 두렵기 때문이오.

나 역시 어찌 시비의 마음이 없겠소. 그러나 만일 혈기를 내어 시비를 추궁하면 천심을 상하게 할까 두렵기 때문에 나는 이를 하지 아니하는 것이오. 나 또한 오장五臟이 있으니 어찌 물욕을 모르겠소마는, 그러나 내가 이를 하지 않는 것은 하늘님을 기르지 못할까 두렵기 때문이오. 육적인 욕망으로 시비를 하고 악행을 하면 그것은 자신 안에 모신 하늘님을 상하게 하는 상천주傷天主가 되는 것이오.

도인들은 악의 문제에 대해서도 외면해서는 안 되오. 앞서 말했듯이 악의 기원은 하늘을 손상시키는 상천주에 있소. 개인의 내면에 모셔진 하늘을 상하게 하는 것과 나라의 큰 체제 안에 모셔진 하늘을 상케 하는 것 모두가 악의 뿌리요. 천심을 손상시키는 악의 뿌리는 뽑아내어 멀리 던져야 하오.

우리의 스승 수운 선생께서는 일찍이 개벽의 때를 말씀하셨소. 이르시기를, 자연의 때는 절로 오지만 인간 역사의 때는 어려움을 딛고 개척해서 만들어야 한다고 했소. 그러나 개척의 시기도 조건이 무르익을 때여야 하는 것이오. 스승께서는 산을 넘으면 다시 산이고 물을 건너면 다시 물이니, 산을 넘고 물을 건너기를 되풀이해야 비로소 넓은 세상을 만날 수 있다고 하셨소.

우리 도인들은 하나의 산과 하나의 물을 건너려 하고 있소. 그러나 우리 앞에는 두 개의 산과 세 개의 물과 네 개의 산과 다섯 개의 물이 앞을 가로막고 있소. 그러나 하나의 산을 넘지 않고는 두 번째 산을 넘을 수가 없고, 두 번째 산을 넘지 않고는 세 번째 산을 넘을 수가 없는 법이오. 명심하셔야 하오. 후천개벽의 이치를 가슴에 새겨두어야 하오.

먼 길 오시느라 수고들 하셨소. 도인들 위에, 우리의 앞날에 하늘님과 스승님의 가호가 함께 하시길 축원하오. 우리의 마음에 모셔진 하늘님을 따라 바위처럼 흔들리지 않길 바라오.

해월이 대청에서 물러나 사랑방으로 들어갔다. 강론을 듣고 난 도인들의 표정이 밝고 결연했다. 농부와 어부와 상인과 유생들이 두루 섞여 있지만 귀천을 내던진 연대감으로 훈기가 돌았다. 손을 맞잡고 격려하는 소리와 의기투합하는 부푼 목소리가 곳곳에 넘쳐났다.

조민구는 자리를 뜨지 못했다. 귓전을 떠나지 않고 맴도는 해월의 강론을 곱새겼다. 양천주라? 나의 내면에도 하늘이 있는가. 종자를 보면 그 안에 생명이 있는 것이 분명하다. 그렇다면 내 안에도 생명을 키우는 하늘이 자리하고 있는 것인가. 모두의 내면에 하늘이 모셔져 있으니 모두가 평등하다? 양반이나 상민이나 어린애나 부녀자나 모두가 하늘이라? 모두가? 모두가?

속이 시원했다. 그러나 시원한 것만은 아니었다. 조민구는 자기가 속한 신분의 한계에 갇혀 헐떡였다. 왕실의 밀사, 어명을 받은 신하로서의 본분을 망각할 수가 없었다.

며칠 전 춘설 속에 만난 영해부 이방 신택순은 무얼 하고 있는가. 곧장 한양으로 파발꾼을 보낸 것인가. 도승지 대감은 대궐에서 서계를 받았는가. 조정에서의 대책이 내려오기 전에 이방은 부사와 논의를 해서 자구책을 세워야 하지 않는가. 가까운 경주진영과 안동진영에 병력 지원을 요청해야 하지 않는가. 조민구는 무엇하나 확인할 길이 없었다. 도무지 어찌 돌아가는 것인지 속이 탔다. 혼돈 속으로 빠져드는 그의 심사와는 달리 봄 햇살은 따사롭기만 했다.

"한양 선비가 아닝교?"

최교가 강론이 끝났는데도 마당에 멍청히 앉아 있는 조민구를 알아보고 달려왔다. 그가 환하게 웃었다.

"해동객사 주인장 아니오!"

조민구가 반가워 덥석 최교의 어깨를 붙잡았다. 그는 경주 도인 일흔 명과 함께 어젯밤 도착했다면서 으쓱댔다. 조민구는 그제야

이 자가 경주지역 동학당의 접주라는 사실을 떠올렸고, 불쑥 경계심이 일었다.

"어떻턴교? 주인의 강론 말이시더."

최교가 껄껄껄 웃었다. 그는 조민구가 그토록 바라던 동학의 주인 해월 선생을 만난데다가 강론까지 들었으니 소원을 푼 것이 아니냐는 듯, 은근히 자기가 도와준 사실을 알아달라는 투였다.

조민구는 말없이 씨익 웃고는 고개를 돌렸다. 최교를 보자 동학당의 역모를 막아야 한다는 사명감과 해월을 놓쳐서는 안 된다는 초조함으로 헷갈렸다. 서로 공존할 수 없음에도 공존해야 하는 모순에 사로잡힌 신세가 한심했다. 그 때문에 속이 거북해 울렁대는데다가 토할 것처럼 메슥거렸다. 아침에 쇠고깃국을 너무 많이 먹은 탓이기도 했다.

3

해거름에 총사령 이길주가 포수 출신 도인들에게 조총을 직접 나누어 줬다. 젊은 도인들에게는 칼을 줬다. 나머지 도인들은 죽창을 쥐도록 했다.

스무엿새부터 모여들기 시작한 도인의 숫자가 거사일인 스무아흐렛날 낮에는 천여 명에 달했다. 평해와 울진, 안동, 경주, 울산, 양산, 동래, 상주, 선산, 대구 등 경상도 지역 도인들은 빠진 곳이 없다. 전라도 남원과 충청도 보은, 경기도 이천, 강원도 정선에서도 왔다.

이길주는 도인들 사이를 다니며 격려했다. 그는 행동하지 않는 신념은 눈 깜짝할 사이에 사라지는 물거품 같다고 믿었다. 이번 영해성 거사는 반드시 성공할 것이라 확신했다. 수년 전 진주민란의 실패로 당한 수난과 상처를 떠올리면 머리카락이 섰다. 그는 관군의 추격을 따돌리고 잠적했지만, 대다수 가담자들은 목이 날아갔거나 물고되고 많은 사람이 유배를 갔다.

이길주는 조선왕조에 대한 혁명을 포기할 수 없었다. 선동가에 불평분자라는 비판도 받았지만, 백성들이 일어서지 않으면 세상은 요지부동 바뀌지 않을 것이라는 신념이 확고했다. 기회가 찾아오면 놓치지 않고 백성을 선동해 민란을 일으켰다. 크고 작은 몇 차례 민란을 일으켰지만 소요로 끝나거나 실패로 돌아갔다. 그는 그때마다 이름을 바꾸고 변장을 해 아주 먼 타향으로 도망쳤다. 가는 곳마다 주민들을 선동해 관아를 공격하는 일이 다반사였다. 그것은 그의 마음속에 금강석처럼 박혀 있는 신분사회에 대한 불만과 평등세상을 만들겠다는 신념 때문이었다.

이길주가 경주를 찾아간 것도 그곳에서 동학이 일어나 세상을 평등하게 만들고자 한다는 소문을 들어서였다. 그가 경주에 도착했을 때, 동학을 일으킨 최수운은 관군에게 압송된 뒤였다. 숨어서 만난 한 도인은 한양의 왕실에서 나온 선전관이 사술을 퍼뜨려 백성들을 혹세무민한다는 죄목으로 수운 선생을 포박해 갔다고 했다. 영남 유림들이 경상도 관찰사와 한양의 임금에게 수차례 탄원서를 보내고 여론을 조성해 최수운을 죽이려고 작정을 했다는 것은 나중에 알게 된 일이었다.

그가 경주를 떠나 동해안의 반촌 영해성으로 찾아든 것은 신분을 감추기 좋고 관의 지목이 덜한 지역이기 때문이었다. 때마침 영해는 동학당의 활동이 다른 지역에 비해 비교적 자유로웠고 활발했다. 이곳에서 동학당 접주인 박사헌을 만난 것도 행운이었다. 금방 서로의 속내를 읽을 수 있었고 의형제처럼 의기투합했다. 그는 운이 좋다고 생각했다.

이길주는 지나온 몇 년 세월이 꿈결처럼 스쳐가는 것을 보았다. 서자로 태어나 구박과 차별 속에서 서럽게 자란 옛날이 서글펐다. 그래서인지 가진 자들을 보면 반감이 일어났고 무지렁이 농사꾼이나 비린내 풍기는 어부들을 보면 애처로워 손에 든 것이라면 무엇이든 나눠주었다. 그래서인지는 몰라도 진사 벼슬의 아버지 이학성을 아버지라 부르지 않았다. 이미 열다섯 살의 나이에 집을 나온 후 스스로 방랑자가 되기로 자처했고 평등한 세상을 꿈꾸는 혁명가가 되기로 결심했다. 그리고 그런 생활을 몸소 실천해 온 지 벌써 십여 년이 흘렀다.

이길주는 머릿속에 파편처럼 박혀 있는 과거의 쓰라린 기억들에서 빠져나왔다. 정신을 차렸다. 영해접주 박사헌과 뜻을 같이 하기로 약속하고 거사를 하자는데 합의했지만 과연 오늘밤 영해성 공격이 성공할지 초조했다. 그러나 동학당이 거사의 전면에 나섰다는 것만으로도 든든했다. 이길주는 동학당의 종교적 일체감과 결집력이 이제껏 보아온 어떤 집단보다 높다는 것을 알고 있다. 동학당의 힘을 등에 업은 것만으로도 자신감이 넘쳤다. 이길주가 불끈 쥔 주먹을 치켜 올리며 결전을 기다리고 있는 도인들을 둘러보았다.

"오늘밤 전투가 평등한 세상을 만드는 시발점이 될 거요!"

이길주가 박 접주에게 들뜬 목소리로 말했다. 그는 신중하려고 했지만 흥분을 감출 수 없었다. 곧 영해성을 무너뜨리고 주자의 나라 조선을 향해 혁명의 깃발을 휘날릴 것이라는 환상이 그를 흥분시켰다.

"동학의 명예를 회복하고, 이 땅 어디에서나 마음 놓고 동학을 믿을 수 있게 되는 첫날이 되었으면 하오."

박 접주는 이길주와 달리 신중해서 표정이 딱딱하게 굳었다. 목숨을 내건 결단이었지만 그것이 혼자만의 문제가 아니기 때문이었다. 그를 따르는 영해부의 수많은 도인들의 생사가 걸린 문제였다. 이길주는 평소 생각이 깊고 신중한 박 접주의 얼굴을 바라보며 껄껄껄 웃었다.

"만사가 밥 한 톨에서 시작되는 것이라 했소. 이곳 영해부를 평등 세상으로 만듭시다. 조선의 미래가 바뀌는 첫날이 될 거요. 처음 틀어 줄 각도는 아주 미미하지만 갈수록 벌어지고 멀어져서 끝내 세상이 달라지는 이치를 믿소."

이길주의 믿음직스러운 말에 박 접주가 고개를 끄덕였다. 동해 바닷가 작은 성 하나가 조선의 미래를 바꿀 작은 불씨가 될 것이라는 그의 말이 마음에 들었다.

"동학의 힘을 보여줍시다!"

박 접주가 긴장으로 무겁던 마음을 털어내며 자신감에 차올라 말했다.

"조선은 서산에 걸린 빛바랜 해요."

이길주가 자신만만한 기세로 응수했다.

푸른 저고리

1

푸른 저고리가 대진 포구의 파도처럼 일렁였다. 창과 칼을 든 천여 명의 대오는 혁명의 전사답게 두려움이 없었다. 그들이 두려워했던 내면의 공황도 자취를 감춘 지 오래였다. 굶주림과 소외와 천대는 참고 무시하면 됐다. 그러나 마음 둘 곳 없는 공허함과 의탁할 곳 없던 영혼은 떨쳐낼 수 없는 공포였다. 이제 청의靑衣를 입은 도인들은 손에 쥔 칼과 창을 흔들며 신바람이 났다.

"정신 바짝 차려야 돼예!"

남장을 한 수련이 조민구 옆으로 다가와 걱정스레 일렀다. 솜바지에 푸른 저고리를 입고, 손에는 칼을 쥐고 있었다. 잘생긴 총각이었다. 외양간에서 헤어진 후 처음 보는 얼굴이 부끄럽고 어색했지만 반가웠다. 몸을 섞은 탓일까? 조민구는 그녀가 가련해 보여 마음이 쓰렸다. 제발 진격 대오에서 빠졌으면…….

"제발 앞에 나서지 좀 말고 빠지면 안 돼요?"

조민구가 걱정 섞인 잔소리를 했다. 가까이서 얼굴을 대하니 더 답답했다. 여자의 몸으로 칼부림이 일어날 영해성 공격에 뛰어든 것이 애처롭다. 그는 최교를 시켜 수련을 창수리에 남겨두라고 말하고 싶었지만 입이 떨어지지 않았다. 그의 판단대로라면 영해 관아에서는 동학당의 공격에 대비하고 있을 것이다. 이대로 진격을 하면 모두가 개죽음을 당할 것이 뻔했다.

"만약 일이 잘못되면 말이다……, 허릿재 아래 보림동에서 만나는 기다."

최교가 누이동생 수련에게 귓속말을 하는 것을 조민구가 들었다.

"보림예?"

수련이 눈을 둥글게 떴다. 경주로 가려면 남쪽 축산리로 방향을 잡아야 하는데 오라버니는 서북쪽을 지목한 것이다.

"태백산간으로 들어가야 산다."

최교는 누가 듣기라도 할까봐 소곤대듯 말했다. 그녀의 옆에 서서 걸어가던 조민구는 못들은 척했다. 공격도 하기 전에 도주로를 알려주다니! 경주접주 최교가 의심쩍었지만, 만에 하나 실패했을 때를 가정해서 미리 알려주는 것이라 여겼다.

"그럴 일은 없어예. 성을 빼앗은 뒤 평등세상을 만들어야지예!"

수련이 씨익 웃으며 오라버니의 근심을 나무라듯 말했다. 조민구는 행렬이 흐트러지면서 움직임이 빨라지자 수련을 향해 손을 흔들었다. 그녀가 고개를 끄덕이며 시선을 놓치기 싫은 듯 바라보았다. 그 눈빛이 애절하여 마음이 아팠다. 이제부터 모두의 목숨이 하늘에 달려 있다 생각하니 기분이 묘했다.

조민구는 해월과 이길주와 박사헌을 생각했다. 이길주는 영해성을 점령하면 그곳을 동학당의 성지로 만들겠다는 포부를 갖고 있었다. 평등세상을 구현하기 위해 주민들로 구성된 민회를 열어 관아협의체를 만들 계획도 밝혔다. 그러나 영해접주 박사헌은 자신의 계략을 정확하게 밝히지 않았다. 다만 침묵 가운데 이길주와 뜻이 같다는 것을 은연 중 알릴 뿐이었다. 주인 해월은 애초부터 반대였지만 대세에 밀려 거사를 허락한 이후 판세의 흐름을 지켜보고 있었다.

그는 세 사람이 영해성을 무너뜨리자는 데는 뜻을 함께 하고 있지만 거사 이후의 거취와 계획은 서로 다르다는 것을 눈치 챘다. 일이 어떻게 전개될지 지켜봐야 하겠지만, 주인 해월은 물론 영해접주 박사헌과 선동가 이길주 모두 동상이몽에 빠져있는 것이다. 서로가 속이고 속는 것이 분명했다. 그는 손에 잡힐 듯하면서도 잡히지 않는, 해월을 둘러싼 모험에 자신까지도 끼어들었다는 것을 인정했다.

총과 칼로 무장한 도인들이 흐트러짐 없이 길을 걸어갔다. 자갈 밟히는 소리가 여름밤 개구리소리처럼 울렸다. 조민구는 박 접주 곁을 따라 가며 이방 신택순을 생각했다. 서계를 어떻게 처리한 것일까? 파발꾼은 보낸 것인가? 조민구는 문득 그의 손에 자신의 목숨이 달려 있다는 것이 한심했다. 이방이 한양으로 서계를 보낸 것이라면 살아날 것이고, 서계를 보내지 않았다면 죽은 목숨이었다. 지금으로서는 아무 것도 알 수가 없다. 그러니 어떤 결정도 할 수가 없는 것이다. 공격 대오를 빠져나가 어둠을 타고 도주할 수도 없다. 그냥 이대로 따라갈 수밖에 없는 신세라니…….

"영해성 병력은 어느 정도요?"

조민구가 최교에게 물었다.

"오합지졸 아닝교! 관아 교졸들이라는 게 어디 훈련이나 제대로 하니껴!"

최교는 대수롭지 않다며 콧방귀를 뀌듯 말했다. 조민구는 빠른 걸음 때문에 가쁜 숨을 몰아쉬며 달빛에 비친 최교의 얼굴을 바라보았다. 그라면 알지도 모른다는 생각이 스쳤다.

"이방 신택순은 어떤 자요?"

조민구의 물음에 최교가 오른손에 들린 칼을 왼손으로 바꿔 잡으며 빤히 쳐다보았다.

"그자를 아능교?"

최교의 질문에 조민구는 선뜻 대답을 하지 못했다. 안다고 해야 하는 것인지 모른다고 해야 하는 것인지 결정할 수가 없다.

"도인들에게 들었소."

"하하! 내사 마, 사람 볼 줄은 안다 아닝교? 선비의 용모가 첫눈에 참 날카롭다 캤더니, 사람 말도 예사로 듣는 법이 없네! 마, 조금 있으면 알게 될 거시더."

최교가 이마에 배어나는 땀을 소매로 훔치면서 말했다.

조민구는 오히려 땀이 사르르 식었다. 최교의 말대로라면 이방 신택순은 동학당에 우호적인 것이 분명했다. 이방은 믿지 못할 자가 분명했다. 이들 무리와 내통하는 약빠른 토호가 맞다는 판단이 들었다. 적당히 정보를 교환하고 편리를 봐주다가 위기의 순간에 처하면 목숨을 보장받는 교활한 토호 관리일 가능성이 높았다.

"우리 쪽 사람이란 말이오?"

조민구는 참을 수가 없어 다그치듯 물었다. 흑인지 백인지 어서 결판을 내야했다. 목숨이 걸린 일이었다.

"한양 선비는 뭐가 그리 궁금한가? 이방을 알기라도 하는가?"

말을 타고 가면서 두 사람이 주고 받는 말을 듣기만 하던 박 접주가 끼어들었다. 그는 거사가 시작되기 전까지는 최소한 이방 신택순을 보호해야 했다. 그런데 느닷없이 이방을 두고 옥신각신하는 참모 조민구와 경주접주 최교가 신경 쓰였다. 조민구가 입을 다물었다.

"성을 무너뜨릴 생각만으로도 머리가 무거운데, 웬 이방 타령인가!"

박 접주가 못마땅하다는 투로 말했다.

조민구는 박사헌의 참견으로 더는 이방에 대한 것을 묻지 못했다. 반달에 드러난 흐릿한 행렬이 점점 빨리 움직였다.

"우리 쪽이시더."

뒤따르던 최교가 조민구 곁으로 슬그머니 다가와 박 접주 몰래 귓가에 대고 살짝 알려줬다. 그런 뒤 얼른 몇 걸음 떨어졌다. 조민구는 소름이 돋았다. 이제 죽은 목숨이나 마찬가지였다. 이방이 동학당들에게 자신의 실체를 밝히면 그 자리에서 목이 베일 것이다. 지옥 문턱을 향해 스스로 걸어가다니! 돌을 매단 듯 걸음이 무거웠다.

최교는 달빛 아래 조민구의 얼굴을 자세히 볼 수는 없었지만 그가 긴장하고 있다는 것을 알았다. 영해 관아의 이방 신택순에 대해 집요하게 묻는 것도 의심스러웠다. 이 자가 한양에서 보낸 세작이라면 그사이 신택순과 내통했을지도 모른다는 생각이 퍼뜩 스쳐갔다. 그렇지만 단정지을만한 근거가 없다. 누이동생 수련에게 그동안 지켜본 조민구의 행동을 물었을 때 의심을 살만한 일은 없었다고 했다.

최교는 영해성으로 진격하는 내내 조민구에게서 눈길을 떼지 않았다. 그가 조금이라도 이상한 행동을 보이면 곧장 칼을 들이대야 했다.

2

칼과 창을 든 도인들은 성 밖 저잣거리 골목에 숨어 소리 없이 눈빛을 교환했다. 무리들 사이에서 피어오르는 입김이 물안개처럼 자욱했다. 성루 쪽에서 가물가물 타오르고 있는 관솔불이 보였다. 총사령 이길주와 부사령 강수, 박사헌, 남두병이 한자리에 모였다.

"세작에게서 곧 연락이 올 거요. 그때 일제히 치고 들어가는 거요."

박 접주가 남문 앞에서 옹기점을 하는 세작 박기준에게 기별이 올 것이라고 말했다. 때마침 남문 쪽 고샅에서 낯선 물체가 나타나 도둑고양이처럼 가볍고 날랜 걸음으로 다가왔다. 걸음새가 영락없는 옹기점 주인이었다.

"자넨가?"

박 접주가 나섰다. 낮은 목소리가 땅바닥에 깔리듯 내려앉았다.

"나리!"

박기준이 박 접주 곁으로 성큼 다가왔다. 긴장을 한 것인지 그에게서 시큼한 땀 냄새가 풍겼다. 한낱 옹기전의 무지렁이 장사꾼이지만 그는 생사가 걸린 동학당의 거사에 가담한 자신을 대견스럽게여기는 눈치였다. 달빛이 그의 결연한 표정을 도드라지게 비추었다. 박기준이 고개를 끄덕였다.

"이방 나리가 오후에 전갈을 보내왔습니다."

박사헌이 휴! 하고 숨을 내뿜었다. 그리고는 박기준의 어깨를 몇차례 다독여 주었다. 박기준은 지난 겨울 안동진영에서 파견 나온열 명의 포교들이 모두 성 밖 기방에서 술을 마시고 있다는 사실도알려주었다. 별도의 급료를 주고 관아를 수비하는 임무를 부여받은그들은 모두 일급 포수들이라고 했다. 이방 신택순이 미리 손을 써그들을 기방으로 보낸 것이다. 포교들이 성 밖으로 나가 자리를 비우자 수교首校 윤석중이 두 명의 교졸을 불러 대신 번을 세운 사실도 알려주었다. 이길주와 박 접주는 자신감에 들떴다.

대오 중간에 몸을 숨기고 있던 조민구는 박 접주와 세작이 은밀하게 나누는 대화를 놓치지 않고 지켜보았다. 그들이 무슨 말을 주고받는지는 알 수 없었지만, 자신의 정체가 밝혀진 것이라면…….어둠을 틈타 도망쳐야 했다. 성을 치기 전에 자신의 목부터 칠 것이 분명했다.

"무슨 생각을 그리 골똘히 하능교?"

최교가 옆구리를 쿡 찔렀다.

"만약, 만약에 내가 죽거든……. 아, 아니요."

조민구는 혼돈스러웠다. 낯선 타향에서 개죽음당할 일을 생각하니 두려움보다 서러움이 앞섰다. 시궁창 냄새가 풍기는 세도가들의 권력에 늘 불평만 해온 자신의 말로가 이렇게 허망하게 끝난다는 것이 억울했다. 굶주리는 백성들을 외면한 채 권세를 누려오는 관료들의 부패와 교활함을 비난하면서도 막상 도전하지 못하는 나약한 심사로 신경질만 고약하게 늘어가던 자신의 마지막이 이렇게 허망한 것 또한 얄미웠다. 궁궐에서 뛰쳐나와 강호를 떠돌며 내면에 가득 고인 불만을 퍼낼 기개를 꿈꾸었던 일도 부질없게 돼버렸다. 유학의 이념에 붙들려 변화의 시류에 가담하지도 못하면서 애달아했던 풋내기 지식인의 치사함이 낯을 뜨겁게 했다. 기껏 이런 결말에 도달하고자 그렇게 몸부림쳤단 말인가!

"두렵니껴? 마, 죽기 아니면 살기다! 이렇게 마음 먹으뿌리면 별거 아니시더. 죽고 사는 게, 손바닥 뒤집는 거 맹크로 한순간 아니겠니껴. 힘내소!"

최교가 조민구의 팔을 꽉 잡았다.

고개를 들어 보니 세작 박기준은 이미 성문 쪽으로 되돌아간 뒤였다. 강수가 대오를 정리했다. 이길주가 스무 명으로 구성된 척후부대를 영해성 남문 쪽으로 보냈다. 조민구는 공격이 이루어지기 직전의 공포감은 안중에도 없었다. 자신의 실체가 아직 드러나지 않았다는 데 안도의 숨을 내쉬었다. 아니, 동학쟁이들의 칼에 목이 잘리지 않은 것에 대해 그들의 하늘님께 감사했다.

그러자 조민구는 다시 비굴해졌다. 살아날 길이 떠오른 것이다. 영해성이 무너지든 무너지지 않든 간에 그는 어명을 충실하게 이행한 신하의 자격을 지닐 수 있다는 것에 실낱같은 희망을 가졌다. 동비들이 영해성을 공격할 것이란 정보를 왕실에 보고했고, 대비책을 마련하라는 것까지 일러주었다. 만약 왕실에서 이 사실을 몰랐다면 그 책임은 온전히 영해부 이방 신택순에게 있는 것이다. 조민구는 동학당의 역모가 실패로 끝나면 곧장 영해성 부사 이정에게로 달려가 신택순을 치죄할 각오를 했다. 동비들과 내통한 죄를 물어 이방 신택순을 참형에 처하고 부사 이정은 탐학한 죄를 물어 귀향을 보낼 것을 임금에게 고할 것이다. 조민구는 자신의 실체를 꼼꼼히 돌아보았다. 조선의 국왕, 주상 전하의 밀사 조민구가 아닌가! 갑자기 도승지 김시정 대감의 마른 입내가 훅하고 코끝을 스쳐 가듯 생생했다. 불끈 힘이 솟구쳤다.

광풍

1

세작 박기준이 성문 앞에서 휘파람을 길게 불었다. 휘이이익! 하는 휘파람 소리가 성곽을 넘고 나서 잠시 뒤 인기척이 들렸다. 성문 위 망대에서 보초를 서던 교졸 하나가 고개를 내밀었다가는 금방 사라졌다. 척후부대를 끌고 남문 앞 성벽에 몸을 숨긴 참모 이군협은 너무 긴장한 탓인지 손바닥에 고인 땀 때문에 칼자루를 놓칠 뻔했다.

"이방 나리가 성문을 열거요!"

박기준이 장담했다.

아직 성 안에서 기별이 오지 않았다. 높이 떠오른 반달이 교교한 빛을 뿜어냈다. 달빛에 드러난 동학군의 푸른 저고리가 써늘하게 보였다. 잠시 정적에 휩싸여 모든 사물이 멈춘 듯했을 때 성문이 열렸다. 달빛 아래 어둠이 짙게 드리운 성문에서 누군가가 걸어 나왔다. 이방 신택순이었다. 박기준이 눈을 번쩍 떴다.

"모두 잠들었네. 서두르게!"

신택순이 성문을 활짝 열었다.

"공격! 공격하라!"

이길주가 척후병 뒤에서 벌떡 일어나 앞으로 달려가며 외쳤다. 저 잣거리와 민가의 골목 곳곳에서 한꺼번에 붉은 횃불이 솟구쳤다. 그 불길이 일렁거리며 움직이기 시작했다. 동학군 별무사들이 이끄는 분대가 칼과 죽창을 쥔 채 성문으로 돌진했다. 조총을 든 포수들은 멀찌감치 떨어져 성문을 조준했다.

수교 윤석중이 맑은 달빛 아래 잠든 대기를 뒤흔드는 함성에 놀라 잠결에 달려 나왔다. 어찌된 것인지 성문은 활짝 열려있고 그곳으로 횃불을 든 불한당들이 물밀 듯 쏟아져 들어오고 있었다.

"저놈들이 누군가!"

수교 윤석중이 번을 섰던 교졸에게 소리쳐 물었다.

"동비같사옵니다."

"동비!"

윤석중은 횃불에 드러난 무뢰배들이 푸른 저고리를 입고 있는 것을 보았다. 그는 서둘러 번을 서고 있던 교졸들에게 소리쳤다.

"발포! 발포!"

윤석중의 지휘를 따라 총을 든 교졸들이 동비들이 가까이 올 때까지 기다렸다가 방아쇠를 당겼다. 수교 윤석중은 교졸들이 총을 쏘며 성문을 막아서는 동안 대포를 작청으로 끌어내 포문을 열도록 지시했다. 대포를 다룰 줄 아는 교졸이 달려와 포문을 남문 쪽으로 고

정시킨 뒤 포탄을 집어넣고는 심지에 불을 붙였다. 쉬익! 하는 소리와 함께 심지가 타들어갔고, 이내 고막이 터질 듯한 굉음과 함께 포탄이 발사됐다. 남문 앞에 떨어진 포탄이 작렬하면서 흙과 돌이 튀고 벽이 무너지면서 주변이 불바다가 됐다. 도인 하나가 포탄에 맞아 공중으로 날아가 하마비 앞에 떨어져 작살이 났다. 교졸들은 포탄의 위력에 힘을 얻은 듯 처음과 달리 우왕좌왕하지 않고 전열을 가다듬었다. 관아 담장에 매복한 교졸들은 성문으로 들어오는 무리를 향해 무차별로 조총을 쏘아댔다.

도인들은 성문이 열렸음에도 선뜻 진격하지 못하고 머뭇거렸다. 모두들 대포와 총에 맞을까 겁을 내자 방물장수였지만 지금은 동학당 별무사인 이언이 앞장섰다.

"죽을라꼬 맘먹으면 산다!"

이언이 달려 나가자 총사령 이길주가 조총을 지닌 포수들에게 엄호사격을 하라고 외쳤다. 동학당들의 총구에서 불꽃이 튀기 시작했다. 이언의 뒤를 따라 도인들이 허리를 바짝 숙인 채 앞서거니 뒤서거니 하며 성문을 향해 달려갔다.

맨 앞에서 죽창을 쥐고 달려가던 도인 하나가 총탄에 맞아 벌렁 나자빠졌다. 이언이 달려가 보니 입으로 쿨럭쿨럭 피를 토하다가 그만 즉사했다. 영일현 장기에서 고기를 잡던 어부 출신 도인이었다. 선봉장인 경주 도인 박동혁도 총에 맞아 쓰러져 이내 숨이 끊겼다. 연달아 두 명의 도인이 총탄에 맞아 피를 내뿜으며 즉사하자 진격 대오가 다시 주춤하며 흐트러졌다. 이언은 관아 작청의 담장에 몸을 은폐하고 조준사격을 하는 별포의 총구를 지목했다. 별포를 제압해야만 했다.

"담장 아래 별포! 그 새끼 대갈통에 구멍을 내라카이!"

성문 옆까지 다다른 이언이 석등에 몸을 숨긴 채 뒤쪽 포수에게 소리쳤다.

"호랭이 잡듯, 한방에 보내버려!"

이길주가 포수를 격려했다. 작청 담장의 별포를 정조준해 단박에 제압하지 않으면 위험했다. 선두에 선 공격대오가 별포의 사격으로 흩어지는 것을 보고는 강수가 이언에 이어 다시 앞장섰다. 흩어지던 공격대오가 다시 전열을 가다듬고 진격을 했다. 성문을 지나 관아 마당으로 막 올라서던 강수가 고꾸라졌다.

"저놈을 쏴라!"

강수는 뜨끔거리는 옆구리를 손바닥으로 누르면서 뒤따라온 포수 출신 도인에게 소리쳤다. 이언이 성문으로 다가온 강수에게 달려가 저고리를 찢어 옆구리 상처를 싸맸다. 탄환은 다행이도 옆구리를 가볍게 스쳐갔다. 상처에서 약간의 피가 흐를 뿐이었다.

동학당 포수들이 별포를 집중 사격하는 사이 상당수 도인들이 성안으로 진입했다. 전열을 가다듬은 서너 명의 동학당 포수가 작청 앞마당에 세워진 대포에 달라붙어 포탄을 장착하는 교졸을 향해 조준사격을 했다. 교졸 하나가 이마에 총탄을 맞아 뒤로 나자빠지자 별포와 교졸들이 겁을 먹고 대포를 놔둔 채 뿔뿔이 도망치기 시작했다. 동학당들이 흩어지는 교졸들을 뒤따라가 길청과 작청에서 칼

과 창을 들고 혈전을 벌였다. 교졸들은 동비들이 동헌으로 들어가
는 것을 막아서며 필사적으로 대항했다. 칼날이 부딪칠 때마다 파란
불꽃이 번개처럼 빛났고 쇳소리는 천둥처럼 고막을 울렸다. 치열한
접전은 한 시간 가까이 이어졌다. 시간이 흐를수록 숫자에 밀린 교
졸들이 도주하기 시작했다.

　미처 도망가지 못한 교졸들은 대부분 칼과 죽창에 찔려 죽었다.
칼에 옆구리가 베어 그 자리에서 죽은 교졸의 몸에서 쏟아져 나온
피와 창자가 뒤엉켜 작청의 흙바닥을 검게 물들였다. 동학당들은 숨
은 교졸들을 찾아내 칼로 목을 베고 조총으로 머리통에 구멍을 냈
다. 미친바람이 교교한 달빛 사이를 흐느끼는 소리를 내며 돌아다
녔다.

2

　부사 이정이 총소리에 놀라 잠을 깼다. 기운이 머리에서 다리 쪽
으로 몸뚱어리를 핥듯이 내려갔다. 맥이 쭉 빠지는 기분이었다. 침
소에서 일어나 서둘러 관복을 챙겨 입는데 다리가 떨리고 이마에
서는 땀이 흘렀다. 총성이 더 요란해지고 있었다. 머리맡에 놓인 사
발의 냉수를 들이켰다. 수교 윤석중이 달려와 툇마루에서 허둥지
둥했다.

　"청의를 입은 동비들이 총을 쏘며 성 안으로 몰려오고 있습니다."
　윤석중의 떨리는 목소리가 들려왔다.

"세력이 얼마나 되느냐!"

이정은 침착했다.

"칼과 창으로 무장을 했고 조총도 지녔사옵니다. 우리 교졸들로는
저들을 막기에 역부족이옵니다. 어서 피하셔야 합니다."

"물러가 폭도들을 막아라!"

이정은 이성을 잃지 않았다. 윤석중이 몇 차례 피할 것을 권하다
가 물러갔다. 이정은 동비들이 일으킨 민란인 것을 알았다. 그는 동
헌 쪽으로 가까워 오는 총성과 함성을 들으며 침을 삼켰다. 부인이
빨리 내아를 빠져나가자고 졸랐다. 그는 바깥의 소란이 결코 미미
한 소동에 그칠 것이 아니라는 것을 알았다. 그는 동비들이 영해부
사인 자신을 지목한 까닭이 궁금했다. 목민관으로서의 지탄이 될
일은 무엇이었던가. 탐관이었단 말인가. 울컥 속이 뒤집어지며 화
가 치밀었다.

그는 운수가 다한 것인지도 모른다고 여겼다. 주자학의 뿌리가 흔
들리는 것이 비단 영해부만의 일이 아니라고 위안하면서도 속이 께
름칙했다. 나라의 기강이 흐트러지고 유림의 질서가 깨진 것이 하
필 지금의 난리와 연결되는 것인지……. 혀를 찼다. 그러나 어쩌랴.
이것도 자신의 운명이라면 어쩔 수 없이 받아들여야 했다. 부사는 나
라로부터 부민을 다스리는 권한을 부여받은 자리가 아닌가. 그러니
부민들이 나라에 대해 원망을 하는 것도 부사의 몫이고 분노와 폭
동으로 난리를 일으키는 것도 부사가 받아야 할 몫인 것이다. 그는
자신을 겨냥해 다가오는 총소리와 함성을 그렇게 합리화했다. 이 순

간 그는 자신이 저지른 온갖 추잡한 탐욕과 비리에 대해서는 단 하나도 떠올리지 못했다.

"어서 피해야 해요!"

부인이 관자놀이에 파란 핏줄을 세우며 재촉했다.

이정은 어제 오후 향원들 모임에 참석하기 위해 영해 유림의 세거지인 괴시리로 간 아들 관을 떠올렸다. 영해 유림의 교궁 남유진은 믿을 만한 사람이었다. 그나마 아들 생각에 마음이 놓였다. 이정은 자리에서 일어났다. 동비들 손에 붙들려 수모를 당할 수는 없었다. 그사이 침소 밖 마당이 소란해졌다. 부인이 얼른 등잔불을 껐다. 어둠 속에 흰 연기가 한 가닥 피어오르다 사그라졌다. 폭도들이 벌써 동헌 내아 앞으로 몰려든 것이다. 침소의 문을 열고 툇마루로 나갈 수가 없었다. 이미 늦었다. 이정은 밀물처럼 다가드는 두려움에 떨었다. 시시각각 밀려오는 죽음의 공포를 다스릴 재간이 없는 것이다.

이방 신택순은 어디로 간 것일까? 그자라면 지금 부사가 어떻게 대처하고 피신해야 하는지를 훤히 꿰고 있으련만, 그는 보이지 않았다. 쥐새끼마냥 서둘러 도망간 것인가. 문득 신택순이 의심스러웠다. 교활한 토호를 믿은 게 잘못인지도 모른다. 어둠 속에서 도망칠 궁리를 하랴, 자신을 속일 수도 있을 이방을 원망하랴, 혼란스러웠다.

3

　조민구는 동헌으로 진격하는 박 접주를 따라 붙었다. 최교가 가세해 날쌘 도인을 앞세워 부사의 침소 앞을 가로막도록 했다. 횃불에 비친 도인들의 얼굴은 흐르는 땀 때문에 붉은 물감처럼 일렁거렸다. 조민구의 눈에는 그 모습이 마치 술에 취한 무뢰배처럼 보였다. 문득 굳어진 편견이라는 자각에 눈을 번쩍 떴다. 내면의 거울에 따라 비춰지는 모습이 다른 것이다. 지독한 편견이 순박한 농부와 어부들에 대한 예의를 무자비하게 저버릴 수 있다는 데 놀랐다.

　"순순히 나오시오!"

　최교가 소리쳤다. 반응이 없자 툇마루로 뛰어 올라가 침소의 방문을 걷어찼다. 뒤따라 들어온 도인이 횃불을 비췄다. 짙은 어둠이 빛에 쫓겨 물러났다. 이정이 북쪽의 작은 뙤창문 구멍으로 머리를 들이밀고 빠져나가려 낑낑 대고 있었다. 조민구는 부사 이정의 살찐 비곗덩어리 엉덩이를 보며 연민을 느꼈다. 조선 왕실의 녹을 얻어먹는 관리의 표상이라니! 조민구는 자신인들 그와 다를 바가 없다는 생각에 부끄러웠다.

　"체통을 지키시지요!"

　이정이 봉변을 당하기에 앞서 조민구가 나섰다. 그제야 정신을 차린 듯 이정이 뙤창에 집어넣었던 목을 뺐다. 파랗게 질린 얼굴이 횃불에 드러났다. 겁에 질린 그의 표정이 조민구의 가슴을 찔렀다. 목숨이란 것이 저리도 비굴하고 구차하다니.

　"사또의 위엄을 갖추시지요."

조민구가 비웃듯 거듭 말했다. 그렇게 자존심을 건드려야 정신을 차릴 것이다. 부사 이정이 흐트러진 매무새를 고쳤다. 조민구는 관료의 자존심을 지켜주고 싶었다. 조선의 신하된 자가 어찌 비천한 무리들의 난동 앞에 비굴하게 무너질 수 있단 말인가. 머리통이 떨어져 관아 마당에 뒹굴지언정 떳떳한 기개를 보여줘야 하지 않은가. 동병상련의 심정이 그의 심기를 불편하게 했다. 그의 닦달이 주효했는지 침소에 난입한 도인들은 부사에게 행패를 놓지는 않았다.

최교가 부사를 내아 밖으로 끌어냈다. 사기가 오른 도인들이 부사를 동헌 마당으로 끌고 갔다. 총사령 이길주가 기세등등한 표정으로 대청에 올랐다. 박사헌과 강수가 나란히 섰다.

"사또는 국록을 먹는 나라의 신하로 고을을 잘못 다스렸다! 부민을 학대하고 재물을 탐했다!"

이길주가 부사의 실정을 비난했다.

이정은 서둘러 부민을 학대하고 재물을 탐한 일이 없다고 부인했다.

"고을마다 사또에 대한 원성이 자자한 것은 무슨 연유인가! 그대가 선정을 했다면 어찌 원성이 나오겠는가!"

"선정은 눈에 보이지 않는 법이오. 겉으로 드러나는 선정은 아첨일 뿐이오. 풍속이 무너지고, 국정이 문란해지고, 강자가 약자를 수탈하는 무법천지가 바로 오늘의 현실이오. 난세에 국록을 받아먹는 관리가 된 것도 나의 운수요. 이 모든 병폐의 근원은 우리 모두에게 있소. 그러나 누구인들 지금의 썩은 세상이 자신 탓이라 말하겠소? 희생양이 필요한 거겠지. 그에 가장 만만한 것이 바로 부성을 책임진 사또가 아니겠소. 희생양을 찾아 나선 그대들 또한 나와 무엇이 다르겠소!"

부사 이정은 온몸을 휘감아들던 죽음의 공포가 사라진 것인지, 살아야 한다는 절박함 때문인지, 그사이 딴사람이 된 듯 대담했다. 뙤창으로 도망치려고 머리통을 집어넣고 허둥대던 부사가 아니었다. 잠깐 사이 생과 사의 갈림길에서 돌연 용감해진 것이다. 조민구가 보기에 그는 논리 정연했다. 세태의 흐름을 환히 꿰뚫고 있었다. 이길주가 총칼로 무장한 도인들을 이끌고 성을 점거한 것도 이 시대가 원하는 또 다른 희생양과 다를 게 무어냐는 항변에 조민구는 등골이 싸늘했다. 유학의 세례로 단련된 그의 정체성은 만만치 않은 내공을 지니고 있었다. 변방의 작은 부성을 책임지고 있는 일개 부사지만, 어려서부터 습득한 체계적이고 엄격한 유학의 영양분이 뼈와 살이 되어 그를 지탱하는 것이다. 그것이 옳은 길로 가든, 그릇된 길로 가든 유학의 이름으로 명분을 삼고 있고 이론적인 방패가 되는 것이다.

"사또의 생일날 주민들을 불러들여 먹고 마시게 한 뒤 돈을 거둔 것도 선정인가!"

이길주가 눈썹을 불쑥 치켜 올리며 목청을 높였다.

"그런 사소한 일로 성을 부수고, 부사를 죽이려 한단 말이오!"

이정이 한심스럽다는 듯 빈정거리는 말투로 대꾸를 하고는 배시시 웃었다. 내아 침소 안에서 목이 날아갈 뻔한 위기에서 벗어난 사람 같지 않게 사대부의 체통을 잃지 않았다.

이길주는 부사의 입놀림이 보통이 아니라는 것을 알았다. 자칫 논리적으로 밀릴 수도 있다 생각하니 화가 머리끝까지 치밀었다. 부사의 생일상을 두고 언쟁을 벌이는 것이 유치했다. 본질은 부사를 처단할 대의명분을 찾는 일이다. 이길주는 당장 부사 이정의 목을 치고 싶었지만 명분이 약했다. 조선 왕실에 강력한 경고와 함께 공포를 줄 수 있는 것은 성을 무너뜨리고 부사의 목을 베는 것이지만, 그러기에 앞서 충분한 명분이 필요했다. 이길주가 정신을 가다듬었다.

"일찍이 사마천이 말했소. 창고가 가득해야 예절을 알고, 먹고 입을 것이 넉넉해야 영욕을 안다고 했소. 예라는 것은 재산이 있는 데서 생겨나고 없는 데서 사라진다 했소. 자, 그렇다면 오늘 굶주리고 헐벗은 백성들이 칼과 창을 들고 관아로 쳐들어온 이유가 어디에 있다고 보시오?"

이길주가 부사를 쏘아보며 다그쳤다.

"우리 사대부들이 중대한 변화의 시기를 놓친 것은 맞소. 경영과 학문이 부재한 정치의 마당에서 나라와 백성이 궁핍해지고 추락하는 것을 외면한 채 우리들만의 과일을 나눠먹었소. 우리들끼리도 피가 터지도록 싸웠소. 끼어들지 못하면 좌절하고 비판의 목소리를 높였소. 아니면 낙향해서 조용히 책을 읽으며 지냈소. 결국 우리 사대부 유림은 지배 아니면 저항 사이에서, 권세 아니면 귀양 사이에서 흔들리는 형국에 처하고 말았소. 그러는 동안 나라는 혼돈 속으로 떨어지고, 백성은 강자와 약자 사이에서 유린당하는 부끄러운 시국이 되고 말았소. 그러니 이런 시국의 한 전형으로 나를 단죄할 수 있다면 하시오. 그것 말고는 그대들에게 단죄 받을 일이 결단코 없소."

부사 이정은 인정하려 하지 않았고 지려고도 하지 않았다. 소소한 일들로 부민의 마음을 상하게 한 것, 서로 간에 오해가 있었던 것, 단순한 갈등이 있었던 것 등으로 단죄를 받는다면 억울하다는 것이다. 이정은 대의명분을 중요시했다. 자신의 주장대로라면 사교에 빠진 동비들이 국가의 권위와 질서를 부정하고 지방관아를 욕보였다는 것이다. 그는 조선의 안위와 명예를 지키다가 미친 폭도들의 칼에 목이 잘리는 것이 오히려 온당하다는 생각을 하고 있는 것이다. 동비들에게 탐관이라는 죄목이 붙여지는 것은 받아들일 수가 없다는 자존심이기도 했다. 명예롭지 못한 죄목으로 조상과 후손에게 누를 끼칠 수 없다는 주자의 정신이 골수에 박혀 있는 것이다.

조민구는 이정의 항변을 들으면서, 그의 논리는 어찌 보면 명분이 있어 보이지만 속내를 들여다보면 간사한 자기변명이 불과하다는 것을 알았다. 조선의 관료로서 명예를 지키다가 희생당한 사대부로 남고 싶다는 것인데 그 역시 욕심이었다. 조민구는 뒤통수를 한 대 얻어맞은 듯 어지러웠다. 사대부 관료들의 자가당착이었다. 자신들은 아무런 잘못을 한 일이 없다는 것. 아니, 무엇을 잘못한 것인지조차도 모른다는 것이다. 그런 무감각의 관치가 세상을 썩어 들어가게 한 것인 줄을 모르는 것이다.

이길주는 영해부사 이정의 그럴듯한 변명과 자신을 합리화시키는 달변을 당할 재간이 없자 심문을 중단했다. 그는 동헌에서 나와 비어 있는 외아로 강수와 박사헌, 남두병 세 명의 부사령을 따로 불러 부사를 어떻게 처리할 것인지를 논의했다.

이길주는 몹시 서둘렀다. 이정이 조목조목 단죄의 불합리성을 털어놓는 데 화가 치밀었다. 시간을 끌다가는 부사의 말재주에 동학당이 처단할 명분을 잃을지도 모른다는 생각에 초조했다. 이길주가 입술을 깨물면서 말했다.

"나는 가난하지만 이웃과 정을 나눌 수 있는 세상을 원했소. 경쟁보다 친교가 있어야 하고, 국왕의 지엄한 위계보다는 만백성이 웃음 짓는 평등이, 이익을 내기 위한 수탈보다는 공의와 정의가 넘치는 세상을 꿈꿨소. 그런 세상을 외면하는 조선 왕실에 경고를 보내 경각심을 갖게 하고, 하루빨리 대세를 따라 변화하기를 원하는 거요. 저자는 학정을 하지 않았고 탐관도 아니라 하지만, 부민들은 탐관이라 하고 학정을 했다고 말하고 있소. 우리는 부사의 목을 베 조선 왕실의 권위를 무너뜨리고 평등한 세상을 만들겠다는 각오를 보여줘야 하오."

흥분한 탓인지 이길주의 목소리가 쉬고 갈라졌다.

강수는 생각이 달랐다. 지금은 부사를 심문할 때가 아니라 혈전으로 지치고 흐트러진 동학당의 전열을 정비하는 일이 더 시급했다.

"부사를 단단히 포박해서 옥사에 가두었다가 날이 밝으면 다시 문초를 해서 어떻게 처리할지 결정하는 게 좋겠소."

강수의 말에 이길주가 벌떡 일어나더니 날이 새기 전에 결판을 봐야한다며 반대했다. 마치 저승사자의 혼령에 쐰 듯 부사 이정에게 집요하게 매달렸다. 눈빛이 이글이글 거리는 것이 며칠을 굶주린 들개 같았다. 부사 이정을 죽이지 못하면 자신이 죽기라도 할 듯 안절부절못했다.

박사헌이 나섰다. 강수는 영해접주인 그의 의견이 중요하다고 보았고, 그래서 기대를 걸었다. 박사헌은 예상을 깨고 이길주의 의견에 동조했다.

"날이 밝으면 상황이 어떻게 변할지 모르오. 총사령의 말처럼 오늘밤 결정을 내리는 것이 맞소."

"사람의 목숨이 달린 문제요! 부사의 목을 베는 것이 이번 거사의 목적은 아니지 않소!"

강수가 화를 내며 사전에 논의된 영해성 거사의 원칙과 목적을 꺼내들었다.

"성을 점거한 뒤 부사를 처단함으로써 거사는 끝나는 거요."

이길주가 딱 잘라 이번 거사의 의미를 말했다.

"스승님의 명예를 회복하자는 것 아니었소?"

강수가 흥분해서 목청을 높였다.

"그 때문에 부사의 목을 쳐야 한단 말이오."

이길주의 논리는 그랬다. 부사 이정의 목을 베어버림으로써 동학당의 교조인 최수운의 명예가 회복된다는 것이다. 이길주는 그렇게 믿고 있었다. 강수는 영해접주 박사헌을 설득했다. 부사의 심문은 반드시 적법하게 이루어져야 하고, 그러기 위해서는 내일 날이 밝으면 공정하게 판결을 해 처리해도 늦지 않다고 말했다. 어찌 부사의 목을 베어야만 수운 선생의 명예가 회복되는 것인지를 따졌다. 박 접주는 강수의 말을 들으려 하지 않았다. 오히려 이길주의 주장에 동조했다. 강수는 박 접주의 태도가 의심쩍었다. 그의 평소 행실과 인격으로 볼 때 이성을 잃은 듯한 이길주의 무모한 광기에는 단호하게 반기를 들 사람이었다. 그런데도 그는 이길주가 하는 대로 방관하고 있는 것이다. 회의가 밀려들었다. 남두병은 총사령 이길주와 부사령이자 영해접주인 박사헌의 뜻이 같은 것을 알고는 자신의 의견을 내놓지 않았다. 두 사람의 뜻을 따르겠다는 의미였다.

내아에 모인 총사령과 부사령 세 사람은 오늘 밤 부사 이정을 심문해 처결하는 데 합의했다. 강수는 끝까지 반대를 했지만 대세를 막을 수는 없었다.

4

동헌 마당은 반달이 서쪽 하늘로 잔뜩 기울어 유난히 캄캄했다. 붉은 횃불이 여우꼬리처럼 흔들리며 불티를 날려 보냈다.

포박당한 채 마당에 꿇어앉아 있던 부사 이정이 다시 나타난 이길주를 향해 먼저 입을 열었다.

"나를 죽이면 왕실의 권위가 무너진다고 보시오!"

그는 여전히 기가 살아 이길주를 향해 비웃듯 물었다. 아무리 산적과 다를 바가 없는 비천한 동비들이라지만 자신의 목을 함부로 베지는 못할 것이라 믿는 눈치였다. 이길주가 비아냥거리는 부사의 말에 눈을 휘둥그레 떴다. 드러난 흰자위가 횃불에 반사돼 붉게 빛났다.

"부사의 목을 베는 일이 그리 어려운줄 아시오! 반성은커녕 썩은 왕실의 관료라는 것을 영광으로 아는 꼬락서니가 뻔뻔스럽다 못해 역겹소."

이길주가 퉤! 하고 침을 뱉고 나서 날렵하게 칼을 빼들었다. 칼날이 횃불에 일렁였다. 이정이 머리를 번쩍 쳐들었다. 얼굴이 하얘서 분칠한 각설이 같았다.

"왜 이러는 거요! 이럴 순 없소!"

이정이 그제야 사태가 심각한 것을 눈치 채고는 떨리는 목소리로 말했다.

"부사는 어찌 탐관이 아니라고 우기는 것인가!"

박 접주가 다가와 물었다.

"난 전례대로 했을 뿐이요. 전임자들이 했던 대로 따라했을 뿐이란 말이오."

"백성들을 생각한다면 등골 빼먹는 폐단은 고쳤어야 하는 게 아닌가?"

"거기까지는 생각이 미치지 못했소. 늘 해오던 대로 습관처럼 받았을 뿐이오."

"그런데도 탐관이 아니라고 우기는 건가?"

"아이고! 흑, 흑."

부사 이정이 눈물을 쏟으며 흐느꼈다. 선정을 베풀지 못한 것은 모든 지방 관아의 사또들이 그러하듯 자신도 심각하게 고민을 하지 못한 탓이라고 궁색하게 변명했다.

박 접주가 한 걸음 뒤로 물러났다. 강수는 묻고 싶지 않았다. 어차피 목이 떨어져나갈 자였다. 이길주가 부사 이정 앞으로 다가가 의미심장한 말을 했다.

"부사는 입이 열 개라도 할 말이 없을 것이다. 탐학한 죄를 물어 참수에 처하겠다. 그 죄에 덧붙여 조선 왕실에 경고하는 희생양으로 삼을 것이니 죽어도 여한이 없을 것이다."

"희생양이라니요?"

이정이 뜻을 잘 모르겠다는 듯 이길주를 바라보았다.

"조선 왕실에 보내는 경고란 말이다!"

이길주가 두 손으로 잡은 칼자루에 힘을 주었다. 시간을 끌수록 손해였다. 한 번 결심한 일은 가차 없이 실행에 옮겨야 한다는 것이 그의 신조였다. 어둠을 가르며 나타났다가 흔적 없이 사라지는 번개처럼 눈 깜짝할 사이에 끝내야 했다. 동헌 마당에 모여 있던 도인들이 숨을 죽였다.

"억울하오."

부사 이정이 계속 울먹였다.

"머리를 숙여라!"

이길주가 칼을 허공으로 치켜 올리며 소리쳤다.

"안 돼!"

강수가 한 걸음 나섰지만 이길주의 손에 들린 칼이 허공을 가르며 쉭! 소리를 냈다. 먹구름 속에서 파란 번개가 내려온 느낌이었다. 예리한 칼날이 살을 가르는 소리가 둔탁하게 새어나왔다. 동시에 이정의 머리가 관아 앞뜰에 떨어졌다. 잘린 목에서 붉은 핏물이 쏟아졌다. 놀라움과 두려움이 섞인 탄식이 터져 나왔다. 앞에서 지켜보던 도인들이 쏟아지는 핏물을 보고는 흥분해서 소리를 질렀다.

이길주가 정의의 칼로 폭정을 일삼은 탐관을 처단했다고 외쳤다. 그의 얼굴에 이정의 목에서 튄 핏물이 들러붙어 붉은 점박이처럼 보였다. 이길주가 미친 사람처럼 낄낄낄 웃었다. 다혈질인 일부 도인들이 괴성을 질렀다. 횃불에 반짝이던 이길주의 칼날에 진득하게 들러붙은 핏물이 흘러내렸다.

박사헌은 싸늘한 웃음을 지으며 등을 돌렸다. 외아로 돌아가는 그를 강수가 뒤쫓아갔다. 강수가 부사를 참수한 데 대해 항의했지만 그는 입을 열지 않았다. 대꾸조차 하지 않고 외아 문을 닫았다. 박 접주는 이길주가 지금껏 감춰온 자신의 성정性情을 영해부 도인들은 물론 전국 각지에서 몰려온 도인들 앞에 여지없이 드러낸 것에 의미를 뒀다. 이길주를 따르던 도인들이 그의 실체를 두 눈으로 직접 본 것이다. 박 접주는 지금까지는 이길주의 선동가다운 자질과 무인의 용맹함이 필요했지만, 이제는 아니라고 판단했다. 이길주의 역할은 다 끝난 것이다. 박 접주는 부사의 목이 잘려나가 숨이 끊어진 것보다 동학당의 미래를 설계하는 일로 머리가 복잡했다.

조민구는 마당에 굴러 떨어진 부사의 머리를 보고 토악질을 했다. 정의의 얼굴을 한 야만이라니! 일개 변방의 관아를 책임진 부사가, 썩어가는 왕실과 궁핍한 백성과 앞을 볼 수 없는 캄캄한 난세와 무슨 상관이란 말인가! 조민구는 이를 물었다. 주자의 정신에 뿌리를 내린 사대부라서가 아니었다. 명분 없는 참살이라는 데 분노했다. 백번 양보한다 해도 영해부사 이정의 목을 친 것은 명분이 약했다. 이것은 무고한 처형이었다. 굳이 따지고 들자면 6년 전 최수운의 목을 친 조선 왕실에 대한 보복이었다. 조민구가 그래도 이 황당한 참상 속에서 절망하지 않고 이성을 찾을 수 있었던 것은 이 비극이 이길주라는 한 사람의 광기어린 폭력이라는 사실 때문이었다.

날이 밝자 도인들 사이에 지난 밤 부사를 참수한 이길주의 돌출 행동을 놓고 실랑이가 벌어졌다. 목이 베여 마땅하다는 부류와 죄를 판결하지도 않고 감정에 휘둘려 즉흥적으로 목을 벤 것은 부당하다는 부류로 나뉘었다. 이들은 곳곳에서 언쟁을 벌였다. 결론은 쉽게 나지 않았지만 시간이 흐를수록 이길주의 칼부림이 이성을 잃은 광적인 행동이었다는 쪽으로 기울었다. 이길주가 부사의 목을 친 것을 비난하는 부류는 영해접주 박사헌을 따르는 도인들이 중심이었다. 그 여론이 점차 대세를 이루어 갔다.

새벽

1

새벽에 관아 동헌으로 그가 찾아왔다. 발걸음을 죽이고 사뿐사뿐 걷는 바람에 코를 골며 깊이 잠든 도인들은 전혀 눈치 채지 못했다.

동헌에 머물고 있던 박사헌과 조민구 일행은 외아로 들어선 자가 이방 신택순인 것을 첫눈에 알아보았다. 신택순이 박사헌 옆에 있는 조민구의 얼굴을 알아보고는 흠칫 놀라는 표정을 지었지만 이내 안정을 되찾았다. 오히려 모른 척 딴청을 피우며 박사헌에게로 다가갔다.

"은혜를 어찌 갚을런지요."

박사헌이 정중히 인사했다. 신택순은 이렇게까지 일이 커질 줄은 생각하지 못했다는 듯 얼굴색이 하얗게 변해있다.

"부사 양반의 목을 베다니!"

신택순이 화를 삭이는 표정이 역력했다.

"돌발적인 상황이라서……."

"난 일찍이 그대 부친을 따라 인계서원을 섬겼고, 구향배에게 수모를 당할 때도 도와주었네. 고루하고 폐쇄적인 구향배의 이념으로는 변화의 물결을 따라갈 수 없었네. 구향들은 토박이 명문가들이니 굳이 변화를 꿈꿀 이유가 없었겠지만, 체제에 안주하려는 것을 참을 수 없었다네. 나는 관아의 이방으로 행정을 총괄하는 직분이지만 부민이 잘 살아야 예절과 도덕을 알고 따른다는 사실을 한시도 잊은 적이 없네. 마찬가지로 궁핍해지면 부끄러움을 잊어버리고 위험에 빠진다는 사실도 잊은 적이 없네. 신향세력들 다수가 동학에 경도된 것도 같은 이유일 걸세. 변화와 평등이라는 가치 때문이 아니겠는가. 내가 그대를 도운 것도 그런 이유에서였네. 그런데 그대들이 부사의 목을 친 것은 나의 기대를 저버린 것일세. 실망스럽기가 짝이 없네."

신택순은 자신의 속내를 길게 늘어놓았다. 그는 부사의 목이 동비의 칼에 베인 것처럼, 자신도 머지않아 동비와 내통한 죄로 관군의 칼에 목이 베일 것이라는 각오를 하고 있었다. 박사헌은 이방 신택순의 풀 죽은 모습을 보면서 몸 둘 바를 몰라 했다. 이길주의 칼부림은 이성을 잃은 상태에서 일어난 돌발적인 광기였다는 변명을 거듭했다.

"대신 용서를 구합니다."

"용서하고 말고의 문제가 아닐세."

"다른 문제가 있다는 건가요?"

박사헌의 물음에 신택순이 조민구의 얼굴을 똑바로 쳐다보았다.

조민구는 놀라서 숨이 턱 막혔다. 한양에서 내려온 조선 왕실의 밀사라는 사실을 발고하려는 것인가! 조민구는 자신의 목구멍을 넘어가는 크고도 또렷한 침 소리를 들었다.

"날이 밝는 대로 철수하게."

신택순은 한마디 말에 두 가지 뜻을 담는 재주가 있었다. 조민구는 가슴을 쓸어내렸다. 절로 한숨이 새어나왔다. 신택순은 밤새 영해부가 동비들 손에 함락된 사실이 안동과 경주진영에 알려졌을 터이니 대규모의 정예 관군이 영해부로 진격해 올 것이라고 알려주었다.

"영해성을 근거로 더 큰 일을 도모하기는 쉽지 않을 걸세. 기껏 천여 명의 도인들이 무슨 재주로 훈련된 관군과 싸우겠는가. 이곳 성에는 비축미도 많지 않고, 무기도 변변치 않다네. 훈련된 정예 관군이 성을 포위하는 날엔 독안에 든 쥐 꼴이 될 걸세."

이방 신택순의 설명에 박 접주가 고개를 끄덕였다. 그는 영해성을 공격하기 전 몇몇 추종자들과 함께 그려놓은 도주 경로를 떠올렸다. 어차피 영해성을 빼앗은들 동학당이 오래 차지할 수 없다는 것을 알고 있었다. 박 접주에게는 영해성 공격이 미끼에 불과했다. 그에게는 이후 전개될 일들이 더 중요했다. 영해성 공격은 단지 과정일 뿐이었다. 그는 영해성 공격을 빌미로 동학당의 기존 체제와 질서를 바꿀 계략을 갖고 있었다. 폭발력이 큰 사건을 터트린 후 수습 과정에 새로운 질서를 잡는 묘안이었다. 그의 최종 목적은 진성당원이 중심이 되는 지도부를 꾸려 판을 새로 짜는 것이었다.

박사헌은 수운 최제우가 순교 당한 뒤 동학의 교주가 된 최해월을 인정할 수가 없었다. 해월이 지닌 모든 것, 특히 장점만을 골라서 곰곰이 짚어보았지만 결국 아니었다. 서당 문턱조차 넘어보지 못한 무학자가 동학의 새로운 교주라는 데 회의가 일었다. 그렇다고 스스로 동학을 떠날 용기도 없었다. 시간이 흐르면서 해월을 넘어서자는 야심이 자리 잡았다. 동학의 미래를 위해서라는 명분이 그를 붙들어주었다. 본래의 자리로 되돌려 놓는 것이라는 도인으로서의 의무감이 야심과 확신으로 자리 잡았고, 나중에는 지극한 신심의 발로이자 스승인 수운에 대한 충심이라는 것으로 자신을 합리화시켰다. 그의 야망이 때마침 찾아든 이길주를 끌어들이게 했고, 두 사람은 이내 영해성을 치자는 데 의기투합했던 것이다. 부사의 목을 벤 것이 돌발적인 일이기는 했지만, 박사헌에게는 오히려 잘된 일이었다. 그는 모든 것이 계획한 대로 풀려간다고 여겼다.

신택순의 충고를 들은 조민구는 박사헌과 달리 불안에 사로잡혔다. 성을 포기하고 떠나야 한다니! 동학당을 따라 정처 없이 목숨을 걸고 피신해야 한다는 사실이 막막하기만 했다. 성을 차지하면 축배를 들며 새로운 평등세상을 설계할 것으로 믿었던 것이 한바탕 꿈에 불과했다니. 조민구는 혼란스러웠다. 이들이 추구한 평등세상이 한낱 환상이었다는 말인가. 성을 점거한 연후에 전개될 체제 결속과 질서 유지를 위한 치안책, 일사불란한 조직의 구성 같은 치밀한 계획이 없단 말인가. 성곽 너머 가까운 민가 쪽에서 첫닭이 우는 소리가 들려왔다.

이방 신택순은 성 밖 사가로 가기 위해 자리에서 일어섰다. 물먹은 솜뭉치를 매단 듯 걸음이 무거웠다. 조민구는 주위의 눈을 피해 슬그머니 그의 뒤를 따라나섰다. 성문을 나와 저잣거리를 지나 구불구불한 고샅길을 걸어가자 고풍스런 한 채의 기와집이 나타났다. 신택순이 대문으로 들어가려는데 조민구가 소리 낮춰 불렀다.

"이방!"

신택순은 뒤를 따라온 자가 한양 선비라는 것을 알고 있었다. 뒤돌아보지 않고 말했다.

"들어오시오."

이방이 대문을 밀쳤다. 문설주와 연결된 기둥고리에서 삐익! 소리가 났다. 신택순은 대문 앞에서 실랑이를 벌여봐야 좋을 것이 없다고 생각했다. 행여 야심한 새벽에 언쟁을 벌이는 모습이 남의 눈에 띨까 걱정도 됐다.

두 사람은 사랑채에 마주하고 앉아서도 말을 나누지 않았다. 서로가 눈을 마주치지 않으려고 고개를 돌린 채 숨소리만 들었다. 먼저 입을 연 것은 조민구였다.

"왜 살려준 것이오?"

대뜸 정곡을 찔렀다. 질질 끌며 둘러대는 것은 질색이었다.

"그대는 왜 살려준 것이오?"

신택순이 차분하게 되물었다.

조민구가 머뭇대며 선뜻 대답을 하지 못하자 신택순이 자신의 생각을 차근차근 조리 있게 말했다.

"난 어느 한쪽이 살고 다른 쪽이 죽는 것을 원치 않소. 둘 다 살기를 바랐소. 내 생각이 허점투성이라고 해도 어쩔 수 없구려. 난 동학당들이 성을 공격하겠다고 했을 때, 굳이 이유를 묻지 않았소. 이유란 것이 뻔하지 않소? 난세의 백성들이 분풀이를 할 곳이라고는 권력이라는 실체가 아니고 무어겠소. 그래서 내린 결론이 도인도 살고 관아의 관리들도 살자는 것이었소. 부사에게 사전에 정보를 알려주면서 이날 하루만이라도 성을 빠져나가라고 일렀소. 부사는 내 말을 듣지 않고 고집을 부리다가 저리된 거요. 내 제안을 받아들였으면 도인들도 곤궁에 빠지지 않았을 게고, 부사도 개죽음을 당하지 않고 있다가 적당한 때에 돌아오면 됐을 것이오."

신택순이 말을 멎더니 기침을 서너 차례 했다. 그러고 나서 다시 말을 이어갔다.

"그런데 선비는 왜 살려둔 것이냐, 이것이 듣고자 하는 핵심이겠지요? 마찬가지였소. 난 그대가 전달하라는 서계를 태워버렸소. 파발꾼이 서계를 들고 한양으로 말을 달려갔더라면 천여 명의 선량한 도인들이 몰살당했을지도 모르는 일이오. 서계를 전하지 않음으로써 사태는 이쯤에서 종결될 수 있었던 거요. 내가 지방 관아의 이방으로서 조정의 중요한 서계를 전하지 않은 죄를 범했는데 어찌 그대를 발고할 수 있겠소. 그 역시 사태를 작게 하고 둘 다 살 수 있는 길이라 판단했소. 한양에서 보낸 밀사라고 입을 열었더라면, 그대는 영해부사보다 앞서 도인들 칼에 목이 잘렸을 거요. 이제 이번 거사의 전모가 다 드러났으니 그대나 나나 목숨이 경각에 달렸구려.

그러나 나보다는 그쪽이 안전할 것 같소. 나야 변명의 여지가 없는 변절자이자 범법자이지만, 그댄 아니지 않소? 아직 진행 중이지 않소? 언젠가 결론을 내야 하겠지만, 지금은 임무를 성실히 수행 중이잖소? 내가 동학쟁이들을 찾아가 고약하게 발고한다면 모를까."

신택순이 말을 멈춘 뒤 목에 힘을 주어 기침을 했다. 조민구는 지방 관아에 붙박이처럼 살며 책 한 줄 읽지 않고, 축재에만 눈이 먼 비열한 탐관으로만 각인되어진 이방에 대한 편견을 지워야 한다고 여겼다. 오히려 동해안 변방의 관아를 꾸려가는 이방의 깊고 냉정한 고민을 듣고 나자 가슴이 뜨끔했다.

"이젠 그대가 말을 해야 할 차례 같소."

신택순은 조민구의 정체가 궁금했다. 조정의 밀사가 분명해 보였지만, 그가 동학당 무리들과 섞여 움직이는 것 또한 수수께끼였다.

"이방과 나의 생각은 흡사한 부분이 많구려. 나의 짧은 생각이었지만, 지나고 보니 서계를 조정에 전하지 않은 것은 잘한 일이요. 나는 나라의 근본과 기강을 걱정하는 왕실의 명에 따라 동학쟁이로 위장한 밀사요. 그런데 막상 세상에 나와 저들과 함께 부딪히면서 새로운 것에 눈을 뜨게 됐소. 현실은 왕실에서 보는 것과는 너무 달랐소. 조선의 근본을 뒤흔드는 괴수집단으로 낙인찍힌 동학당들에게 진정성이 엿보였다고 하면 미친놈이라 할 것 아니겠소. 그러나 사실이 그랬소. 처음에는 가난한 백성에 대한 연민이려니 했소. 그런데 어느 날 문득 저들 생각에 나의 마음 한쪽이 점점 끌려가는 것을 알고는 스스로 놀랐소."

조민구는 새벽녘에 말똥말똥한 정신으로 시국을 논하는 일이 신선했다. 가슴에 담았던 생각들이 둥지를 날아오르는 새처럼 파드득 파드득 살아서 날뛰었다.

"해월의 인간됨은 나의 오랜 주자학의 세례를 증발시킬 만큼 충격이었소. 그가 말하는 평등세상은 공자의 평등과 달랐소. 그 부분에 대해서는 언젠가 꼭 확실하게 해두고 싶은 마음이 간절하오. 이나저나 나는 이방을 발고할 틈도 여유도 없었소. 기회가 있었다 해도 입을 닫았을 것이오. 발고함으로 인해 일어날 파장이 많은 희생을 불러올 것 아니겠소. 내가 발고하지 않아도 이방은 어차피 동학당들에게 성문을 열어준 인물로 사초에 기록될 것 아니겠소. 이방의 용기와 신념이 나를 부끄럽게 하오. 위로 임금에게 충성하고 부모에게 효도하는 것이 주자학의 도라 하지만 직면한 현실에서 우리가 취해야 할 것은 시기와 운수에 따라 변해야 한다는 것이 나의 생각이오. 이제 이 사태가 마무리되면 저들 무리에서 빠져나와 한양으로 올라갈 거요. 이번 난리의 배경과 실체를 누구의 시각도 아닌, 내 눈으로 직접 보고 느낀 그대로 기록할 것이오. 전하께서 나의 기록을 보시고 뭐라 판단하실지……."

신택순이 갑자기 자리에서 벌떡 일어나 절을 했다. 조선의 임금에게 명을 받아 움직이는 신하인 줄은 몰랐던 것이다. 조민구가 맞절을 하고 자리에서 일어나 돌아 나오려는데 이방이 보관하고 있던 서계를 돌려주었다.

"불에 태웠다 하지 않았소?"

"어떤 판단을 하느냐에 따라 불에 태웠다고 할 수도 있고 아닐 수도 있는 법이오."

신택순이 다시 머리를 깊이 숙였다.

"나보다는 이방이 걱정이오."

조민구는 얇은 종잇장일 뿐인 서계를 호롱불에 태운 뒤 재를 날려보냈다. 미닫이문을 밀고 나오며 신택순을 걱정했다. 날이 밝자 성곽 주변으로 피어오르는 검은 연기가 확연히 드러났다. 성루에서는 타나 남은 불길이 널름거리는 뱀의 혀처럼 요사스럽게 흔들렸다. 동쪽 하늘로 붉은 여명이 서서히 번져 올라왔다. 조민구는 마당을 걸어 나오며 심한 피로를 느꼈다.

2

창수리 박사헌의 집은 바람 한 점 불지 않았다. 끊어질 듯하면 다시 이어지는 소쩍새 소리가 밤공기를 타고 멀리서 다가왔다. 등잔불이 환히 켜진 방 안에서는 새끼를 꼬는 소리가 그치지 않았다. 해월은 영해성으로 진격한 도인들 생각에 잠시도 마음을 놓을 수가 없었다.

자정이 지났을 때 영해성에서 참모 이군협이 말을 달려 왔다. 지친 말이 입에 거품을 흘리며 한차례 히히잉! 하고 울었다. 말에서 내린 이군협이 해월이 거처하고 있는 사랑채로 달려가 들뜬 목소리로 말했다.

"성이 무너졌십니더!"

이군협이 헐떡이는 숨소리가 방 안에까지 들렸다. 해월이 방문을 열었다. 이군협이 벌겋게 달아오른 얼굴에 송골송골 배어 나오는 땀을 소매로 닦아내는 모습이 보였다. 입고 있는 푸른 저고리에 까만 숯 자국과 핏물이 튀긴 흔적이 보였다. 해월은 그의 몰골을 보고 혀를 찼다. 그나마 도인들이 관군의 총에 막혀 몰살되거나 밀려서 쫓겨나지 않은 것에 감사했다.

"사또의 목이 잘렸십니더."

그가 싱글벙글 웃으며 자랑스럽게 말하는 순간 해월은 입이 벌어졌다. 가슴이 막혀 숨쉬기가 힘들었다. 입을 더 크게 벌리고 숨을 길게 들이켰다가 내뱉기를 몇 차례 하고 난 뒤에야 겨우 숨통이 틱었다.

"누가 베었는가!"

해월의 노기에 그가 움찔해서 뒷걸음쳤다.

"이길주가 단칼에……."

그는 숯이 묻어 까매진 콧등을 만지며 대답하다가 말을 끝맺지 못했다. 해월이 꼬던 새끼줄을 윗목으로 밀치고는 마루로 나왔다.

부사를 죽이다니! 이 무슨 망측한 일이란 말인가! 해월은 화를 이기지 못해 머리를 흔들었다. 결국 이길주가 일을 저지른 것이다. 그자는 스승인 수운과 동학의 명예회복이 아니라 백성을 선동해 관아를 치고 부사의 목을 베어버림으로써 영웅이 되겠다는 망상에 빠져 있는 자가 확실했다. 광기에 사로잡힌 혁명가의 부질없는 꿈에 동학당이 고스란히 이용당하다니! 박사헌과 강수는 도대체 무얼 하고 있었단 말인가! 한양 조정의 중신들은 영해부에서 일어난 동학당의 반란을 보고받는 즉시 임금에게 달려갈 것이고, 임금은 동학을 몰살하라고 호통을 칠 것이다. 더욱이 부사 이정의 머리가 동학당의 칼에 날아간 것을 알면, 강경하고도 단호한 조치를 취할 것이다. 나라의 근간을 흔드는 사교 집단이자 미치광이 폭도들이 난동을 부린만큼 병력을 총동원해 대대적인 토벌에 나설 것이다.

갑자년에 불었던 피바람이 다시 불어오는가. 해월은 온몸이 떨리는 것을 도인들에게 들키지 않으려고 애를 썼다. 문을 닫고 들어와 행장을 꾸렸다. 보따리를 등에 맸다. 지도부와 사전에 약속한 대로라면, 거사가 성공할 경우 주민들을 모아 민회를 열고 관아협의체를 설치한 뒤 도인들이 직접 관장하는 기구를 짜야했다. 그러나 부사의 목을 친 이상 영해부를 도인들의 치하에 둘 수가 없었다. 주민들은 물론 동학당 내부에서부터 여론이 엇갈릴 것이다. 해월은 부사를 처단한 것으로 영해성 거사는 실패했다고 결론지었다.

서둘러 창수리를 떠나 영양 일월산으로 돌아가 곧 닥칠 수난에 대비해야 했다. 해월은 사랑채를 나왔다. 노인들과 부녀자들이 그를 따라 나오며 배웅했다. 그는 도인들을 바라보자 심장이 떨렸다. 곧 닥쳐올 환난이 눈앞에 환히 떠올랐다. 차마 도인들의 얼굴을 똑바로 볼 수가 없었다. 불쌍한 마음 때문에 발걸음이 무거웠다.

"모두들 이곳을 떠나시오. 어디로든 멀리 숨어야 하오. 하늘님은 도인들을 버리지 않을 것이니 어느 곳에 있든지 쉬지 말고 기도를 하셔야 하오!"

해월이 마을에 남아 있는 노인들과 부녀자들에게 당부했다. 남편과 자식을 영해성에 보낸 부녀자들이 발을 동동 굴렀다.

"불안해하지 마시오. 마음 안에 모신 하늘님을 믿고 기도하면 두려울 것이 없소."

그는 육신에 매달려 살면 죽음을 피할 수 없지만, 마음의 주인 되는 하늘님에 의지하면 불안과 공포와 죽음까지도 다 피해갈 것이라고 위로했다. 어린아이들과 늙은 도인들도 각자 도주할 채비를 했다. 물건을 챙기고 보따리를 꾸리느라 부산해졌다.

해월이 달빛에 드러난 산길을 다급히 걸어가는데 누군가가 뒤에서 쫓아왔다. 숨을 몰아쉬며 따라와서는 수줍은 듯 말은 꺼내지도 못하고 머뭇대기만 했다. 달빛에 비친 얼굴을 가만 들여다보니 박사헌의 딸 수경이다.

"무슨 일이라도 있는 거냐?"

그가 안쓰러워 조용히 물었다. 수경은 대답을 못하고 그냥 선 채로 머뭇대기만 했다. 해월이 고개를 끄덕이고는 걱정 말라는 듯 웃음을 지어 보였다.

"난 괜찮다. 아버지가 돌아오면 가족들과 함께 멀리 피해야 한다. 아주 멀리, 교졸들이 쫓아오지 못할 만큼 깊은 산중으로 피해야 한다. 내 말 듣는 거지? 꼭 명심해라."

해월은 겁에 질린 수경의 얼굴을 보았다.

그러나 수경은 겁에 질려 따라온 것이 아니다. 밤길을 떠나는 해월이 걱정되어 따라나선 것이다. 혼자 몸으로 태백산간 허릿재를 넘어 영양 일월산으로 간다는 것은 무리라고 여겼다. 일전에 남돌석이 허릿재를 넘어오다가 호랑이에게 잡아먹힌 일이 수경의 여린 마음을 무섭고 두렵게 했다.

"혼자서 어찌 가시려고요?"

수경이 용기를 내어 물었다.

"괜한 걱정을 하는구나. 나는 수도 없이 밤길을 다니는 사람이라 호랑이도 무섭지 않구나. 호랑이가 밤길을 안내하기도 하는데 뭘 그러느냐."

해월이 그렇게 말하고는 소리 내어 웃었다. 그녀의 근심을 덜어주기 위해서라도 웃음소리를 들려주고 싶은 것이다.

"따라가면 안 될까요?"

수경이 낯이 살짝 붉어진 것인지 고개를 숙였다.

"수경이야말로 어찌 위험한 걸음을 하겠다는 거냐. 집에 있는 가족들을 생각하거라. 급박하고 위험한 때에는 가족과 함께 해야 한다."

해월이 수경의 생각을 말렸다.

"어차피 도망가서 숨어 살아야 할 거라면, 제가 곁에서 시중이라도 들면 안 될까요."

수경은 조선 땅 어디에도 안전한 곳이 없다는 것을 알고 있었다. 가족도 소중하지만 그보다 자신의 마음이 더 중요하다는 것도 알았다. 그녀의 내면은 세속적인 것과는 거리가 멀었다. 주인 해월의 가르침을 누구보다 익히 받아들인 터여서 나이답지 않게 초연했다. 그 때문에 해월이 짊어진 고통의 무게를 조금이나마 덜어주고 싶은 것이다. 그 열망이 새싹처럼 돋아났다. 수경은 그 마음을 굳이 외면하고 싶지 않았다. 어수선한 분위기와 집안 형편으로 부모님이 아직 혼사 문제를 꺼내지 않고 있지만, 자신은 정작 혼인에 대한 호기심은커녕 생각도 없었다. 그녀에게는 혼돈의 시대를 헤쳐 가는 사내들의 고독과 불안이 연민으로 다가왔다. 수경에게 가정이라는 보금자리는 아예 존재하지 않았다. 이런 환경이 시절이 만들어낸 불행 탓이라는 것도 몰랐다. 세상이라는 것이 원래 그런 줄로만 알았다. 수경은 주인 해월을 만나고부터 변화된 마음을 스스럼없이 털어놓았다.

"삶이란 힘들고 외로운 짐을 함께 덜어주며 걸어가는 것일 수도 있다는 생각을 처음 하게 됐어요."

해월이 달빛에 비친 수경의 맑은 얼굴을 가만히 바라보았다. 이 시대의 여인들이 짊어진 무게를 생각하니 가슴이 메었다.

"허락할 수 없구나. 수경은 아직 어려서 해야 할 일이 많다. 나는 수경이 아니라도 여러 도인들이 시중을 드니 걱정하지 않아도 된다. 괜히 너에게 걱정을 끼쳤나보구나."

그가 멈추었던 발걸음을 다시 뗐다.

"정말 괜찮으시겠어요?"

수경이 어른처럼 물었다.

"호랑이가 내 친구란다."

해월이 껄껄 웃었다.

"어디에 계시든 강녕하세요. 이곳 저희 집도 오늘밤이 마지막이로 군요. 날이 밝으면 뿔뿔이 흩어지겠지요? 아버지도 삼촌들도 모두 가 교졸들에게 쫓기는 신세가 되겠죠? 어쩜 이름도 모르는 산속이 거나 들판에서 교졸의 칼에 찔려 산짐승의 밥이 될지도 모르겠죠."

그녀가 갑자기 시무룩해지더니 울먹였다. 믿고 따랐던 주인이 봇 짐을 챙겨 다급히 일월산으로 돌아가는 것과 영해 부사의 목이 칼 에 베였다는 소식 등이 겹쳤기 때문이다. 그녀는 곧 닥쳐올 시련이 너무나 끔찍할 것이라고 짐작했다. 그녀는 차라리 해월을 따라가고 싶은 것이다.

"수경의 심정을 내가 왜 모르겠느냐. 그렇지만 내 어찌 너를 데려 갈 수 있겠느냐. 아버지와 가족들을 포기하지 말거라. 우리가 다시 만날 수 있다고 약속하마."

"정말 다시 만날 수 있을까요?"

"만나고말고."

"그럼, 다시 만날 수 있다는 약속만 해주신다면 따라 나서지 않 겠어요."

"그래야지. 꼭 다시 만날 수 있다고 약속하마."

해월이 수경의 어깨를 다독거렸다. 수경은 어린애처럼 수줍어하 다가 이내 눈물을 뚝뚝 흘리고 나서는 애써 방긋 웃었다. 그리고는 성큼성큼 달빛을 등지고 길을 걸어가는 주인 해월을 향해 손을 흔 들었다. 해월은 스무 걸음쯤 걷다가 고개를 돌렸다. 수경은 아직 집으로 이어지는 산길 모퉁이에 서 있었다. 달빛 속에 검은 장승처럼 보였다. 그는 수경이 장승처럼 무탈하게 늘 그 자리에 서 있기를 기도했다. 홀로 피어 꺾이지 않는 들꽃처럼 자라기를 기도했다. 험난한 시절이지만 그녀에게는 몹쓸 불행이 모두 비켜가기를 기도했다. 기도를 하면서도 지금의 형국이 너무나 위험해 가슴이 막혔다. 해월이 수경을 향해 손을 흔들어주었다. 그러자 멀리 달빛 아래 장승처럼 서 있던 희미한 그림자가 흔들흔들 움직이는 것이 보였다. 머리 위로 가느다란 손이 올라와 갈대처럼 휘청댔다.

오후

1

총사령 이길주는 날이 밝자 술에서 깨어나기라도 한 듯 머리가 텅 빈 느낌이었다. 버려진 시체와 곳곳에 스며든 핏물과 불에 타다가 남은 깃발 따위가 구역질나게 했다. 관아 작청의 흙바닥에 핏물이 고여 검은 구덩이가 생겼고 그곳에서 비린내가 진동했다. 가슴에 창이 꽂힌 채 죽어 있는 도인과 칼날에 귀와 어깨가 잘려나간 도인, 총탄을 맞아 얼굴 한쪽이 날아가고 없는 도인들의 시체가 여기저기 보였다. 교졸 하나는 흥분한 도인에게 난도질을 당한 것인지 사지가 모두 잘려나가 몸뚱어리가 절구통처럼 넘어져 있었다.

이길주는 간밤의 일들이 악몽을 꾼 것처럼 느껴졌다. 문득 자신의 칼로 목을 벤 부사 이정이 떠올라 동헌으로 달려갔다. 대청 아래 마당이 핏물 자국으로 검었다. 형리청으로 들어서자 부사의 시신 옆에 잘려나간 머리통이 산발한 모습으로 거꾸로 처박혀 있는 것이 보였다. 그는 도망치듯 허겁지겁 돌아 나와 망루로 올라갔다. 아침 햇살이 비쳐드는 들판에서 하얀 안개가 올라오고 있었다. 망루에 서서 서쪽인 창수령의 솟구친 능선을 바라보며 숨을 골랐다. 간밤의 무력은 대의를 위해 반드시 치러야 할 과정이었다. 조선 왕실에 대한 강력한 경고이기도 했다. 평등한 세상은 저절로 오는 것이 아니라 고귀한 희생양들의 피를 통해 쟁취하는 것이다. 그는 어젯밤 흘린 피는 혁명의 시작을 알리는 신호탄이라는 생각이 확고했다. 잠시 흔들렸던 마음을 다잡았다.

도인들에게는 명분이 중요했다. 설득은 중요치가 않았다. 스승인 최수운의 명예회복을 위해서는 조선 왕실에 극약처방을 할 수밖에 없다는 논리가 그의 무기였다. 성을 빼앗는 것만으로는 스승의 명예가 회복되지 않을뿐더러 동학이 공인받기도 어려웠다. 잘려나간 부사의 목이 최수운의 명예를 되찾아 줄 것이다. 그는 그런 정당성으로 재무장하자 자신감이 넘쳤다. 이제 부민과 도인들이 공동민회를 열어 민주적인 영해 관아 운영협의체를 만들어 내면, 이곳은 동학당이 지배하는 평등세상이 되는 것이다.

조민구의 생각은 판이했다. 동학당 지도부가 치밀한 후속 계략도 없이 오합지졸처럼 갈팡질팡하는 것으로 보였다. 총사령 이길주가 어둠 속에서 부사의 목을 친 것은 제아무리 명분을 갖다 붙인다 해도 씻을 수 없는 과오였다. 그가 보기에 이번 거사는 한바탕 불장난으로 끝날 공산이 컸다. 이길주가 이끄는 동학당은 더는 기대할 것도 희망도 없어 보였다. 영해성이 맥없이 무너진 것도 동학당의 전술과 전략이 뛰어나서가 아니라 상대적으로 관아의 병력이 적었기 때문이다. 그나마 동학당과 내통해온 이방 신택순의 협조가 아니었으면 성을 빼앗는 일조차 실패로 돌아갔을 것이다. 그의 입에서 홍! 하고 비웃는 소리가 절로 나왔다.

"이제 우짤란지 모르겠니더!"

최교가 투덜댔다. 밤새 눈을 붙이지 못해 안색이 몹시 피곤해 보였다. 그가 손바닥을 들어 차갑게 굳은 얼굴을 마구 비벼댔다.

"대책이 있겠지요."

조민구가 시큰둥하게 대꾸했다. 여기저기서 잠든 도인들이 깨어났다. 도인들이 담벼락에 오줌을 갈기거나 채마밭에 들어가 똥을 누었다. 포로로 잡힌 스무 명의 교졸들은 오랏줄에 묶인 채 형리청 앞의 차가운 땅바닥에 퍼질러 앉아 이를 부딪치며 떨고 있었다. 나이든 도인들은 누가 시키지도 않았는데 밤사이 전투로 죽은 시신을 마당 한쪽 구석으로 옮겨와 나란히 눕혀놓았다. 그 모습을 보고 있던 도인들이 너도나도 거들어, 피범벅이 돼 흉측한 몰골로 죽어 있는 시신을 정리했다.

박사헌은 시신을 한 구씩 차례대로 살폈다. 청의를 입은 동학당의 시신이 열네 구, 교졸과 관원의 시신이 스물두 구 등 모두 서른여덟 구였다. 박 접주는 창백한 얼굴로 시신 앞에 서서 잠시 예를 갖추고는 황급히 자리를 떴다. 그는 이 지역 접주인만큼 향후 도인들이 가야 할 길과 지도부의 계획을 알려줘야 했다. 도인들이 곧 동헌으로 모여들 것이다.

담장 이엉은 여전히 연기를 피우며 타올랐다. 성루 귀퉁이의 잔불도 꺼지지 않아 검은 연기가 풀풀 새어나왔다. 날이 밝아오면서 밤새 그쳤던 바람이 일렁이자 시들어가던 불이 다시 붙었다. 사방에서 연기가 갑자기 짙어졌다.

동헌 외아에 모인 총사령 이길주와 박사헌, 강수, 남두병은 서로 말을 아꼈다. 지난밤 부사 이정을 참수한 것을 두고 강수가 강하게 비난하고 나섰기 때문이기도 했다. 그 때문에 관군을 몰아내고 성을 차지한 승리의 전과는 묻혀버리고 말았다. 박 접주의 얼굴도 굳어 있었다. 새벽녘에 몰래 찾아왔던 이방 신택순이 알려준 정보도 정보지만 지금부터 해결해나가야 할 일의 중요성 때문이었다. 그의 본심은 이곳을 동학의 성지로, 평등세상으로 만드는 일보다도 동학의 주인 자리를 차지하는 것이다. 이길주와 함께 성을 쳤지만 이제부터 전개될 일은 판이했다. 박사헌은 도인들을 이끌고 영해성을 빠져나가 소백산으로 이동해 자신을 중심으로 선명성이 뚜렷한 동학당을 재건하는 계획을 실행해야 했다. 그가 눈여겨 본 곳은 영월 봉래산이었다. 이동하는 길에 측근을 시켜 이길주를 제거하고 최해월은 시간을 두고 주인 자리에서 스스로 물러나게 한다는 계략도 세워놓았다. 영해성 거사를 계기로 이길주는 따르던 도인들에게 신뢰를 잃어버릴 것이라고 판단했다. 어젯밤 광란을 계기로 이미 등을 돌리기 시작했다. 최해월이라고 달라진 것은 없었다. 이번 거사를 통해 또다시 무능한데다가 우유부단하고 무식한 촌뜨기 교주임이 드러났다. 교주로서의 위엄과 지도력을 잃고 만 것이다. 박사헌은 그렇게 확신했다.

"결정을 내려야 할 것 아니오!"

이길주가 모두를 향해 불만스럽게 내뱉었다.

"결정할 것이 없소."

박사헌이 쌀쌀하게 대꾸했다. 그리고는 외아를 나가 동헌으로 향했다. 그는 오늘 중으로 영해성을 빠져나가야 한다는 생각뿐이었다.

각 지역 접주들이 동헌 마당에 모인 도인들을 정렬시킨 채 기다리고 있었다. 총사령 이길주와 박사헌, 강수, 남두병이 차례로 들어서자 도열해 있던 도인들이 만세를 불렀다. 이길주가 동헌 대청마루 끝으로 나와 도인들을 둘러보았다. 그가 망루에 올라가 결심했던 계획을 설명하려는데 대열 속에서 도인 하나가 성급하게 질문을 던졌다.

"이제 우짤 작정인교!"

성미가 급한 대진리 어부였는데 박사헌의 심복이었다. 그의 질문에 모두가 술렁였다.

"민회를 열어 우리가 주인이 되는 관아협의체를 만들 것이오. 그리고 이곳을 거점으로 동학당의 세를 넓힐 것이오! 그러기 위해서는 어제의 기세를 몰아 오늘 중으로 영덕 관아를 쳐야하오."

이길주가 목청을 높여 당당하게 말했다. 그 소리에 무리가 다시 웅성거리며 술렁였다. 최교가 조민구를 흘긋 바라보더니 고개를 흔들었다.

"당치도 않은 소리시더. 밤새 쌔가 빠지게 싸운 도인들 보고 오십리 길을 달려가 또 싸우란 거이 말이 되능교?"

최교가 귀엣말로 조민구에게 말했다. 쌓인 피로를 풀 수 있도록 휴식을 취하게 하고 간밤의 전투로 흐트러진 전열을 정비하는 것이 먼저라고 했다.

"세를 넓혀 우짜겠다거요!"

대오 속에서 불만스런 질문이 이어졌다. 역시 무리가 술렁였다.

"우리가 꿈꾸던 평등세상을 만들 것이오!"

이길주는 거침없이 대답했다. 도인들이 피를 흘려 쟁취한 영해성을 평등세상으로 만들어야 하는 것은 당연한 일이자 그의 의무였다.

도인들의 술렁이는 분위기를 눈치 챈 박사헌이 나섰다. 그는 이길주의 주장이 현실과 동떨어진 것임을 알고 있었다. 도인들에게는 보다 현실적인 처방이 필요했다.

"밥을 먹고 휴식을 취할 것이오. 경계를 맡은 도인들은 성 밖의 동태를 잘 살펴야 하오! 참무사는 부민들의 동향을 파악해 수시로 보고하시오. 민심을 잃으면 끝이오!"

박사헌이 영해접주의 권한으로 도인들을 해산시켰다. 이길주가 얼굴을 붉히며 거칠게 항의했지만 도인들은 약속이나 한 듯 흩어졌다.

"동학당의 총사령은 나 이길주요! 내가 총사령이란 말이요!"

이길주가 멱살이라도 잡을 듯 으르렁댔지만 박사헌은 눈 하나 깜짝하지 않았다.

"난 이곳 영해부 동학당의 접주요. 이 지역 동학당의 주인이란 말이요."

또박또박 대꾸하는 박사헌은 이전의 그가 아니었다. 당당했고 냉정했다. 신경은 날카로웠고 말투는 공격적이었다. 이길주는 박사헌의 태도가 의외로 결연한데다가 말 한마디 한마디에 날이 서 있는 것을 알고는 주춤했다. 강수 역시 의외라고 여겼다. 조민구는 내성적이고 매사에 신중하게만 보였던 박사헌에게 그런 강단이 숨어있는 것을 알고는 놀랐다.

강수는 일찌감치 소고깃국에 밥을 말아 먹은 뒤 망루에 올라 창수령을 바라보았다. 총탄이 스쳐간 옆구리가 뜨끔거렸지만 참을만했다. 망루에 서서 문득 주인 해월 생각에 잠겼다. 주인은 새벽녘에 태백산 허릿재를 넘었을 것이다. 오늘밤 자정쯤이면 영양 일월산에 도착해 대책을 세울 것이다. 주인 해월이라면 지금의 상황에서 어떤 결정을 내릴 것인가. 강수는 자신의 생각보다는 해월의 생각을 읽고자 했다.

안동과 경주진영의 정예 관군이 도착하면 오합지졸인 도인들은 두려움에 떨 것이다. 방어력은 역부족이었다. 성은 포위될 것이고 도인들은 성 안에 고립돼 굶어 죽거나 아니면 항복하거나 둘 중 하나를 택해야 했다. 도인들에게는 몇 자루의 총과 칼 그리고 죽창이 전부였다. 대부분이 농사를 짓는 농부들이고 개중에 총을 다룰 줄 아는 포수가 서너 명 끼어 있을 뿐이었다. 심각한 것은 곧 농사철이 시작된다. 농부들은 논과 밭을 갈아 파종을 해야 한다. 시기를 놓치면 일 년 농사를 망치는 법이다.

강수가 망루에서 내려와 동헌 외아로 갔다. 그곳에서 이길주와 박사헌이 격렬한 언쟁을 벌이고 있었다. 박사헌은 이번 거사가 치밀하지 못했다며 지휘를 책임진 이길주를 추궁했다. 이길주는 아직 진행 중인 거사를 두고 문제를 들추는 이유가 무엇이냐고 따졌다. 박사헌의 참모인 조민구는 조금 떨어진 자리에 앉아 둘 사이에서 오고 가는 논쟁을 듣기만 했다. 박사헌이 부사 이정의 문제를 꺼냈다. 목을 벤 것은 명분 없는 자만이고 광기라고 비난했다. 그 소리에 이길주가 발끈해서 목청을 높였다.

"어제는 박 접주도 나의 주장을 묵인하지 않았소? 그사이 마음이 변한 거요?"

"날이 밝기 전에 심문을 마치자는 것이었지, 부사의 멱을 따자는 것은 아니었소. 오히려 총사령의 심문은 겉치레였고, 목적은 오로지 부사의 목을 베는 것 아니었소?"

박사헌은 이길주가 부사를 죽인 것도 문제지만 영해성을 치기로 합의한 진짜 목적이 의심스럽다고 말했다.

이길주도 지지 않았다. 부사의 목을 쳐야만 조정이 관심을 갖게 되고, 동학당의 위력을 얕보지 못할 것이라고 했다. 그래야 협상할 여지를 만들 수 있다는 논리를 폈다.

박사헌의 생각은 여전히 달랐다. 이길주가 영해성을 치는 데 동의한 것은 자신의 야망, 지금껏 단 한 차례도 성공하지 못한 혁명의 꿈을 꽃 피우기 위한 것으로 이해했다.

"지금 그런 문제로 시간을 낭비할 때가 아니오. 물러나야 하오!"

강수가 끼어들었다. 이곳 동해안 지리에 밝은 그는 영해성과 주변의 지형과 환경을 설명했다. 벌써 안동진영에 영해성의 변란이 보고됐을 것이니, 정예 관군이 들이닥칠 경우 동학당들은 몰살당할 것이라 했다.

"우리는 관군과 맞설 무기도 없고 용기도 없지 않소? 전략과 전술에 대한 상식조차 없는 걸 인정해야 하오"

강수는 직감에 따라 산짐승처럼 움직이는 것이 동학당들이 지닌 전략이 아니냐고 되물었다. 지금의 상황에서는 관군이 도착하기 전에 물러나는 것이 피해를 줄일 수 있는 최선의 방법이라고 주장했다.

박사헌은 강수의 예리한 판단력에 놀랐다. 이방 신택순이 전해준 정보를 해월의 수제자 강수는 스스로 깨우쳐 알고 있는 것이다. 강수 같은 제자를 곁에 두고 있는 해월이 부러웠다.

"어떻게 차지한 성인데, 제 발로 걸어 나가잔 말이요!"

이길주가 벌컥 소리쳤다. 그는 여전히 영해성을 거점으로 민회를 열어 관아협의체를 구성한 뒤 동학당의 세를 확장하려는 야망에 들떠 있는 것이다.

"당초 모의했던 것과 다르지 않소? 우리 동학당이 영해성 공격에 참여키로 한 것은 스승의 억울함을 풀 수 있다는 약속 때문이었소. 어찌 수운 선생의 명예에 대한 언급은 없는 거요!"

강수가 주먹을 불끈 쥐며 참고 있던 속내를 털어놓았다.

"성미도 급하시오. 우리가 성을 장악하고 질서를 잡은 연후에야 조정에 동학과 스승의 명예회복을 요구할 것 아니요!"

이길주는 동학당의 세를 늘리고 안정된 진영을 갖추기 위해서는 인근의 영덕 관아를 공격해, 거점지역을 넓혀야 한다는 고집을 꺾지 않았다.

소고깃국으로 주린 배를 채운 도인들이 마취에서 깨어난 듯 불안해했다. 지난밤 피투성이가 돼 고함을 지르고 칼과 창을 미친 듯 휘두르고 찔러댔던 광기와 흥분을 먼 산 보듯 바라보는 것이다. 영해성 공격이 당초 기대한 것과는 딴판이라는 데 놀라는 기색이 완연했다. 부사의 목을 친 이길주를 비난하는 소리도 들끓었다. 도인들은 스승의 순도일에 벌어진 피비린내 나는 거사가 자존심과 정의, 명예와는 거리가 먼 폭력으로 얼룩진 것도 알았다. 야만스러운 살인의 광풍에 휩쓸린 것을 깨달았다. 동학의 이름을 걸고 명분 있게 일어난 거사였다는 신념과 자부심은 어찌된 것인지 시들시들 자취를 감추었다. 하잘 것 없는 농투성이와 뱃사람들이 어둠 속에서 폭도로 변해 저지른 난동일 뿐이었다는 모멸감이 번져갔다.

박사헌이 참모 조민구를 불러 자신의 속내를 털어놓았다.

"오후에 성을 빠져나갈 걸세. 이곳 도인들에겐 이미 전달했으니 자네도 준비를 하게."

"어디로 간단 말입니까?"

"소백산으로 들어가야 살 수 있네. 거기서 새롭게 시작할 걸세."

"영해성이 목적이 아니었다고요?"

"………"

박사헌이 입을 다문 채 성 밖 서북쪽으로 굽이굽이 이어져 있는 산줄기를 바라보았다. 조민구는 일이 예사롭지 않게 돌아간다는 것을 느꼈다. 영해접주 박사헌의 속내를 알 길이 없었다. 부사의 참수를 놓고 이길주와 대립하며 신경전을 벌인 것도 성을 공격하기 전과 판이하게 달라진 점이었다. 박사헌의 속내는 무엇인가? 이길주는? 진정 동상이몽이었단 말인가?

조민구는 지난밤 횃불 속에서 기세등등했던 도인들이 무장한 안동진과 경주진의 정예 관군이 곧 들이닥칠 것이라는 소문이 돌자 동요하기 시작하는 것을 보았다. 성을 빼앗았지만 단 하루도 마음 놓고 달콤한 휴식을 누릴 수 없다는 데 낙담하는 것이다.

2

"쥐새끼 마냥 살금살금 빠져나가는 도인들이 한둘이 아이시더!"

얼굴이 살구처럼 노래진 이언이 이길주에게 달려와 보고했다. 이길주가 격분해서 칼을 빼어든 채 남문 쪽으로 씩씩거리며 달려갔다.

"멈춰라!"

이길주의 호령에 성문을 나서던 도인 몇 사람이 뒤돌아보았다.

"와요? 고기를 잡아야 먹고살게 아니껴! 그물을 넣어만 놓았으이 거둬야 할게 아니껴!"

대진리 어부가 앞을 가로막는 이길주에게 턱을 내밀며 대꾸했다.

"성을 지켜야 우리의 뜻이 이뤄질 게 아닌가!"

"아이고! 말이 좋아 뜻이지, 이게 난동을 부린 거지 뜻은 무신 뜻이니껴! 수운 선생의 명예는 어디로 날아갔니껴?"

어부가 금방이라도 이길주의 가슴을 머리로 치받을 듯 양쪽 다리를 뻗댔다.

"난동이라고!"

이길주가 얼굴을 붉히며 버럭 소리를 질렀다.

"난동 아니껴? 목숨을 내놓을만한 가치가 있어야 성을 지킬 게 아니껴!"

어부가 지지 않고 대들었다. 그리고는 이길주의 어깨를 떠밀고는 앞으로 걸어갔다. 서너 명의 도인이 그의 뒤를 따라갔다. 이길주가 칼을 휘두르며 어부 일행을 가로 막았다. 씩씩거리는 숨소리가 주위에 다 들릴 정도였다.

"이놈들! 한 발짝이라도 옮기면 목을 치겠다!"

"쳐 보소!"

어부가 목을 들이대며 대꾸했다. 이길주가 주춤거리자 눈을 부라리며 성문을 빠져나갔다. 이길주는 손에 쥔 칼을 땅바닥에 꽂으며 감정에 복받쳐 고함을 질렀다. 그가 내지르는 소리가 비명처럼 들리기도 했고 허탈함 때문에 울부짖는 것처럼 들리기도 했다.

도망가는 도인들을 막아서기에는 역부족이었다. 이미 총사령 이길주의 명령은 먹혀들지 않았다. 부민들의 인심도 예상했던 것보다 훨씬 냉랭했다. 동학당의 영해성 공격에 찬동하는 부민들도 많았지만 관망하던 대다수 부민들은 날이 밝자 본색을 드러냈다. 그들은 평생을 가난에 짓눌려 살아왔으면서도 관아의 질서와 균형을 오히려 편하게 여겼다. 가난으로 굶주리고 수탈을 당해도, 부조리한 현실을 뒤집기보다는 순응하며 사는 것이 낫다고 믿는 것이다. 그런 자들은 관군이 성을 되찾으면 그동안 눈여겨 보아둔 동비들을 고자질하거나 끌어내 매질을 할 것이다.

"하루를 버티지 못하다니!"

이길주가 등을 돌린 도인들 생각에 부들부들 떨었다. 그는 성을 빠져나가는 도인들을 붙잡아 둘 수 있는 명분도 잃었고 믿음도 사라져버렸다는 것을 알았다. 스스로를 질책하고 한탄하지만 이미 늦었다는 데 절망했다.

"소인은 물정에 익숙하지만 군자는 사리에 어둡기 쉽다고 했소. 저들을 탓하지 말고 우리 스스로를 탓해야 하오. 저들은 물정에 밝아서 이번 일이 어찌 돌아가는지를 짐승 같은 감각으로 아는 것이오. 저들이 맞소. 사리에 어두운 우리에게 살길을 보여주는 것이오. 저들의 물정을 따라야 하오."

강수가 이길주를 위로하며 설득했다. 이길주도 더는 버틸 수 없다는 것을 알았다. 도인들이 성을 버리고 내빼는 형국에 무얼 더 내세운단 말인가.

"덕이 없는 내가 당면한 현실에 어두워 독을 끼칠 수는 없는 법이오. 내가 무엇으로 더 버티겠소. 도인들에게 마음을 잃었는데 무얼 더 욕심내겠소."

이길주가 그답지 않게 울먹였다. 영해성을 점거한 뒤 새로운 평등 세상을 만들고, 조선 왕실에 대항하는 변방의 이상향을 세우려던 원대한 꿈은 물거품으로 사라질 위기에 처했다. 그런 참담함에 서러움까지 겹쳐 저도 모르게 눈물이 나오는 것이다.

박사헌은 이제부터가 진짜 거사라는 사실을 알고 있었다. 그는 자신을 추종하는 영해부와 전국 각지에서 온 도인들을 이끌고 성을 빠져나간 뒤 관군들이 쫓아오지 못할 소백산간의 봉래산으로 들어갈 계획이었다. 소백산간의 깊은 분지에 터를 잡아 세를 규합한 뒤 동학당의 새로운 구심점을 만들겠다는 야심이 꿈틀댔다. 이제 경주에 이어 영해부 시대도 막을 내린 것이다. 영월 봉래산에 동학당의 공동체를 만들고 도인들을 체계적으로 양육하고 일사불란한 조직으로 성장시킬 꿈에 부풀었다. 박사헌은 지식인 중심으로 동학의 지도부를 만들고 전국 각지의 세를 규합해 스승 수운이 동학을 이끌던 시절의 화려했던 영광을 되찾겠다는 희망에 들떴다.

"도인들이 마파람에 봄눈 녹듯 사라지는데, 남아 있는 우리가 위험하오! 서둘러 철수해야 하오."

군인 출신 부사령 남두병이 재촉했다. 그는 도인들 상당수가 성을 빠져나간 것을 알면 성 밖으로 쫓겨난 교졸들이 세를 모아 다시 진격해 올 것이라며 긴장했다. 향원들로 구성된 토벌대가 기세를 몰아 성으로 몰려오면 꼼짝 못하고 붙들릴 것이라고도 했다. 동헌 마당이 그사이 썰렁했다. 기울어진 해가 서녘 능선에 한 뼘쯤 걸려 있었다. 사기충천한 도인들로 북적대던 관아 마당은 흙먼지만 굴러다녔다. 동학당 지도부 곁을 떠나지 않고 남아 있는 도인들은 고작 백오십여 명 남짓이었다.

이길주가 말을 탔다. 박사헌과 강수, 남두병, 중군 사령관 전인철, 참모 이군협이 끝까지 남아 있던 도인들과 함께 영해성 서문을 쓸쓸히 빠져나왔다. 조민구와 이언은 최교와 함께 지도부를 따라나서며 황사에 흐려진 봄볕을 보았다. 동헌의 기와지붕 위로 마른 참나무 잎이 참새처럼 휘익 날아 올라갔다. 그 이파리가 상승기류를 타고 하늘 높이 까마득히 올라가더니 시야에서 사라졌다.

3

영해성 북쪽으로 십 리 쯤 떨어진 반촌 괴시리에 모여 노심초사하던 유림 원로들과 젊은 향원들이 성에서 달려온 어린 유생으로부터 동비들이 성을 빠져나갔다는 기별을 받았다.

호장 신현거와 부사 이정의 아들 관이 말을 타고 성으로 달렸다. 관은 지난밤 괴시리에서 열린 유림 향원들의 정례모임에 참석한 덕에 바람에 화를 면했다. 괴시리에 모인 향원들은 죽창을 만들어 토벌대를 조직했다. 토벌대는 진용을 갖추는 대로 동비들을 추격하기로 했다.

동비들이 빠져나간 영해 관아는 난장판이었다. 관아의 깃발은 땅에 떨어져 걸레처럼 뭉개져 있고 사방에 음식 찌꺼기가 흩어져 있었다. 불에 탄 성루에서는 고약한 기름 냄새가 풍겼다. 관아 마당에는 수습하지 않은 시신이 가마니를 뒤집어 쓴 채 발목을 내놓고 있었다. 퉁퉁 부은 발이 언 무와 같았다.

부사의 아내가 형리청에서 나와 돌아온 아들을 부여잡고 비로소 통곡을 했다. 아들 관은 산발한 어머니가 형리청에 안치된 아버지의 시신 곁에 있다가 나오는 것을 보고 숨을 쉬지 못했다. 아버지는 떨어진 머리를 곁에 두고 누워 있었다. 관아의 질서를 잡고 대비책을 세워야 할 이방 신택순은 보이지 않았다. 호장이 이방을 수소문했지만 그의 행적을 아는 사람은 없었다. 흩어졌던 교졸들이 하나둘 모여들었다. 전열을 정비하고 부서진 기물을 고쳤다. 동비들이 재차 공격해 올 것에 대비해 포와 조총을 손질하고 참호를 깊이 파고 허물어진 담을 서둘러 쌓았다.

어스름 저녁에 일부 교졸들이 영해성 습격에 가담했던 장꾼을 저잣거리로 끌어냈다. 성난 부민들이 몰려나와 그를 괭이자루와 지겟작대기로 두들겨 패 길거리에서 죽였다. 밤새 성 밖이 시끄러웠다. 공격에 참여한 부민을 찾아 집을 뒤지는 소리와 붙들려 나와 몰매를 맞는 비명이 그칠 줄 몰랐다. 고샅 여기저기에서 개 짖는 소리가 요란했다. 간혹 멀리서 총성이 울리기도 했다. 성을 빠져나간 동학당들이 추격해오는 토벌대를 향해 방아쇠를 당기는 것이다.

후유증

1

"살 길을 찾는다는 기 우스운 거라예."

최교가 풀죽은 목소리로 조민구를 쳐다보며 말하더니 피식 웃었다.

"살 길을 찾아 가는 것 같지는 않구려."

조민구가 봄바람에 바짝 마른 산길을 걸으며 대꾸했다. 앞서 걷는 행렬에서 흙먼지가 일어 코가 맵고 입안이 깔끄러웠다. 따가운 봄볕에 얼굴이 화끈거렸다.

오후에 영해성을 빠져나온 지도부는 서쪽 창수리 삼거리에서 북쪽으로 방향을 틀어 미곡리로 향했다. 계곡을 따라 좁다란 들판이 나란히 펼쳐있고, 그 사이로 나 있는 고부랑길을 따라 걸었다. 갈수록 계곡이 깊고 산세가 험해지면서 다랑논이 보였다. 지도부를 따르던 일부 도인들이 도중에 웅곡리 방향으로 갈라졌는데, 관군의 추격을 분산시키기 위해서였다.

박사헌과 이길주를 따르는 도인들은 조총과 칼로 무장한 오십여 명이었다. 조민구는 여전히 박사헌에게 신임을 받고 있어 동행하는데 어려움은 없었다. 경주접주 최교도 지도부를 따랐는데, 실은 경주로 돌아간들 무사할리 없다는 판단 때문이었다.

"산으로 가나, 들로 가나 똑같은 거라예. 내 신세가 비루먹은 개 꼴이 됐니더."

최교가 투덜댔다.

조민구는 최교의 말이 예사로 들리지 않았다. 자신의 신세도 그와 다를 바가 없었다. 호랑이 등에 올라 타 어디로 갈지조차 모르는 것이다. 문득 예문관의 4품 응교라는 신분을 떠올렸다. 도승지 김시정 대감을 통해 어명을 받은 밀사가 맞는 것인지, 정체성이 오락가락했다. 조민구는 자기가 누구인지, 문득 기억이 사라져버린 기분이었다. 간밤의 잔혹했던, 피로 물든 살육의 현장을 보고 놀랐기 때문인지도 모른다고 다독였다. 그는 산만해진 정신을 가다듬었다. 동학당의 실체, 구체적으로는 동학당의 수괴 해월의 발바닥에서 머리털까지 모든 것을 낱낱이 알고자 하는 전하의 용안이 떠올랐다. 조민구는 동학당의 주인 최해월에 대해 어떻게 판단하고 정리해야 할지 혼돈스러웠다. 아직까지 해월과 동학당에 대해 단 한 줄의 보고문도 쓰지 못했다. 다시 해월을 만난다면 그의 본질을 캐내어 전하 앞으로 장문의 글을 올릴지 모르겠지만, 이제 해월을 다시 만날 수 있을지도 장담할 수 없었다. 그나마 동학당의 퇴각 행렬에 끼어든 것만으로도 어명을 계속 받들 수 있는 여지가 생긴 것이라는 평계를 만들었는데, 그런 알량한 잔꾀를 부리는 스스로가 한심했다.

　해질 무렵 산간지대인 보림동으로 들어선 지도부는 다시 몇 개의 무리로 나뉘어 하늘 위로 까마득히 치솟은 태백산간의 허릿재를 일정한 간격을 두고 넘기로 했다. 고개를 넘으면 영양군 수비면 가천리에서 다시 만날 수 있었다. 그러나 이미 날이 저물어 계곡이 검게 물들었다. 지도부는 보림동에서 하룻밤을 지낸 후 새벽에 산을 넘기로 했다.

　조민구가 초저녁 이슬을 피해 처마 아래 앉아 산나물 죽을 먹고 있는데 누군가가 어깨를 툭 쳤다. 고개를 돌려보니 얼굴이 핼쑥한데다가 검댕이 묻은 수련이었다.

　"살아있었군?"

　조민구가 묽은 죽이 입술에서 삐져나오는 것도 모른 채 벌떡 일어나 그녀의 어깨를 덥석 잡았다.

　"여기서 만나기로 했잖아요?"

　수련이 당연하다는 듯 대꾸하는데 조민구가 와락 부둥켜안았다. 그녀가 화들짝 놀라서 조민구를 밀쳐냈다. 볼이 발개졌다. 그들 옆에 있던 수경이 고개를 돌렸다. 그새 최교가 달려와 누이가 살아있는 것을 보고는 그답지 않게 눈시울을 붉혔다.

　"영 몬 보는 줄 알았다. 교졸들이 창수리를 덮쳤다카길래, 니도 붙잡힌 줄 알았다."

　"날이 샐 무렵 창수리 도인 몇 사람과 성을 나와 창수로 돌아갔어요. 박 접주께서 그렇게 하라고 했거든요. 그런데 집은 텅 비어 있고 여기, 수경이가 빈집을 지키고 있었어요. 우린 곧장 집을 나와 보림동으로 달려왔지 뭐예요. 헤어지면 이곳에서 만나자고 약속했잖아요."

그녀가 무용담처럼 자랑했다.

조민구는 다시 만난 수련 때문에 가슴이 설레고 기분이 좋았다. 수경은 줄곧 주변을 두리번거리며 살폈다. 몹시 초췌한 모습으로 도인들 사이를 오가며 다독이는 아버지 박사헌을 걱정하는 것이다.

"이제부터는 떨어지지 말고 함께 움직이는 거요."

조민구가 최교와 수련이 들으라는 듯 말했다.

"당연하지예!"

수련이 맞장구를 쳤다.

"그라믄, 또 헤어질 일이라도 생겼으면 좋겠능교!"

최교도 한마디 거들었다.

이날 밤은 피로에 지친 도인들 모두가 일찍 잠들었다. 조민구는 문간에 누워 자는 척하면서 아랫목에 가마니 쪼가리를 깔고 누운 수련을 몰래 훔쳐보았다. 수련은 누가 와서 업어 가도 모를 만큼 깊은 잠에 빠져 있었다. 가끔 몸을 뒤챌 때면 남장을 한 수련의 가슴이 표가 나게 볼록한 것이 드러나 보여 얼른 다가가 거적으로 덮어주었다.

이튿날 날이 밝자 나물죽과 삶은 고구마로 배를 채운 도인들이 보림동을 출발해 백청리 산길을 올라갔다. 북쪽 하늘로 치솟은 허릿재 능선이 눈앞에 보였다. 능선 위에서 누런 황사바람이 넘어오고 있었다. 날씨가 심상찮았다. 아닌 게 아니라 얼마 지나지 않아 갑자기 먹구름이 몰려오더니 사방이 어두워지면서 바람이 거칠게 불기 시작했다. 바람은 점점 강해져 돌풍으로 변했다. 돌풍과 함께 밀려온 먹구름 속에서 폭우가 쏟아졌다. 정오가 되자 돌풍이 더 거세게 불었다. 강풍이 한차례 불어 닥칠 때마다 산길의 모래와 작은 돌멩이가 날아가고 소나무 가지가 부러졌다. 근래 볼 수 없었던 광풍이었다. 도인들은 바람에 날려가지 않으려고 나무둥지에 매달렸다. 날씨가 어찌나 사나운지 하늘이 흔들리는 느낌이었다.

박 접주는 돌풍 때문에 허릿재를 오를 수가 없자 일행과 함께 백청리 민가로 돌아와 머물렀다. 강풍이 지나가는 성난 하늘을 바라보는 그의 안색이 창백했다. 그는 민가의 방 하나를 얻어 그곳에 들어가 바깥의 성난 비바람 소리를 들으면서 이길주를 서둘러 버려야 한다는 생각에 골몰했다. 때를 기다리다가 아무도 눈치 채지 못하게, 소리 없이 처리해야 했다. 그는 심복인 이군협을 따로 불러 귓속말로 일렀다.

"기회를 보다가 감쪽같이, 쥐도 새도 모르게 처리하게."

이군협은 숨을 끊어놓아야 할 자가 총사령 이길주라는 것을 알고도 놀라지 않았다. 이길주는 타지에서 들어온 인물이지만 출중한 무술과 마음을 움직이게 만드는 빼어난 언술로 인기를 끌었다. 박 접주가 그를 신뢰하고 전폭적으로 지지한 것도 그 때문이었다. 이길주는 그런 기질 때문에 따르는 도인이 크게 늘어났고 영해성 거사를 앞두고는 오히려 박 접주보다 영향력이 커졌고 지도력도 뛰어나 도인들은 그의 말이라면 두말 않고 인정할 정도였다.

이군협은 영민해서 박 접주의 심중을 읽었다. 이제 더는 이길주가 필요하지 않은 것이다. 그의 역할은 끝났다. 게다가 부사의 목을 친 일로 도인들에게 얻었던 신뢰를 순식간에 잃어버렸다. 이군협은 포수 출신이었다. 단 한 방의 총탄으로 산돼지의 급소를 명중시켜 벌렁 나자빠지게 만들었기 때문에 근동에서 명성이 자자했다. 그는 접주의 지시에 따라 태백산간을 넘을 때 한 방의 총탄으로 감쪽같이 이길주의 숨을 끊어놓을 작정을 했다.

무시무시한 돌풍에 막혀 산을 오르지 못하고 있는 사이 영해부에서 세작이 돌아와 교졸과 유생들로 구성된 토벌대의 추격이 시작됐다고 보고했다. 백청리 민가에서 돌풍이 멎기를 기다리며 지체할 때가 아니었다. 그렇다고 산을 넘자니, 돌풍에 날려가 계곡에 굴러 떨어지거나 날아온 돌에 맞아 죽을 수도 있었다. 머물 수도 없고 그렇다고 나갈 수도 없는 형국이었다.

그날 하루 내내 강풍과 빗줄기가 그치지 않았다. 박사헌은 더는 날씨만 탓하고 있을 수가 없다는 판단을 했다. 돌풍에 휩쓸려 죽는 한이 있더라도 산을 넘어야 했다. 관군의 칼에 맞아 죽는 것보다는 나았다. 이대로 앉아서 개죽음을 당할 수는 없는 노릇이었다.

"죽기 아니면 살기 아니껴!"

이언이 봇짐을 지고 일어나 모두에게 재촉했다.

"앉아서 죽으나 서서 죽으나, 어차피 죽은 목숨이라면 못할 것도 없소."

이길주가 앞장섰다. 일행은 미친 듯이 휘몰아치는 돌풍 속으로 들어갔다.

2

영해부 호장 신현거는 성 북쪽 축산면의 역원에게 이방 신택순의 소식을 들었다. 역원이 영해성 북쪽 십리 밖에 있는 봉지산 아래 외딴 민가에서 이방을 보았다고 전해왔다. 호장은 교졸들을 불러 빈 가마를 준비시켰다. 그리고는 손수 교졸들을 이끌고 바닷가 마을 축산으로 갔다.

이방 신택순은 초췌했다. 늙은 호장이 직접 찾아온 것을 반기기보다 겸연쩍어 했다. 안색이 몹시 검었다.

"안심해도 되오. 무뢰배들이 모두 도주했소."

호장이 이방 신택순을 가마로 안내했다. 때가 묻어 지저분해진 도포자락이 바닷바람에 날렸다. 도포에 감추어진 이방의 몸이 부르르 떨렸다.

"면목 없소이다. 부사의 목이 잘리는 것을 보고 내가 잠시 혼이 나갔나 보오."

"목숨이 경각에 달렸는데 누군들 온전하겠소. 우리 향원들은 그런 줄도 모르고 밤새 술잔을 돌렸으니 따지자면 우리가 더 고약한 거지요."

호장이 이방을 위로했다. 신택순은 그의 위로가 마음에 와 닿지 않았다. 관군의 토벌이 본격적으로 시작되면 붙잡혀온 동비 가운데 누군가가 실토할 것이 뻔했다. 이방 신택순이 동비들과 내통했소! 동비들 중에 누군가가 그렇게 고자질할 것이다.

"잡혀온 동비들은 몇이나 되오?"

신택순은 물으면서도 부끄러웠다. 목숨이 이렇게 구차한 것인지 새삼 씁쓸했다.

"아직 없소이다. 질서가 없다 보니, 간혹 붙들려오는 자가 있어도 저잣거리에서 성난 부민들에게 몰매를 맞아 죽어나가는 형국이오."

호장이 고개를 저었다.

"광란의 시간이 찾아온 거로군."

"관아의 명령이 먹히질 않으니 누굴 탓하겠소. 바람이 저절로 멎 듯 광기가 잦아들기를 기다릴 밖에요."

호장의 말에 신택순은 두려워 견딜 수가 없었다. 관아로 들어서기도 전에 누군가가 손가락질을 하며 돌팔매를 할지도 모른다는 생각에 부들부들 떨었다. 배신자! 동비 앞잡이! 환청 때문에 귀가 얼얼했다. 두 손으로 머리를 잡고 마구 흔들었다. 지켜보던 호장은 이방이 멀미를 하는 줄 알고 교졸들에게 잠시 가마를 내려놓으라고 일렀다. 신택순은 가마 창으로 들어온 햇살에 눈이 부셔 이마를 찡그렸다. 두근거리던 가슴이 조금 진정됐다. 가마를 타고 관아로 돌아오는 동안 출렁이는 동해의 푸른 파도를 보았다. 흰 포말이 들끓는 번민과 같아서 절로 한숨이 나왔다. 그날 밤 바다에 몸을 던져 자진하지 못한 것이 한이 됐다.

3

영해성이 무너진 지 나흘째 되는 오월 초사흗날 오전, 홍해 군수와 영덕 현령이 교졸을 이끌고 영해부에 도착했다. 오후에는 연일과 장기, 청하의 현감이 별포를 대동해서 들어왔다. 영해성이 정예 관군들로 채워지자 부민들이 안심을 했다. 유생들과 교졸들은 사기가 높아졌다. 숨어든 동학당들을 색출하는 데 더욱 극렬해졌다. 토벌대가 일으키는 광풍은 갈수록 거칠어졌다.

고을마다 선량한 부민들까지 붙잡혀 왔다. 논을 갈다 끌려온 노인, 소태나무 껍질을 벗겨 지게에 지고 산을 내려오다가 수상쩍다며 잡혀온 총각, 동비에게 떡을 건네주었다고 끌려온 주모, 논에 물을 대러 가다가 교졸에게 붙들려온 농부 등 다양했다. 영양 장터에 무명을 팔러 갔다 돌아오는 길에 붙잡힌 장사치도 있었다. 이들은 교졸과 토벌대에 붙들려 영해부로 끌려온 뒤 문초를 받아보지도 못하고 저잣거리에서 흥분한 부민들에게 몰매를 맞아 죽거나 병신이 됐다.

유림의 원로들이 관아로 몰려와 호장 신현거를 향해 규율을 세우지도 못하고 질서를 바로 잡지 못하는 것을 비난하고 항의했다. 지금 자행되고 있는 살육의 무법천지를 성토하며 호장을 꾸짖었다.

"지금의 광기를 보고만 있을 작정이오!"

유림의 원로가 얼굴을 붉히며 소리쳤다.

"저잣거리가 온통 피비린내와 시체 썩는 냄새로 진동하고 있소. 아무리 동비들이라지만 문초를 한 연후에 처벌하는 것이 사대부된

자의 도리가 아니오! 인과 예의 질서는 대체 어디로 숨은 것이오."

향교 교궁이 울분을 토했다. 그는 동학쟁이 폭도들과 유림의 향원들이 다를 게 무어냐며 작금의 사태에 혀를 찼다. 호장은 할 말을 잃었다. 그들이 입이 닳도록 자랑하며 떠벌여온 인과 예는 종적을 감추고 만 것이다. 머리로 외우고 두 발과 두 손으로 실천해온 군자의 길도 소용이 없다. 한 가닥 실낱같은 이성이 빛을 내는 것조차 기대할 수가 없는 것이다.

"광기를 말릴 수 없는 나의 한계를 절감하고 있소. 부끄럽기는 이 늙은이 역시 마찬가지요. 유생 대표들을 불러 재차 경고하겠소. 흥분한 부민들을 타이르는 일도 우리의 몫인 만큼 적극 대처하겠소."

호장은 말은 그렇게 했지만 장담할 수가 없었다. 광기는 어느 한 사람의 호소로 멈출 일이 아니었다. 폭풍처럼 무자비하게 밀려왔다가 깊은 상처를 남겨놓고는 사라지는 것이다. 인위로 제지할 수 있는 유일한 길은 법과 규율이다. 법이 바로 서고 기강이 잡히려면 새로운 부사가 임명되고 관군이 서둘러 관아의 질서를 장악하는 길뿐이다. 호장은 성 밖의 아우성을 외면했다. 나선다고 해결될 일이 아니기 때문이다. 그는 이 일이 영해부만의 일이 아니라는 생각에 섬뜩했다. 나라의 기운이 쇠약해졌다는 징후일지도 모른다는 예감에 두려웠다. 조선의 운수가 다한 것일지도 모른다는 불경스러운 자각에 부르르 떨었다. 호장 신현거는 눈을 꾹 감았다. 두려움 때문에 살이 떨렸다.

회심과 죽음 사이

1

태백산간 허릿재 정상에 올랐을 때 먹구름이 걷히고 해가 비쳤다. 산 위에서 아래로 펼쳐진 산골짜기 능선이 기와고랑처럼 굽이굽이 뻗어있는 모습이 장관이었다. 빗물에 젖은 연초록의 산림은 구름 사이에서 태양이 나올 때마다 영롱하게 빛났고 햇빛을 받아 반짝이는 이파리들은 장엄했다. 모두들 걸음을 멈춘 채 발아래 드러난 대자연의 화려함과 웅장한 기백 그리고 무거운 침묵과 정결한 자태를 넋을 잃고 바라보았다.

조민구는 그 광경을 보다가 저도 몰래 심장이 떨리면서 울컥하고 솟구치는 감정에 고개를 숙였다. 대자연 앞에 싸리나무처럼 서 있는 자신의 육신이 너무나 초라하고 보잘 것 없이 느껴졌다. 내면 깊은 곳에서 자신의 존재가 티끌처럼 느껴지면서 지나온 고난의 여정과 속앓이가 부질없는 일이었다는 생각이 들었다. 자연의 화려함과 침묵을 마주하고서야 인간의 잣대로 씨름하며 아옹다옹했던 시간들이 부끄러웠다. 문득 하늘이 느껴지면서 온몸이 부들부들 떨렸다. 파란 하늘이 심장에 낫처럼 박히는 듯했다.

하늘님!

저도 몰래 풀밭에 주저앉아 하늘님을 불렀다. 생동하는 하늘과 산맥에 기대어 있는 무수한 생명들이 순간순간 뛰어오르는 심장의 박동과 똑같았다. 가슴이 후련했다. 불어오는 바람에 자신의 마음과 몸에 붙어있는 망상과 먼지 같은 잡념이 씻기는 기분이었다. 기운이 솟구치면서 알 수 없는 희열이 죽순처럼 돋는 것이 느껴졌다. 조민구는 두 팔을 활짝 벌린 채 발 아래에 펼쳐진 광활한 산야를 바라보다가 또 다시 하늘님을 불렀다. 온몸을 떨면서 사방이 캄캄해지는 것을 보았다. 깃털처럼 가볍던 몸과 마음이 순식간에 물에 젖은 솜뭉치처럼 무거워졌다. 장질부사라도 걸린 걸까?

조민구는 나약한 육신에 홀려 하늘에 품었던 경외심을 잠시 의심했다. 그러자 고통의 악신이 폭풍처럼 날뛰며 달라붙었다. 머리가 깨어질 듯 아프고 허리와 무릎이 바늘에 찔린 것처럼 쑤셔 풀썩 주저앉았다. 한걸음도 옮길 수가 없었다. 심장이 발작이라도 한 것인지 미친 듯 뛰었다. 숨을 제대로 쉴 수가 없어 괴로웠다. 오한 때문에 바짝 움츠린 몸에서 다닥다닥 아랫니와 윗니가 부딪치는 소리가 새어나왔다. 참을 수 없는 추위에 오들오들 떨다가 불쑥 펄펄 끓는 가마솥 물 같은 고열이 온몸을 뒤덮어 정신이 혼미했다. 조민구는 얼음장 같은 오한과 장작불 같은 고열에 시달리다가 눈과 귀가 멀어버린 것을 알았다. 눈을 떴지만 사방은 캄캄한 밤중이었고 열린 귀로는 바람소리와 새소리는 물론 주위의 사람들 목소리조차 들리지 않았다. 암흑과 고요와 극심한 통증이 그의 이성과 감성 모두를 깡그리 쓸어가 버렸다. 조민구라는 자아가 사라진 것이다. 그리고는 의식을 잃었다.

누군가가 부르는 소리가 희미하게 들렸다.

"이보게! 이보게!"

정신이 돌아오면서 멀었던 귀가 뚫린 것을 알았다. 유난스레 지저귀는 방울새 소리가 귀에 익게 들렸다. 눈을 뜨자 캄캄하게 멀어졌던 사방이 원래대로 돌아왔다. 혼탁했던 의식이 서서히 맑아졌다. 새로 태어난 기분이었다. 몸이 날아갈 듯 가벼웠다. 오감을 통해 다가오는 느낌이 정결하고 신선했다.

"이보게! 정신이 드는가?"

조민구는 그 목소리가 해월인 것을 알았다. 잠시 혼절했던 것일까? 미친 듯 박동하던 심장은 언제 그랬냐는 듯 가라앉았다. 두렵던 마음도 홀연히 사라져버렸다. 마음이 파란 하늘처럼 편했다. 창피한 생각이 들지 않았다. 눈에 들어오는 모든 사물이 평화로웠다. 평화를 넘어 따뜻한 생명으로 교감을 했다. 풀 한 포기와 소나무와 바위와 구름과 산새들과 시야에 들어오는 모든 것들이 왜 그리 감사한지, 눈시울이 뜨거워졌다. 그의 손을 잡은 사람은 주인 해월이었다.

"주인님!"

해월이 빙그레 웃었다.

"시천주하라신 뜻을 알겠는가? 모심으로써 육의 세계에서 영의 세계로 올라갈 수 있는 걸세. 이제 하늘님의 영을 통해 현세의 고난을 거뜬히 극복할 수 있을 걸세. 파란 하늘을 보고 깨달았든, 광활한 산야를 보고 깨달았든, 풀 한 포기의 가녀린 흔들림에서 깨달았든 다 마찬가지라네. 마음에 움튼 영성을 잘 기르시게. 살아가는 동안 오늘의 회심을 잊지 않는다면 하늘님은 언제 어디에서든지 자네의 기도를 들어주실 걸세."

"어깨너머로 훔쳐 본 얄팍한 지식으로 어찌 이런 일이 닥칠 수 있는 겁니까? 마음속으로만 동경했을 뿐인데 이렇게 평화를 심어주시다니!"

"공부와 노력으로 깨달음에 다다를 수 있다면 누구든지 모두가 각성할 것이 아니겠는가? 그렇다면 이 세상이 얼마나 평화롭겠는가. 회심의 길은 공부와 노력으로 되는 것이 아닐세. 타는 목마름으로 갈구하는 열망과 죽음을 두려워하지 않는 이타심이 자아를 뛰어넘을 때 가능한 것이라네."

해월이 말을 맺은 뒤 조민구의 팔을 부축해 일으켜 세웠다.

조민구는 떨리던 심장이 평온하게 움직이는 것을 알았다. 근심 걱정으로 늘 무겁고 두렵던 마음도 구름이 걷히듯 날아가고 파란 하늘처럼 편했다. 머리 위로 끝없이 이어진 아득한 창공과 발아래 펼쳐진 웅대한 산야를 다시 한 번 찬찬히 바라보았다. 그의 뇌리 속에 거머리처럼 달라붙어 떨어지지 않던 의심과 비참한 인식, 부정적인 시각이 모두 뒤바뀐 것이다. 사랑과 자비와 온유로 뭉쳐진 긍정의 시선이 그를 미소 짓게 했다.

"마마 손님이 다녀간 기분입니다. 전혀 예상치 못한 묘한 체험이기도 하지만, 저를 새로운 사람으로 거듭나게 만든 뜨거운 열망은 평생 잊을 수 없을 것입니다. 오늘의 회심이 주인님을 향한 저의 신심을 언제까지 붙잡아 둘는지……."

주인 해월의 얼굴을 마주한 채 말을 끝내자마자 넓죽 큰절을 올렸다. 감격의 파도가 밀려오면서 하늘과 땅을 향해 기쁨으로 가득 찬 가슴을 열고 소리 지르고 싶었지만 애써 감추었다. 하늘님을 소리쳐 불러보고 싶었지만 참아야 했다. 자신의 마음을 뒤흔든 영성을 소중히 간직해야 했다. 누구에게도 말할 수 없는 희열이었다. 감격의 파도가 높고 넓어서, 태백산간의 수려한 산줄기를 모두 삼킬 듯했다.

2

이길주는 초록의 산야가 눈부신 만큼 마음이 아렸다. 관군에 쫓기는 처량한 신세가 한스러워 속이 답답했다. 영해성을 점거한 지 불과 하루 만에 서둘러 도망치듯 빠져나온 사실이 믿기지 않았다. 그는 자신의 꿈이 여기에서 끝난 것이 아니라고 스스로를 달랬다. 굶주리고 천대받고 방랑하는 백성들에게 희망의 새 땅을 만들어줘야 한다는 야망이 여전히 가슴 속에 꿈틀댔다. 평등세상을 만드는 일은 자신의 의무이자 소명이라는 신념이 확고했다. 몽상가라고 손가락질을 하는 자가 있다는 것도 안다. 그러나 개의치 않았다. 설령 그

원대한 꿈이 피어보지도 못하고 망가지는 한이 있더라도 뜻을 펼쳐 보기 위해 자신의 마음과 몸을 바친 것이니 후회되지 않았다.

영해부는 그의 이상이 현실로 나타날 수 있는 가장 매력적인 곳이었다. 동학을 따르는 도인들은 신앙이 깊고 결집력도 높은데다가 한양으로부터 외떨어진 태백산간 너머의 동해안 변방이라는 점이 매력이었다. 더욱이 이곳의 동학접주 박사헌은 그를 기다렸다는 듯 반겼다. 이길주는 영해부를 조선왕실의 통치를 받지 않는, 관아로부터 독립된, 주민들의 완전한 자치구로 만들 수 있다는 희망에 사로잡혀 혼신을 다했다. 평등세상을 만들려는 야망이 현실로 다가온 것으로만 믿었다. 돌이켜 보니 모든 것이 잠시 피어났다가 사라진 무지개 같았다.

"한바탕 꿈을 꾼 기분이오."

이길주가 바위에 걸터앉아 숨을 고르다 말고 강수에게 말했다. 가파른 산길을 오르느라 기운이 빠진 강수는 말을 아꼈다. 이길주의 하소연을 듣기만 했다. 이길주를 따르는 방물장수 이언이 봇짐을 풀어 주먹밥을 내밀었다. 강수는 주먹밥을 둘로 나눠 하나를 이길주에게 건넸다.

"영해 관아를 치고 들어가면 부민들 모두가 환대할 줄 알았소. 그곳을 기반으로 민회를 열고 세를 넓혀 나갈 생각이었는데, 부민들 생각은 달랐소. 하긴, 우리 내부의 도인들조차 생각이 달랐으니 말해 무얼 하겠소. 마음을 똑바로 읽지 못한 내 책임이오. 그러니 한바탕 꿈같다는 말이오."

이길주가 묻지도 않은 속내를 털어놓았다. 영해접주 박사헌에 대한 서운한 감정도 말 속에 녹아있었다. 땀이 식으면서 오한이 든 것인지 어깨를 움츠렸다. 태백준령을 넘어가는 바람이 다시 거칠어졌다. 바람은 서쪽에서 불어와 능선을 타고 동쪽으로 넘어갔다. 반대편인 동쪽에서 서쪽으로 넘어가는 그의 가슴과 얼굴을 날카로운 바람이 쉬지 않고 때렸다.

"나는 누구도 감히 건너려 하지 않았던 조선이라는 다리를 건너고자 했소. 금지된 다리를 건너려면 목숨을 걸어야 하지 않겠소? 때로는 다치거나 귀양을 가거나 죽어야만 했소. 주자의 나라 조선은 다른 길을 모색하는 자를 이단으로 몰았소. 그래도 나는 숨 막히는 이 나라 강토를 바꾸고 싶었소. 방황 끝에 최수운의 동학에서 그 길을 엿보았던 거요. 나를 힐난해도 어쩔 수 없소. 동학을 이용했다고 비난해도 굳이 변명하지 않을 거요. 수운의 생각을 업고 조선을 뛰어넘고자 했던 거요. 이제 나의 운명은 하늘에 맡겨야 할 것 같소. 죽거나 귀양을 가거나 둘 중 하나겠지. 구차하게 목숨을 구걸하지는 않을 거요."

이길주의 목소리가 떨렸다. 그는 주먹밥을 깨물다 말고, 눈앞에 펼쳐진 어린 초록의 산야를 멍청하게 바라보았다. 씻지 못해 땟국이 흐르는 손등을 바라보니 자신이 마치 길 잃은 짐승 같았다. 그 손으로 주먹밥을 쥐고는 우물우물 씹었다. 이길주는 초록의 순한 숲이 반짝반짝 흔들리는 풍경을 바라보며 주린 배를 채우는 일이 서글펐다.

"기운을 내소!"

강수가 자리에서 일어나면서 이길주의 어깨를 두드렸다. 이길주를 원망할 일만도 아니었다. 일을 모사한 자나 그를 말리지 못한 자나 피차 다를 바가 없었다. 강수는 지나간 일을 두고 재단하거나, 떨치지 못해 집착하는 것은 어리석은 짓이라고 여겼다.

"누가 누굴 탓하겠소. 시대의 소명이고 운수일 뿐이오. 지금은 앞일을 걱정할 때요."

강수가 한숨 섞인 목소리로 말했다. 이길주는 경사가 심한 산길을 내려가면서 종종 휘청거렸다.

조민구는 허릿재를 내려가면서 고민했다. 어디까지인가? 이들 동학당과 언제까지 동행해야 하는 것인지 진지하게 따져보았다. 문제는 도주하는 동학당 지도부를 따라가면서도 어찌된 일인지 도망칠 생각을 하지 않고 있다는 사실이었다. 신심이 강하고 충성심 높은 도인처럼 오히려 악착같았다. 그것이 당연한 듯, 이 행렬에서 멀어지면 죽기라도 하듯 바짝 따라붙었다. 도주할 마음으로 긴장해야 하는 것이 아닌가? 조민구는 스스로에게 묻다 말고 자신의 행동에 놀랐다. 허릿재 정상에서 전율하게 만들었던 하늘님의 마음 한쪽에 자리잡고 있는 또 다른 가치가 궁금했다. 해월 때문이란 말인가? 정녕 동학당의 수괴 해월 때문이란 말인가? 그러자 예문관 4품 관료인 자신의 정체성이 의심스러웠다. 그 자리가 너무나 하찮아 보였다. 세속의 명성이란 것이 부질없어 보였다. 허릿재 정상에서 대자연과 마주하는 동안 찾아왔던, 예기치 못한 영혼의 황홀과 고통, 이

어서 다가온 하늘님의 임재와 회심으로 모든 것이 변했다. 해월에
대한 경계도 동경으로 바뀌었다. 회심 끝에 피어난 영성의 믿음이었
다. 정신이 번뜩 들었다.

너 조민구는 누구인가! 자신을 향한 질문을 쉬지 않고 던졌다. 그
의 반쪽은 이성을 찾아야 한다고, 냉정을 잃어서는 안 된다고 외쳤
지만 번개처럼 휘몰아친 감동의 회심을 이겨내지는 못했다.

3

"마을이 보이네요! 이제 살았니더."

앞에서 척후병 역할을 하며 산길을 내려가던 이언이 뒤돌아보며
소리쳤다. 하산 길이었지만 산속으로 접어들면서부터 능선을 넘으
면 또 다른 작은 능선이 나타나기를 지루하게 반복했다. 이언이 손
으로 가리키는 계곡 사이로 흰 연기가 낮게 떠있는 모습이 보였다.
저녁밥을 짓기 위해 아궁이에 생솔가지를 때면서 피어오른 연기가
대기 중에 고여 둥근 띠를 만들었다.

중군 사령관 전인철은 이곳이 영양 관아에 속한 수비면 가천리라
고 했다. 산길을 내려와 마을 앞 밭둑을 걸을 때는 이미 해가 저물
어 땅거미가 내려왔다.

영해접주 박사헌은 허릿재를 무사히 넘어온 것에 안도했다. 영해
성을 출발한 관군이 추격해 오기에는 너무나 먼 거리였다. 설령 추
격을 해온다 해도 이곳부터는 산세가 더 험해지고 계곡이 깊어 도

주하거나 은신할 장소가 많았다. 높은 산줄기를 따라 강원도와 충청도의 산간 지역으로 달아날 길이 사방으로 뚫려 있었다. 그는 곧장 영월 쪽으로 이동하는 일이 힘들다는 것을 알고 있었다. 이길주도 문제지만 도피 중인 도인들을 보살필 여력이 없는 것이다. 그는 일단 해월이 있는 영양 일월산으로 피신해 안정을 찾은 후에 그를 추종하는 도인들과 함께 기회를 엿보다가 영월로 들어가는 방법과 향후 세를 모아 주도권을 잡는 계획을 머릿속에 떠올렸다. 이길주와 최해월만 뛰어넘으면 동학은 수운의 정통성을 이어 서학과 대등한 자리에 서게 될 것이라 여겼다. 박사헌은 그 같은 믿음이 편협된 자만이라고는 생각하지 않았다. 동학의 미래를 위한 깊은 신심과 존엄을 지키기 위한 거룩한 희생이라 믿었다. 지식인이 지닌 자가당착도 아니고, 무학자 최해월을 인정하지 못하는 우월감도 아니라고 여겼다. 오로지 동학을 위해서라는 믿음이 치명적인 모순일 수도 있다는 사실에 대해서는 인정하지 않았다.

박사헌은 동학의 지도자가 지녀야 할 덕목에 대해 병적일 만큼 까다로웠다. 그의 자존심으로는 해월을 인정할 수가 없었다. 동학의 주인이라면 누가 보더라도 인정할 수 있는 학문과 예와 인을 갖춘 자여야 한다는 것이 그의 고정관념이기도 했다. 박사헌은 동학을 창시한 스승 최수운의 존엄이 천하를 떨친 것과 그의 도를 따르려는 사람들이 팔도에서 몰려든 이유를 학문의 바탕에서 찾았다. 그런 인식이 동학의 본질과는 다른, 변형된 세속적인 잣대라는 것에 대해서는 인정하지 않았다. 그는 자리를 잡지 못한 채 물결처럼 흔들리는 동학의 구차한 현실과 원인을 농사꾼 출신의 무학자 해월 탓으로 돌렸고, 진심으로 안타까워했다.

가천리 마을을 지날 때 밭일을 하던 농부들이 슬금슬금 몸을 숨겼다. 부녀자들은 길목에 나와 놀던 아이들을 데리고 다급히 집으로 들어갔다.

"우리 행색이 산적 같은가 보오."

박사헌이 찢어지고 때가 눌러 붙은 자신의 푸른 저고리를 내려 보며 쓴웃음을 지었다. 그러나 장교 출신인 부사령 남두병의 생각은 달랐다. 어딘가 수상쩍다며 사방을 둘러보았다.

"경계하시오!"

그가 중군 전인철에게 척후를 보내라고 지시했다. 전인철이 두 명의 도인을 데리고 허리를 바짝 굽힌 채 총을 겨누며 앞서 달려갔다.

"이상하오. 산골사람들이 저리 경계할 리가 없소."

남두병이 어깨에 걸고 있던 총을 내려 앞쪽을 겨냥했다. 박사헌이 걸음을 멈췄다. 가천리를 통과해야만 일월산 대티골로 들어갈 수가 있었다. 여기에서 막히면 끝장이다. 경계를 풀고 걸어가던 도인들이 대열을 정리했다. 박사헌이 마을을 살폈다. 초가지붕 위로 밥 짓는 연기가 모락모락 피어올랐다. 여기저기서 개 짖는 소리가 들려왔다. 그사이 마을사람들이 자취를 감춰 아무도 보이지 않았다.

"기분이 찝찝하고 더럽네!"

이언이 발 앞에다 퉤! 하고 침을 뱉었다.

탕!

그때 한 방의 총성이 저녁하늘을 흔들었다.

"아이고! 사람 죽네!"

이길주 옆에 붙어있던 이언이 고꾸라지며 비명을 질렀다. 교졸 하나가 밭 가장자리에 세워놓은 짚가리 뒤에 숨어 이언의 심장을 조준해서 쏜 것이다. 총신 끝에서 흰 연기가 피어올랐다. 이언의 가슴에서 붉은 피가 철철 흘러나왔다. 이길주가 이언을 부여잡고 손바닥으로 가슴을 막았지만 핏물이 샘물처럼 솟구쳤다. 총에 맞은 이언이 부들부들 떨었다. 고통스러운지 겁에 질린 얼굴로 어머니를 불렀다. 엄니! 엄니! 하고 부르다가 헉헉댔다. 숨이 가쁜지 자꾸만 몰아쉬려고 애를 썼다.

"괜찮소! 죽지 않을 거요!"

조민구가 이언을 부둥켜안고 안심시켰다. 그사이 마을 곳곳에 잠복해 있던 영양 관아 소속 교졸들이 함성을 지르며 달려 나왔다. 낫과 바지랑대를 든 농부들도 돌담 뒤에 숨어 있다가 가세했다. 그들과 대항해 싸우기에는 역부족이었다.

"흩어져라! 들판 너머 일월산으로 도주해라!"

강수가 소리쳤다. 박사헌이 각자 마을 앞 들판을 가로지른 뒤 일월산 쪽으로 접어드는 문암리 계곡에서 합류하자고 외쳤다. 이곳을 뚫지 못하고 뒤로 물러서면 허릿재를 넘어 추격해 오는 관군에 붙잡힐 것이라는 생각에 머리칼이 바짝 서는 느낌이었다.

"등에 업히게!"

이길주가 이언의 팔을 잡아당겼다.

"틀렸씸니더. 한바탕 찐하게 살아보나 했는데, 말짱 도루묵이 됐니더. 어휴 씸힐! 내 팔자!"

이언이 숨을 할딱이면서도 서러운 듯 욕을 줄줄 늘어놓았다.

"업히거라!"

이길주가 등을 내밀었다.

"글렀구만요. 총사령이나 퍼뜩 내빼소! 나처럼 총 맞겠소. 나야 염통에 맞아 체면을 살렸지만, 탄환이 총사령 불알에라도 박히면 우짤라고 그라니껴!"

이언이 그 와중에 농을 던지며 키득키득 웃었다.

"살길이 있으니 업히래도!"

이길주는 이언의 손을 잡은 채 포기하지 않았다. 이언은 장돌뱅이 방물장수였지만 말재주가 좋아 늘 주위 사람들을 웃겼고 배짱이 좋았으며 의리가 넘치는 사내였다. 이언이 장광설을 늘어놓으면 둘러앉은 도인들이 배꼽을 잡고 웃다가 눈물을 찔끔거렸다. 이길주는 이언이 자신을 만난 뒤부터 자처해서 몸종처럼 따랐던 것을 떠올렸다. 이언이 낯선 들판에 홀로 놓인 채 쓸쓸하게 죽도록 내버려둘 수 없는 것도 그런 이유였다. 그는 이언을 데려가기 위해 둘러 업으려 애썼다. 살기 위해 이길주의 손을 꽉 잡고 버티던 이언의 손이 스르르 풀리면서 문어처럼 흐늘거렸다. 이길주의 눈에서 굵다란 눈물이 툭 떨어졌다. 그가 욕을 퍼부었다.

"이놈아! 개보다 못한 놈아! 이렇게 죽어서야 되것나!"

"초, 총사령……."

이언이 지독한 공포에 사로잡혀 한 가닥 자비와 위로를 구하는 눈빛으로 이길주를 부르다가 고개를 떨궜다. 그리고는 한차례 발작을 하더니 조용해졌다.

"죽었소!"

강수가 이길주의 팔을 잡아당겼다. 서두르지 않으면 교졸들에게 붙들릴 판이었다. 이길주는 아직 체온이 뜨거운 이언을 논바닥에 눕혀둔 채 일어섰다. 이언의 부르튼 볼을 손바닥으로 다독거렸다. 작별 인사였다. 이길주는 논바닥에 퍼질러진 이언의 몸뚱어리를 바라보며 손등으로 눈물을 닦았다. 어쩌면 저리도 부질없이 명이 짧은 것인지……. 낯선 마을, 이름도 모르는 논바닥에서 이생을 마감한 이언의 명복을 빌며 달리기 시작했다.

"쏴라!"

남두병이 총사령 이길주를 엄호하라며 외쳤다. 총을 가진 도인들이 논두렁에 기대 교졸들을 향해 총을 쏜 뒤 내달렸다. 이길주는 경사진 밭둑과 짚가리에 몸을 숨겨 북쪽으로 질주했다. 총탄이 귀밑을 지나는 소리가 생생했다. 그 엄폐물 덕분에 총탄에 맞는 불행은 피했다. 뒤돌아보니 몇몇 나이든 도인들이 교졸과 주민들에 붙잡혀 끌려가고 있었다. 총에 맞아 쓰러져 있는 도인들도 보였다. 교졸들은 사로잡은 도인들 때문인지 악착같이 추격해 오지는 않았다. 나름대로 전과를 거둔 것으로 판단한 듯했다.

최교와 조민구는 수련과 수경이 용케 뒤따라 달려오고 있는 것을 보고 손짓을 했다.

"빨리!"

조민구가 수련을 향해 소리쳤다.

가천리를 빠져나와 칠성리를 지나자 장군천과 문상천이 합쳐지는 삼거리 계곡이 나왔다. 어제 내린 폭우로 늘어난 계곡물이 요란하게 흘러내렸다. 일월산 대티골 방향으로 가는 장군천 계곡을 따라 조금 더 올라가자 주위가 조용해졌다. 그곳에서 소나무 밑동에 기대 숨을 몰아쉬고 있는 강수를 만났다. 최교가 강수 옆으로 달려가 일으켜 세우려고 어깨를 잡았다.

"그냥 가소!"

강수가 얼굴을 일그러뜨리며 말했다. 지체하다가 모두 붙들려 죽을 수도 있다며 서둘러 도망가라고 다그쳤다.

"영해성 진격 때 입은 상처 때문이시더."

최교가 혀를 찼다.

"부축합시다."

조민구가 강수를 일으켜 세워 등에 업었다. 생각보다 가벼웠다. 그가 내뱉는 거친 숨소리가 고막을 울렸다. 조민구는 산길을 오르다 몇 번 주저앉았다. 그러면 최교가 대신 강수를 업었다. 둘 다 지치자 양쪽에서 나란히 강수의 어깨를 부축해 끌고 갔다. 수련은 수경의 손을 꼭 잡고 산길을 올라갔다. 앞서 간 대오에서 떨어지기는 했지만 교졸들의 추격이 끊기는 바람에 붙잡히지는 않았다. 교졸들이 추격을 멈춘 것은 땅거미가 내려오며 어둠이 깔렸기 때문이었다. 산악지대에서 무리하게 추격하다가 역습을 당할지도 모른다고 판단했기 때문일 것이다. 조민구와 최교, 강수, 그리고 수련과 수경은 장군천 계곡을 따라 낭떠러지 비탈길과 빽빽한 소나무 숲을 헤쳐 나갔다. 일월산 대티골의 지리를 잘 아는 강수의 길 안내로 어둠 속을 부지런히 걸었다. 강수는 북극성을 바라보며 북쪽으로 향했고 그 방향이 일월산 정상에서 흘러내려오는 장군천의 물길과 같았다.

4

밤이 깊어지면서 맑고도 애절한 소쩍새 소리가 높아졌다. 장군천을 흘러내리는 물소리가 계곡을 맴돌았다. 해월은 새끼를 꼬다가 낯선 무리가 올라오고 있다는 연락을 받았다. 비로소 마음이 놓였다. 무장을 한 도인을 내려 보냈다.

이지러진 반달이 동쪽 능선에 막 올라왔다. 서쪽 비탈이 달빛에 희미하게 드러났다. 스물 두엇의 도인들이 산길을 따라 지친 걸음으로 올라오고 있었다. 맨 앞에 선 자가 망을 보는 도인을 향해 손을 흔들었다. 이길주였다. 옷이 찢겨나가고 상처투성이인데다가 상투가 풀려 머리카락이 제멋대로 풀풀 날리는 모습이 거지꼴이었다.

해월은 대티골에 도착한 도인들 가운데 보이지 않는 사람부터 살폈다. 강수와 영해접주 박사헌, 경주접주 최교, 방물장수 이언, 한양선비 조민구, 최교의 누이동생 수련, 박사헌의 여식 수경이 보이지 않았다.

총사령 이길주와 부사령 남두병, 중군 전인철, 참모 이군협 그리고 양아들 갑의 얼굴이 들어왔다. 살아서 돌아온 자를 보면 반갑고 숨이 고르다가도, 보이지 않는 자들을 생각하면 가슴이 답답해 숨이 가팔라졌다.

"허를 찔렸소."

이길주가 분을 삭이지 못해 씩씩거리며 말했다. 그는 빼앗은 영해성을 하루 만에 포기하고 제 발로 도망치듯 빠져나온 것도 화가 나는데다가 관군의 기습으로 방물장수 이언이 죽기까지 한 것에 분노했다. 그러나 영해성 공격의 목적이 스승 최수운의 억울함을 풀어주고 동학당이 공인을 받기 위한 것이라 했던 명분에 막혀 말을 삼갔다. 반감을 지닌 일월산 도인들의 눈총을 의식해 고개를 들지 못하고 주눅이 든 듯 몸을 움츠렸다.

일월산으로 무사히 도망쳐온 도인들은 몇 차례의 죽을 고비를 넘긴 탓인지 멍청하게 앉아있었다. 나흘 밤낮을 제대로 먹지도 자지도 못한 터라 밥상을 보자 주린 들개처럼 달려들었다. 그들은 고봉밥을 눈 깜짝할 사이에 비운 뒤 광주리에 담긴 삶은 고구마까지 다 먹어치웠다. 배를 채우고 나서는 피로가 밀려드는 것인지 흙벽에 기대 꾸벅꾸벅 졸았다.

불침을 서던 도인이 달빛 아래 절룩거리며 걸어오는 낯선 사람을 발견하고는 달려 내려갔다. 조민구와 최교가 강수를 부축해 산길을 따라 올라왔다. 연락을 받은 해월이 맨발로 나와 마당으로 들어서는 강수를 얼싸안았다.

"살아왔구려!"

해월이 강수의 야윈 등을 두들겨주었다.

"앞날이 걱정입니다."

강수가 닥쳐올 위험을 걱정했다. 그는 피비린내 나는 살육의 시간이 다시 찾아와 두려운 것이다.

해월은 살아서 돌아온 도인들을 불러 모았다. 이곳 일월산을 서둘러 떠나야 한다는 생각에 마음이 심란했다. 목숨을 부지하려면 계곡을 타고 일월산을 넘어 강원도 깊은 산중으로 도주해야 했다. 산속에 숨어 야생 과실을 따먹고 산야초 뿌리를 캐먹어야 했다. 화전민을 찾아가 양식을 구걸해가며 목숨을 부지해야 한다는 생각에 숨이 막혔다. 시련을 겪게 될 도인들 걱정에 마음이 무거웠다.

영해부 거사를 끝까지 반대하지 못한 자책감이 마음을 할퀴고 지나갔다. 도인들에게 돌팔매를 맞더라도 영해성 공격을 말렸어야 했다. 이미 사태는 걷잡을 수 없이 커져 죽고 사는 일이 바람 앞의 등불 신세였다. 앞일을 떠올릴 때마다 할퀸 상처에서 핏물이 배어나오기라도 하듯 깜짝깜짝 놀랐다. 몸과 마음이 온통 아팠다. 사발에 담긴 냉수를 들이켰다.

해월 곁에 둘러앉은 이길주와 강수, 최교는 물론 도인들 가운데 누구 하나 입을 열지 않았다. 소쩍새 소리와 문풍지를 흔드는 바람 소리가 깊어가는 봄밤을 흔들어 깨웠다.

"박 접주가 걱정이오."

해월이 끝내 찾아오지 못하고 있는 영해접주 박사헌을 걱정했다. 문득 강수 일행을 따라 들어서던 수경의 얼굴이 떠올랐다. 그녀가 살아 돌아온 것은 다행이었지만 정작 박 접주가 낙오된 것이 가슴 아팠다.

"각중에 당한 기습이라 살필 겨를이 없었습니다. 총에 맞지 않으려고 뿔뿔이 도망치기 바빴으니까요."

강수가 옆구리 상처 때문에 벽에 비스듬히 기대 말했다. 해월은 영해부 동학당의 중심인물인 박사헌이 꼭 필요한 사람이란 것을 잘 알고 있었다. 전통적인 유교 집안에서 자랐지만 주자학을 뿌리치고 동학에 입도한 이력 때문에 신망이 높았다. 영해지역 도인들의 정신적 지주인 그가 관군에게 붙들렸을지도 모른다는 불길한 생각만 해도 끔찍했다. 해월은 그가 무사히 돌아오기를 기도했다.

도인들은 어떻게 해야 살 수 있을지를 놓고 의견을 나눴다. 이길주는 살아남은 도인들의 세를 규합해 반격을 하는 것만이 살 길이라고 주장했다.

"일월산을 근거지로 요새를 만든 뒤 관군과 장기전에 대비해야 하오."

그는 자신의 신념을 여전히 굽히지 않았다. 강수가 무모하고 무책임하다며 이길주를 비난했다.

"이번 거사는 완전한 실패요. 당장 일월산에서 도망쳐 각자 살길을 찾아야 하오."

강수가 이를 물었다. 그는 영해성에서 이길주가 보여준 광기를 잊을 수가 없었다. 흥분으로 이성을 잃었다지만 도인된 자의 도리가 아니었다. 정의 때문이었다 한들, 살인은 용납될 수 없는 일이다. 그 때문에 이길주의 말을 신뢰할 수가 없는 것이다. 그자의 말을 따랐다가는 이곳 일월산 대티골마저도 피바다로 변할 것이다.

"도망친들 어찌 살 수 있다는 게요. 굶어 죽거나 호랑이 밥이 되거나, 병들어 죽거나, 그게 그거 아니요! 죽어도 싸우다 죽자 이거요!"

이길주가 성질을 부리며 대들 듯 말했다.

"죽는 것이 그리 좋소! 사람 목숨을 어찌 짐승만도 못하게 여기는 거요. 목숨을 소중히 여겨, 훗날 수운 선생이 예언한 후천개벽의 때를 준비해야 맞는 것 아니오!"

강수가 나무라듯 목소리를 높였다.

이길주는 동학당의 영성보다는 악과 부조리에 목숨 바쳐 대항하는 야심 넘치는 혁명가요 선동가였다. 이길주는 자신의 주장이 먹혀들지 않자 끝났다고 여겼다. 더는 말을 섞지 않겠다며 등을 돌렸다.

조민구가 강수의 주장에 동조하고 나섰다. 조선 왕실은 동학당을 역적으로 단정한 뒤 정예부대를 보내 이곳을 초토화할 것이라고 단언했다. 이곳에 머물다가는 꼼짝없이 포위돼 개죽음을 당할 것이니 서둘러 피해야 한다고 주장했다.

이길주와 강수의 주장이 엇갈려 합의점을 찾아내지 못하자 모두가 해월을 바라보았다. 해월은 이길주의 정의감과 용맹성은 높이 살 수 있을지 몰라도 지혜롭지 못하다는 것을 간파하고 있었다. 게다가 동학당을 이용해 자신의 정치적 야망을 이루려 했다는 것이 드러난 이상 신뢰할 수도 없다. 도려내야 할 위험인물인 것이다.

"이곳에 머물다가는 감옥에 갇히는 꼴이 되고 말걸세."

해월은 관군이 대티골을 포위하기 전에 철수해야 한다고 말했다.

"대티골은 이미 관군에게 노출됐네. 공격당하는 것은 시간문제. 날이 밝는 대로 어린아이와 부녀자들 먼저 일월산 넘어 강원도 깊은 산골로 도피시키도록 하게."

그의 결정에 반대하는 도인은 없었다. 해월은 다시 고난의 여정이 시작된다 생각하니 앞이 막막했다. 맨발로 가시밭길을 걸어가야 했던 6년 전의 고통이 느껴져 등줄기로 식은땀이 흘렀다.

어느새 새벽 기운이 밀려왔다. 달빛에 드러난 창호지가 흐릿하게 빛났다. 이지러진 달이 곧 낮달로 바뀔 것이다.

안동진영

1

박사헌은 밭둑을 넘다가 뽕나무 밑동에 걸려 넘어졌다. 뒤따라온 날쌘 교졸 하나가 그의 등을 걷어찼다. 박사헌이 칼을 빼들어 교졸의 정강이를 찌르려는 순간 육중한 몸이 그를 덮쳤다. 허리가 부러지기라도 한 듯 통증이 번져 오르며 숨이 막혔다. 논바닥에 쓰러져 앞을 보니 흙먼지를 날리며 일월산 쪽으로 도주하는 이길주와 이군협의 뒷모습이 보였다. 나무 밑동에 걸려 자빠지지만 않았더라면, 지금쯤 저들과 함께 짚북데기처럼 흐트러진 머리카락을 날리며 질주할 것이라 생각하니 가슴이 답답했다.

총성이 울렸다. 먼지를 일으키며 들판을 내달리던 도인 하나가 두 팔을 번쩍 들더니 쓰러졌다. 나머지 도인들은 그를 돌아볼 여유도 없이 사방으로 흩어져 놀란 고라니처럼 달렸다. 들판의 밭두렁과 돌무더기와 짚가리 사이로 뿔뿔이 날뛰고 있었다.

박사헌을 덮친 교졸이 등짝에 올라타 방망이로 뒤통수를 서너 차례 내리쳤다. 박사헌은 눈앞이 캄캄해지는가 싶더니 귀가 멍해지면서 의식을 잃고 말았다.

정신을 차리고 보니 영양 관아 옥사였다. 좁은 옥사에 예닐곱의 도인들이 붙들려와 갇혀 있었다. 그들의 몰골이 형편없어 보기에 딱했다. 붙잡혀 오면서 두들겨 맞은 입술이 터져 검은 피딱지가 붙어 있고, 눈두덩은 검게 멍들고, 턱이 깨져 삐뚤어져 있었다. 창에 찔린 허벅지에는 피가 흘러내려 바지가 눌러 붙은 자국도 보였다.

영양에서 죽는구나. 박사헌은 낙담했다. 주자의 나라 조선을 향해 포효하고 싶었고, 사대부 유림들을 사시나무처럼 떨게 하고 싶었다. 동학의 주인 자리에 올라 병든 나라를 치유하는 꿈도 꾸었다. 그러나 이제 동학의 열망을 믿고 목숨 바쳐 싸워온 보람도 없이 개죽음 당할 것을 생각하니 억울하고 분했다.

그는 떠나온 영해를 떠올렸다. 아버지 박동선은 기울어가는 조선을 붙잡고 연명하는 구차한 유림들과는 달랐다. 서원의 썩어가는 기둥에 기대어 기득권을 유지하려는 소인배들과도 달랐다. 아버지는 노론의 세례를 받았으면서도 새로운 철학적 사유에 호기심을 보였다. 서학에 관심을 보였지만 끝내 동학으로 경도된 것은 조선인이라는 자존심 때문이었다. 조선은 이미 서학과 동학을 모두 사교로 낙인을 찍고 단속했다. 선비들 가운데 지하에 숨어 이들 사교를 추종하는 세력도 있었지만 겉으로 부인하면 용서했다. 그러나 공개적으로 따르는 사대부들에 대해서는 극형에 처해 만인의 시범을 삼으려 했다. 아버지는 동학에서 조선의 미래를, 희망의 씨앗을 발견한 후

이를 부인하지 않았다.

'나도 아버지처럼 개벽을 꿈꾸었지. 푸른 동쪽바다를 뚫고 올라오는 눈부신 태양으로, 검은 그림자가 술렁대는 조선 땅을 비추고 싶었지.'

그가 감았던 눈을 떴다. 소중하게 키워왔던 푸른 꿈은 목숨을 담보로 한 비장한 결의의 결과물이었다. 때마침 영해부로 찾아온 이길주는 하늘님이 보내준 선물이었다. 그를 만나 용기를 얻었고 의기투합했다. 박사헌은 그를 이용하기로 했다.

'그자는 용맹스러운데다가 타고난 선동가였지. 모든 계획이 순조롭게 진행됐어. 문제는 주인 최해월이었어. 그는 내성적이면서도 범접하기 어려운 위엄이 있었고 치밀했지. 게다가 왕실의 수배를 받고 관군에 쫓기는 몸이라 여간해서는 바깥 세상에 모습을 드러내지 않았지. 그 때문에 해월은 동학당을 상징하는 최고의 지도자이면서도 실체를 감추고 있었기 때문에 신비에 감싸인 교주로 통했어. 도인들에게는 정신적인 지주였지.'

박사헌은 그 같은 해월을 질투했다. 해월은 숨어서 도망이나 다니는 무식꾼에다 겁쟁이가 아니었던가? 서당 문턱도 넘어보지 못한 해월이 동학당의 주인이라면, 자신도 충분히 동학당의 주인이 될 수 있는 신심과 영성 그리고 자질과 실력을 지니고 있다고 자부했다. 질투가 심해질수록 해월의 권위에 도전하고 싶은 야망이 커져갔다. 영해성을 치고 들어가 동학당의 위엄을 떨치고, 도인들의 지지를 얻어내면 주인의 자리에 오를 수 있다는 꿈을 몰래 키워왔다.

'나는 그 일에 이길주를 앞세웠고, 이길주를 이용해 해월을 압박하도록 만들었지. 해월을 극복하고, 동학의 주인 자리에 올라 나의 원대한 꿈을 펼쳐 보이겠다는 꿈이 나를 온통 사로잡았지. 지극히 위험했지만 달콤하고도 황홀한 꿈이었어.'

박사헌은 며칠 전만 해도 그 꿈이 다 이루어진 것으로 믿었다. 영해성은 속이 빈 달걀껍질처럼 무너졌고, 이길주는 부사의 목을 친 것으로 위기에 처했다. 주도권은 자연스럽게 영해접주인 자신에게 돌아올 것이라 확신했다. 해월을 뛰어넘을 수 있는 기회가 찾아온 것이다. 그는 영해부에서의 꿈이 이루어졌다고 확신했다. 그날, 스무아흐렛날 밤부터 허릿재를 넘어 일월산으로 가는 길까지는 그랬다.

박사헌은 허망했다. 포로가 되다니! 모든 꿈이 물거품처럼 사라지고 말았다. 야망은 고사하고 이제 목숨이 경각에 달렸다고 생각하니 서러웠다. 자신의 꿈이 한바탕 물거품으로 꺼지는 것은 아닐까 두려웠다. 경상도 산간 내륙의 척박한 땅 영양에서 관군의 칼에 목이 베어져 흔적 없이 사라질지도 모른다고 생각하니 울컥 목이 메었다. 옥사 이곳저곳에서 겁에 질려 우는 소리와 신음소리가 들려왔다. 도주하다가 교졸의 칼에 베이거나 창에 찔린 도인들이었다.

"이언이 총에 맞아 즉사했소."

눈두덩이 시퍼렇게 멍든 도인 하나가 말했다. 관아를 환히 밝히고 있는 관솔불에서 매운 연기와 함께 송진 냄새가 풍겼다. 박사헌은 눈을 감았다. 꾀가 많고 명랑하면서도 우스갯소리를 잘해 주위 사람들을 늘 웃게 만들던 방물장수 이언이 낯설고 물선 산골짜기 논바닥에 쓰러져 쓸쓸히 죽다니. 개죽음을 당한 그를 생각하다가 콧등이 매워 눈물이 났다.

이길주는 어찌 된 것인지, 강수와 최교, 그리고 한양 선비 조민구는 무사히 도망친 것인지 궁금했다. 박사헌은 자신이 낯선 관아 옥사에 갇혀버림으로써 계획했던 모든 일들이 파도에 밀려가 아무도 없는 망망대해를 떠다니는 꼴이 된 것이 억울했다. 이길주를 내친 뒤, 해월을 넘어선다는 원대한 꿈이 천길 바다 속으로 가라앉을지도 모른다는 생각에 울적해졌다. 한바탕 꿈을 꾸고 있는 기분이었다.

2

오월 초엿샛날 아침 영해부사 이정의 시신이 염을 끝내고 입관됐다. 아들 관이 눈물을 그렁그렁 매달고 서서 염하는 것을 지켜보았다. 염습사가 아버지의 떨어져 나간 목을 따로 붙들고 흰 솜뭉치로 닦아낼 때 맺혔던 눈물을 왈칵 쏟았다.

이날 오후 이정의 시신을 실은 상여가 영해부를 떠나 한양으로 향했다. 흰 상복을 입은 부인과 아들 관이 별도의 이삿짐을 마차에 실은 채 동행했다. 관아의 교졸들이 한양까지 운구를 맡았다. 이방 신택순과 호장 신현거가 상여를 따라 갔다. 그들은 관례대로 상여가 영해부의 경계를 넘을 때까지 곡을 하며 뒤따랐다. 애고! 애고! 하는 소리가 상여 주변을 맴돌다가 바람에 실려 산비탈을 따라 내려갔다.

마을을 지나 한적한 길을 갈 때는 곡을 멈추었다가 행인을 만나면 곡을 했다. 곡이 멎을 때면 서로 날씨와 작물 등 별다른 의미 없는 대화를 주고받았다. 이정의 아들 관은 상여를 따라오는 이방 신택순을 못마땅해 했다. 아버지를 잃은 슬픔에 잠시 잊고 있던 의문이 슬금슬금 되살아났다. 젊은 혈기에 울분까지 겹쳐 이성을 잃은 관이 이방 신택순에게 입술을 삐죽 내밀며 대들었다.

"이방 어른은 그날 밤 아버지 곁을 지키지 않고 어딜 간 거요! 이방이 직무에 소홀하지 않았더라면 아버지가 저리 되지는 않았을 거요."

관이 울먹이며 이방의 실수를 파고들었지만 이방은 묵묵히 듣기만 했다. 상여 행렬을 따르던 주위 사람들도 누구 하나 말을 꺼내려 하지 않았다. 이방 신택순은 여전히 그날 밤 바다에 뛰어들어 자진하지 못한 것을 후회했다. 그는 부사의 상여를 떠나보내고 나면 그 뒤를 이어 자신의 상여가 나갈 것이라 각오했다. 그 같은 비장한 마음이 관의 울분을 담담하게 받아들일 수 있게 했다.

"동비들이 내아 침소에 쳐들어올 때까지 누구도 아버지를 보호하지 못했다니 말이 되는 소립니까! 교졸들은 어디로 가고, 포교와 도사령은 어디에 숨었던 겁니까! 아니, 이방 어른께서는 어디서 무얼 하고 계셨단 말입니까! 무서워서 도망친 겁니까. 아니면, 동비들에게 길을 터준 겁니까!"

"이놈이!"

호장 신현거가 듣다못해 버럭 불호령을 냈다.

"어디 감히 입에 담지 못할 막말을 하느냐! 아무리 애비를 잃은 슬픔과 원한이 크기로서니 알지도 못하는 일을 생각대로 떠벌여서야 사대부의 체통이 서겠나. 흠!"

호장이 질책하자 흥분해서 마구 대들던 관이 입을 다물었다.

"헴!"

뒤따르던 향원의 원로들도 헛기침을 하며 불편한 심기를 드러냈다. 신택순은 낯이 화끈 달아올랐다. 호장이 나서서 말리기는 했지만 향원의 원로들조차 의심하는 기색이 역력했다. 신택순이 더는 입을 다물 수 없어 조용히 나섰다.

"내가 부덕해서, 동비들의 준동에 신속히 대처하지 못한 나의 불찰이오. 차후에 소상히 이번 사태의 전후를 밝혀 한 치의 의문도 없게 처분할 것이오."

신택순은 목이 말랐다. 이제 곧 안동 진보와의 경계인 창수령이다. 고개 위에서 상여를 떠나보내면 동비의 희생양이 된 부사의 장례도 끝이다. 창수령의 구불구불한 고갯길을 올라가며 이방 신택순은 식은땀을 흘렸다. 봄빛에 반들거리는 여린 나뭇잎이 가련해보였고 지저귀는 종달새 소리는 귀가 먼 것처럼 아득하게 들렸다. 진보 장터에서 넘어오는 봇짐장수 일행을 만났는지 애고! 애고! 하는 곡소리가 앞쪽에서 들려왔다.

3

이정의 상여를 보내고 영해성으로 돌아오니 해가 뉘엿뉘엿 기울었다. 안동진영에서 나온 한 무리의 관군이 신택순을 기다리고 있었다. 신택순은 가슴이 덜컥 내려앉았지만 애써 담담한 표정을 지었다. 지휘관으로 보이는 젊은 포도군관이 다가왔다. 콧수염이 꺼칠하게 자란 그가 안핵사의 영장을 내밀었다. 그사이 교졸들이 신택순을 에워쌌다. 포도군관이 조금 뜸을 들이고 나서 한걸음 뒤로 물러서며 명령을 내렸다.

"이방을 옥에 가두어라!"

포도군관의 명령이 떨어지자 교졸들이 우르르 달려들어 이방을 오랏줄로 묶었다. 두 팔이 허리에 붙여진 채 칭칭 묶인 신택순이 고개를 숙였다. 관속들 앞에서 수치스러워 고개를 들 수가 없었다.

"국문을 연 뒤에야 죄가 있는지 없는지를 가릴 수 있을 터이니, 지금은 불편하더라도 용서하시오."

젊은 군관이 정중히 옥사로 안내했다.

"유고와 무고를 떠나, 죄인으로 지목된 것만으로도 처참하기가 그지없구려."

신택순은 여전히 고개를 들지 못하고 옥사로 걸어갔다. 옥문이 열렸다. 가마니가 깔린 바닥이 반들반들했다. 독방이었다. 입구 쪽에서 관솔불이 연기와 함께 활활 타올랐다. 번을 서는 옥졸의 검은 그림자가 일렁였다. 신택순은 밤새 눈을 붙이지 못했다. 불길이 타오르며 풍기는 송진 냄새가 코를 찔렀다. 눈이 따가워 눈물이 흘러나왔다. 일렁이는 옥졸의 검은 그림자에 자꾸만 놀랐다. 놀람과 불안으로 토끼잠을 잤다. 끝없이 길다가도 눈 깜짝할 만큼 짧은 시간이 반복됐다. 자는 것인지 깨어 있는 것인지 헷갈렸다. 지옥이 따로 없었다.

군관은 날이 저물어 길을 나서기가 부담스럽다는 듯 호장에게 하룻밤 유숙할 곳을 부탁했다. 새벽에 신택순을 호송할 작정인 듯했다.

이틀 후 안동진영에 도착했을 때 신택순은 영락없는 죄인의 몰골이 된 것을 알았다. 이른 새벽 영해를 출발해 안동에 도착하기까지의 노정은 혼미했다. 지나온 길이 기억에 없고 떠나온 곳이 아득한 옛날처럼 멀기만 했다. 영해부의 위엄 넘치던 이방 나리는 어디론가 사라지고 없었다. 도포를 걸친 겉모습은 초췌했고 안색은 검었다. 신택순은 이제부터 양심과의 싸움을 벌여야 한다고 각오했다. 끝까지 감춰야 하는, 아니 죽음이 다가오더라도 지켜야할 단 하나의 가치는 명예와 자존심이었다.

신택순은 안동으로 호송되어 오는 동안 줄곧 양심을 속여서라도 명예를 빼앗기지 않을 것이라고 결심했다. 폭설의 무게를 견디지 못해 생가지를 부러뜨리는 소나무처럼, 몸을 부러뜨리자고 각오했다. 그는 불순한 동비들과 결코 내통하지 않았노라고, 거짓 맹세할 참이었다. 동비들 가운데 누군가가 내통했다고 실토를 한다 해도 그는 인정하지 않을 것이다. 동비들의 교활한 분란책이라고 맞받아칠 작정인 것이다. 관아의 질서를 흩트리고 내부의 결속을 방해하려는 수작이라고 정면 대응할 각오를 했다. 끝까지 버티면 고문은 강도를 더할 것이고 고문의 강도가 높아질수록 몸은 견디지 못할 것이라는 점도 알았다. 몸뚱어리가 점점 붓다가 찢어지고, 부러지고, 떨어져 나갈 것이다. 몸이 파탄나면 숨도 절로 끊어질 것이다. 그는 그 길을 기꺼이 선택하겠노라고 독하게 마음먹었다.

국청이 설치된 안동진영은 긴장이 팽팽했다. 퇴계와 서애의 후예들이 서슬 퍼렇게 조선의 정신을 지탱하고 있는 고장답게 떠도는 공기가 달랐다. 불순한 바람은 찾아 볼 수가 없었다. 조선팔도 곳곳에 민란의 깃발이 나부끼고 관속들이 유린을 당한다 해도 이곳 안동만은 끄떡없을 것 같았다.

오후에 조정으로부터 영해부 민란의 수습을 위임 받은 안동부사 박제관이 신택순을 직접 심문했다. 박제관은 콧수염이 팔자로 뻗어 있고 입술이 두툼한 것이 풍채가 좋은 데다가 빈틈없어 보였다. 목소리는 낮았지만 성량이 풍부해 멀리서도 또렷하게 들렸다.

"이방 신택순은 영해부를 공격한 동비들과 사전에 내통했는가?"

박제관은 직설적이었다. 이리저리 돌리거나 유도하지 않고 대뜸 정곡을 찔렀다.

"왕의 신하된 자가 어찌 흉악한 동비들과 내통할 수 있단 말입니까."

신택순이 억울하다는 표정을 지었다.

"그대가 동비들과 내통했다는 진술이 나오고, 내부 고발도 들어오는 것을 어찌 해명하겠는가?"

"음모이옵니다. 저를 내통자로 내몰아 우리 내부의 결속을 해치려는 불손한 계략이옵니다."

"동비들의 실토는 그대의 말처럼 음모일 수도 있다지만, 내부 고발자의 진술은 어찌 해명할 텐가? 그대의 관속들이 그대를 해코지하려고 그렇게 고발했단 말인가?"

"오햅니다."

신택순은 철저히 부인했다. 거짓 진술로 심문관을 속이기로 작정했다. 변질된 양심을 무기로 삼았다. 명예라는 것이 그토록 무섭게 그를 사로잡았다. 안핵사 박제관의 문초에 단 한마디도 인정하지 않았다. 그는 오로지 모릅니다, 음모입니다, 양심을 걸고 고하옵니다, 목숨을 걸고 고하옵니다, 억울하옵니다, 라고만 했다.

박제관이 지쳐서 돌아갔다가 얼마 후 다시 나왔다. 문초가 이어졌다. 안핵사의 임무는 영해부 폭동의 전모를 밝히는 것이기에 한시가 급했다. 이번 폭동의 실체를 낱낱이 밝히는 데 지체할 시간이 없었다. 한양에서는 시시각각 파발을 보내와 심문 결과를 닦달했다.

"영해 동학당의 접주인 박사헌과 내통했다는 증언이 나왔는데도 부인할텐가?"

안핵사 박제관이 정공법을 택해 노골적으로 공격했다.

"앞서 진술한 대로 그자를 만난 일이 없사옵니다. 먼 친척 간이긴 하지만 서로 왕래를 한 일도 없습니다."

신택순은 박사헌과의 내통 사실도 잡아뗐다.

"이방된 자가 동비들이 성에 난입할 때 관장인 부사를 버려두고 도망간 죄는 무엇으로 변명할 것인가?"

"제가 동헌에 달려갔을 때 부사 나리는 어디로 갔는지 알 수 없었사옵니다. 동비들이 관아 곳곳에서 닥치는 대로 칼을 휘두르는 바람에 두렵고 놀라서 산골짜기로 피했을 뿐입니다. 돌이키면 부사 어른을 먼저 생각하지 못한 것은 저의 판단착오요 어리석음이었습니다. 관청의 관속들은 목숨을 다해 성을 지켜야하는 것인데도 총소리와 칼부림에 놀라서 줄행랑을 쳤으니 벌을 받아 마땅하옵니다. 제가 어찌 감히 죄를 면하고자 하겠사옵니까. 죽어 마땅한 대 죄인이옵니다."

"성문이 열려 있었다는 증언은 어찌된 일인가!"

"애매모호한 얘기옵니다. 혹시 관속 중에 동비들과 내통한 자가 있었는지는 알지 못하는 일이옵니다."

신택순은 표정 하나 흩트리지 않고 철저히 부인했다.

"그자를 데려와라!"

박제관이 옥졸에게 명령했다. 신택순은 긴장했다. 자신을 발고한 자일 것이라 여겼다. 동비들과 내통했노라고 고자질한 동비거나 관아의 관속이거나……. 대면시켜 심문하려는 것이다.

영해접주 박사헌이 오랏줄에 묶여 나왔다. 맙소사, 박사헌이라니! 신택순의 가슴이 얼어붙었다. 그는 표정을 들키지 않으려 냉정을 되찾았다. 영양 가천리에서 관군에게 붙잡혀 안동진영으로 호송된 박사헌은 몰골이 형편없었다. 볼이 찢어져 피가 흐르고 눈두덩 주위가 파랗게 멍들어 있다. 풀린 상투가 흐트러져 산발한 광인 같았다.

박사헌은 첫눈에 신택순을 알아보았다. 그러나 이내 무표정으로 속내를 감추었다. 안핵사 박제관이 둘 사이의 인연을 눈치 챌까 경계했기 때문이었다.

박제관은 박사헌이 동학당 영해접주이며 이번 영해부 공격의 핵심 인물인 것을 알고 있었다. 두 사람이 친척 간인데다가 평소 왕래를 해 왔다는 것도 이미 파악해둔 뒤였다.

"서로 아는 사이가 아닌가!"

박제관이 두 사람을 번갈아 바라보며 물었다. 신택순은 모르는 일이라고 답변했고 박사헌은 고개를 저어 부인했다.

"내가 어디까지 그대들을 보호할 것 같은가! 그대들의 사지를 비틀고, 밧줄에 묶어 허공에 매달고, 인두로 살을 지져야만 하겠는가?"

박제관은 콧수염을 매만지다가 신경질을 내듯 쏘아붙이며 다음 차례를 고민했다. 대질심문에서도 자백을 얻어내지 못한다면 이제 고문을 하는 길밖에 없다. 두 사람은 여전히 부인하고 있다. 결코 내통한 일이 없다는 것이다. 나졸들이 두 사람을 고문하기 위해 도구를 준비했다. 주리를 트는 일부터 시작이다. 한쪽에서는 화로에 인두를 달구었다. 살을 지질 태세였다. 천장에 묶인 밧줄이 신택순의 발목을 기다리듯 흔들렸다. 꽁꽁 묶어 거꾸로 들어 올릴 것이다. 입과 콧구멍으로 쏟아 부어질 물이 수통에 가득 담긴 채 넘쳐 흘렀다.

"실토하지 않겠단 말인가!"

박제관이 다시 짜증을 냈다. 신택순은 자백을 해도 목이 잘려 죽을 것이고 끝까지 부인을 해도 그리 될 것을 알았다.

이래도 죽고 저래도 죽는 것 아니겠는가. 신택순은 그러니 입을 닫음으로써 가문의 전통과 명예를 지키고 스스로 자존심을 찾을 수 있다면 입을 닫고 죽는 게 옳다고 생각했다. 신택순은 버텼다. 버티면서 입으로는 동학을 모욕하고 폄하하고 저주했다. 이율배반적인 항변으로 자신의 무고함을 전달하려고 기를 썼다.

박사헌은 신택순의 의중을 알아챘다. 그의 명예를 지켜주어야 한다는 생각에 내통 사실을 끝까지 부인했다. 그 역시 시인하면 효수형을 받아 목이 베일 것이고 부인하면 옥고를 치르다 물고를 당해 차가운 시신이 들것에 실려 나갈 것이라는 것을 알고 있었다.

나졸이 양쪽에서 주리를 틀자 신택순의 입에서 신음이 터졌다. 그는 살이 찢어지고 뼈가 부러질 듯한 육신의 고통과 탱자가시에 찔리듯 아리고 떨리는 두려움을 견뎠다. 그는 육신의 고통으로 마음이 무너질까 두려웠다. 고문을 이기지 못해 입을 열어 자백을 하게 될까봐 떨었다. 무시무시한 통증이 집채만 한 파도처럼 덮쳐올 때마다 죽여 달라고 소리 질렀다. 앵두처럼 붉게 달구어진 인두가 등을 지질 때마다 살 타는 냄새가 고약하게 진동했다. 생살에서 김이 솟았다. 의식을 잃었다가 문득 정신을 차려보면 찬물을 뒤집어쓰고 있는 것을 알았다. 혼돈 속에 왜 이런 고초를 당하는 것인지 정신이 몽롱해지면서 헷갈렸다. 왜 동비들과 내통했던 것인가. 왜 성문을 열어준 것인가. 왜 공감했던 것인가. 후회스럽게 자책을 했다. 그는 바위 같은 조선의 권력과 물 같은 저항의 대립구도에서 변혁이라는 물의 소용돌이에 스스로 빠져든 것을 인정했다. 병든 조선의 운수를 개벽해야 한다는 소리에 바람이 난 것이다.

신택순은 잘 버텼다. 하루하루가 고문으로 시작되고 고문으로 끝났다. 지긋지긋한 고문으로 보름쯤 지나자 피가 마르고, 살은 쇠진해지다가 너덜너덜해졌다. 어느 날 온몸이 시든 풀잎처럼 비틀어져 일어서지도 앉지도 못했다. 몸을 지탱할 수가 없었다. 살과 혈관에서 기가 빠져나갔다. 그리고는 차갑게 식어가는 육신에서 그의 혼령이 쓸쓸하게 날아갔다. 가문과 개인의 명예를 목숨과 바꾼 것이다.

박사헌은 울음을 참았다. 이방 신택순이 목숨을 버려서 지킨 끈질긴 명예가 남의 일 같지가 않아 목이 막혔다. 신택순의 널브러진 시신이 가마니로 짠 들것에 실려 나가는 것을 보며 참았던 눈물을 뚝뚝 흘렸다. 자신의 목숨도 빨리 끊겼으면 좋겠다는 생각에 서러움까지 밀려와 소리 내 흐느꼈다. 그 소리가 옥사 밖으로 새나갔다.

박제관의 심문은 이방 신택순의 죽음에도 아랑곳 않고 이어졌다. 박사헌은 신택순과의 내통 사실을 제외하고는 순순히 자백했다. 동학을 하는 사람들이 영해성을 공격해야만 했던 이유와 그곳을 동학의 성지로 만들려했다는 사실까지도 당당하게 설명했다. 동학을 일으킨 최수운에게서 어둠 속의 빛 같은 희망을 본 이야기와, 낡은 질서가 무너지고 새로운 질서가 도래하는 후천개벽의 시운時運도 알려주었다.

"난 수운 선생이 순도한 이후 동학당을 결집시키기 위해 고군분투했소. 교주 최해월이 강원도와 충청도 산간으로 도망 다니는 동안 나는 동학당의 세를 결집했고 영해성을 공격할 계획을 세웠소. 이길 주는 무예가 깊고 선동하는 자질이 뛰어났는데, 나는 그자를 끌어들여 영해부를 치는데 앞장 세웠소. 해월에게는 사람을 보내 수차례나 설득했소. 왜 그랬는지 아시오? 시들어가는 동학을 살리고 동학의 질서를 바로 세워야한다는 확고한 신념 때문이었소. 나는 무식꾼 최해월과는 달리 선친에게 학문을 익혔고, 동학에 입문해서는 매일 기도와 신령함으로 도를 실천해온 진성 동학당의 뿌리요!"

박사헌이 무엇인가에 홀린 듯 자기 이야기를 줄줄 늘어놓았다. 그는 실패한 거사를 그렇게 진술하는 일로 위안을 삼으려는 듯, 자신이 품고 있던 야망을 털어놓았다. 그렇게 떠벌임으로써 맺힌 한을 풀어내려는 것인지 말이 청산유수처럼 쏟아져 나왔다. 무엇보다 박제관이 적고 있는 심문조서에 자신의 진술이 고스란히 기록되어 역사에 남겨진다는 생각에 더욱 열을 냈다.

박사헌은 자신이야말로 뿌리 있는 진성 동학당원이며, 평등세상을 위해 결코 죽음을 두려워하지 않으며, 언제라도 기쁘게 순교할 각오가 되어 있다는 사실을 보란 듯 고백했다. 마법에 걸린 자 같았다.

안핵사 박제관은 영해접주 박사헌이 늘어놓는 말에 휘말리지 않으려고 극도의 냉정을 유지했다. 동학당 지도부의 갈등이 호기심을 불러왔지만, 그건 심문에서 중요한 부분이 아니라고 판단했다. 영해성을 공격한 동학당의 핵심세력과 주요 연루자들을 파악해 그들을 잡아들이는 일이 급했다. 그래서 박사헌의 사적이고 종교적인 진술을 중지시켰다. 대신 폭동에 가담한 동비들의 이름을 불도록 심문을 유도했다. 그러나 박사헌은 자신이 영해성 공격을 계획하고 주도했다는 것만 인정할 뿐, 가담자들에 대해서는 함구했다.

박사헌에 대한 고문은 저녁 하늘에 별이 뜰 즈음에야 중단됐다. 박제관은 그가 동학당의 진성당원이고 동학의 질서를 바로 세우고 평등세상을 만들 것이라는 신심과 열성에 도취되어 줄줄 늘어놓던 자백을 떠올리다가 냉소했다. 한편으로는 망나니의 칼에 목이 날아갈 자의 들뜬 신심과 열망과 야망이 어이가 없어 연민이 느껴졌다.

사라진 일월산

1

한 발의 총성이 새벽공기를 깨뜨렸다. 메아리가 계곡을 따라 올라가며 서서히 희미해지는 것이 섬뜩했다. 해월이 기도를 하다말고 방문을 밀치고는 산 아래 장군천 쪽 계곡을 살폈다. 첫 총성의 메아리가 그치자마자 비탈 아래쪽에서 여러 발의 총성이 연달아 울리기 시작했다. 지난밤 관군의 기습을 피해 겨우 도망쳐온 도인들이 허둥지둥 옷가지를 껴입느라 난리를 피웠다. 대티골 도인들은 재빠르게 조총을 꺼내들고 돌담과 외양간 흙벽을 방패삼아 산 아래쪽에서 기어 올라오는 관군을 향해 대응사격을 시작했다.

주인은? 조민구는 방문을 걷어차고 밖으로 뛰쳐나오면서 해월을 찾았다. 늦잠을 자는 사이 해월과 이길주 일행이 벌써 대티골을 빠져나갔을지도 모른다는 두려움이 스쳐갔다. 최교가 두루마기에 팔을 끼우며 뒤따라 나왔다. 사방에서 화약 냄새가 풍겼다. 해월의 처소로 달려가는 동안 날아든 총탄이 움막 문짝을 부수는 소리가 요란하게 진동했다.

해월의 집 마당에는 총소리에 놀라 모여든 도인들이 도망갈 준비를 하느라 어수선했다. 조민구는 그들 사이에서 해월과 이길주를 확인하고는 한숨 놓았다.

"피하시오! 산속으로 도망치시오!"

해월의 호령이 쩌렁쩌렁 울렸다.

"어휴 망할 것! 그냥 확 쓸어버렸으면 좋겠구만!"

이길주가 누런 이를 드러내며 화를 냈다. 패장의 몰골을 하고 있으면서도 아직 성질은 죽지 않았다. 그러나 숫자도 역부족인데다 가진 무기조차 변변치 않으니 맞붙어 싸울 수도 없는 일이다.

"가시지요!"

강수가 해월에게 독촉했다. 참모 이군협과 중군 전인철 그리고 최교가 봇짐을 걸머지고 앞장섰다. 조민구는 해월에게서 떨어지지 않기 위해 바짝 쫓았다.

"흩어져야 살 수 있소! 관군의 표적을 흩어놓아야 살 수 있으니 뿔뿔이 갈라져야 하오!"

이군협이 갈팡질팡하는 도인들을 향해 손을 내저으며 흩어지라고 소리쳤다. 산 아래 관군들은 동학쟁이들의 화력이 예상 외로 약한데다가 총소리에 놀라 우왕좌왕하며 일제히 도망치는 것을 목격하고는 거침없이 밀고 올라왔다. 밭두렁과 가시덤불을 엄폐물로 삼아 총을 쏘며 조심스럽게 공격하던 교졸들이 칼과 창을 들고 일제히 함성을 지르며 올라왔다. 마당에 서 있던 도인 하나가 어깨에 총탄이 박혀 쓰러졌다. 초가 한 채에 불이 붙어 검은 연기가 솟구쳐 올랐다. 여기저기서 비명이 들렸다.

해월의 부인 손씨는 막둥이를 등에 업은 채 뒷담을 넘었다. 어린 두 딸이 재빠르게 따라붙었다. 아침밥도 거른 도인들은 짚신을 꿰찰 시간도 없어 맨발로 산채 뒤쪽 계곡을 기어올랐다. 지난밤 대티골에 도착한 영해 지역 도인들은 이곳 지리를 모르는데다가 지니고 있는 무기라고는 고작 두 자루의 총과 칼 그리고 죽창뿐이어서 몹시 허둥댔다. 그들 가운데 하나가 관군을 향해 총을 쏘다가 오히려 집중사격을 받아 즉사했다.

조민구는 뒷담을 넘으려다가 수련을 찾았다.

"누이는 어디 있소?"

"가가 얼난줄 아능교! 선비 걱정이나 하소."

최교가 해월이 올라간 계곡 쪽으로 따라붙으며 쏘아붙였다. 조민구는 오라버니란 사람이 너무 한심해 보여 화를 냈다.

"누이를 팽개치고 혼자 살겠다는 거요!

"지옥 불에 들어가도 살아 돌아올 아니까, 두고 보소!"

최교가 뒷담을 훌쩍 넘어가면서 아무렇지도 않게 말했다. 그리고는 마른 억새줄기를 붙잡고 경사진 산비탈을 기어 올라갔다.

"나리!"

수련이 부엌 뒷문에서 나오다가 조민구를 보고는 반갑게 불렀다.

"뭘 하고 있는 거요?"

조민구가 달려가 수련의 손을 덥석 잡았다. 그녀의 어깨에 주먹밥을 둘둘 말은 보자기가 걸려 있었다.

"먹어야 살 것 아니라예!"

그녀가 조민구의 등을 툭 치고는 가볍게 돌담을 넘더니 산비탈을 올라갔다.

"빨리 따라오지 않고 뭐해요?"

수련이 앞서 기어오르다가 답답하다는 듯 조민구를 부르며 손을 내밀었다. 조민구는 돌담을 뛰어넘어 그녀가 내민 손을 잡았다.

그사이 교졸 서너 명이 칼을 빼어든 채 마당으로 들어섰다. 조금만 늦었더라면 교졸들과 한바탕 칼부림을 하고 도주를 했든지 아니면 붙들려 포박을 당했든지, 둘 중 하나였다.

이군협이 해월의 일행 가운데 맨 뒤를 따르다가 소나무 둥치에 몸을 숨겨 뒤쫓는 관군을 조준해 총을 쏘았다. 교졸 하나가 맥없이 쓰러진 뒤 맹렬하던 추격이 멈추었다. 관군은 계곡이 깊고 지대가 험악해 오히려 기습을 당할 수도 있다고 생각한 것인지 뒤에서 총만 쏘아댈 뿐 더는 추격해오지 않았다.

일월산 중턱에 이르자 총소리가 멎었다. 모두들 계곡의 소나무 숲 아래 빽빽하게 군락을 이룬 가시덤불을 은폐물로 삼아 몸을 숨겼다. 해월과 함께 도망쳐온 도인은 이길주와 강수, 남두병, 이군협, 전인철, 부인 손씨와 어린 세 딸, 최교, 수련, 조민구 등 스무 명 남짓이었다.

해월이 두리번거리며 누군가를 찾았다. 영해접주 박사헌의 딸 수경이가 보이지 않았다.

"수경이가 보이지 않네!"

일월산 심마니인 황억대가 대티골로 돌아가 수경이의 행방을 살피고 오겠다며 산비탈을 내려갈 채비를 했다.

"도중에 길을 잘못 들어가 헤맬끼라요. 대티골로 내려가다 보면 우야든동 만나것지요."

황억대가 어깨에 걸머진 봇짐을 풀어 이군협에게 맡겼다. 강수는 지금 돌아가면 관군에게 붙들릴 것이라며 말렸다. 황억대는 자신이 평생 일월산에서 약초를 캐어 생계를 꾸려오는 심마니라며 안심시켰다. 운이 좋으면 금방 만나서 데려올 수도 있다고 장담했다.

"일월산을 넘으면 갈산리 늪지가 나올꺼시더. 그리로 들어가야 안전하니더. 그곳에서 만납시다. 만일 해가 저물도록 돌아오지 않거들랑 어둠을 타고 춘양 쪽으로 내빼소."

황억대가 강수에게 이 일대 산간지리를 자세히 설명하고 난 뒤 해월을 향해 절을 했다. 해월이 보이지 않는 수경을 걱정하는 마음이 너무 깊자 강수가 말을 돌렸다.

"산을 넘어야 합니다. 황씨 말마따나 관군이 막아서기 전에 갈산 늪지대로 들어가야 합니다."

강수가 해월의 소매를 끌어당겼다. 경상도 최북단 춘양을 통해 첩첩산중으로 들어가야 살 수 있었다. 그러기 위해서는 서둘러 갈산으로 몸을 숨겨야 했다. 늪지대에 숨어 관군의 추격을 따돌리는 것이 급했다. 해월은 박사헌의 딸 수경이 그 와중에 어느 계곡으로 잘못 접어든 것인지, 관군에게 붙들리지는 않았는지 답답했다. 수경의 방

굿거리던 웃음이 눈앞에 선했다. 그녀와의 약속을 지켜야 했다. 살아만 있어준다면 다행이련만.

"꼭 찾아보시게."

해월이 황억대에게 부탁했다. 그가 고개를 끄덕이고 나서 계곡을 따라 내려갔다.

일행은 서둘러 일월산을 넘었다. 벌써 해가 서쪽으로 많이 기울었고 숲속에서 찌르레기가 울었다. 잿빛 햇살에 갓 자란 연초록의 나뭇잎이 꽃보다 아름답게 반들거렸다. 바람이 스쳐지나갈 때마다 어린 숲이 일제히 소리를 내며 흔들렸다. 모두들 입을 다문 채 아름다운 오월의 신록 속으로 지친 발걸음을 옮겼다.

이길주는 문득 살려고 하는 것이 구차하다는 생각을 했다. 대티골에서 관군과 끝장을 봐야 했다. 혈전을 벌이다가 총탄을 맞든 칼에 베이든, 죽는 편이 나았을지도 모른다는 생각에 사로잡혔다. 영해접주 박사헌은 어디서 무얼 하는 것인지 궁금했다. 영해성에서의 갈등 때문에 섭섭하고 한편으로는 회의도 들었지만 막상 어제 저녁 가천리에서 관군에게 쫓기다가 헤어진 뒤 보이지 않자 걱정이 됐다.

"쫓기는 신세가 한심하구려."

이길주가 해월에게 기운이 빠진 목소리로 말했다.

"쉴 때도 있고 목숨이 경각에 걸려 내뺄 때도 있는 법이니 상심하지 말게."

해월이 위로를 했다.

"허망해서 하는 소리요. 주자의 나라 조선을 바꿔 보려는 나의 꿈이 부질없다는 생각은 마오. 나의 야망이 비록 허황한 것 같아 보여도 가는 데까지 가보려 했소. 도달하지도 못하고 개죽음을 당할지라도 그 과정이 중요하다고 믿었기 때문이오. 난 포기하지 않을 거요. 다시 세를 규합해 저들을 향해 일어설 것이오. 조선 왕실의 간담을 서늘하게 할 것이오. 들풀 같은 농민들 가슴에 작은 등불을 켜주는 일이 어찌 하찮다 하겠소. 그런데, 어찌도 사람들은 나를 몰라주는지, 그게 허망하단 소리요. 주인을 따르는 도인들조차도 나에게 손가락질을 하는 판이니 내가 허망하다 한들 틀린 말은 아니잖소. 하긴, 지나고 보니 영해접주 박사헌도 나를 이용만 했소. 겉으로는 신뢰하는 척 했지만 결국 나를 속인 거요."

이길주가 속에 담아두었던 말을 털어놓았다. 그가 보기에 박 접주는 조용했지만 치밀하고 무서운 자였다. 영해성을 공격하는 일에 의기투합했기 때문에 따랐지만, 박사헌은 겉과 달리 마음속 깊이 무엇인가를 숨겨놓고 있었다. 그것이 무엇인지 눈치 챌 수는 없었지만. 대놓고 물어볼 수가 없었다. 그는 박사헌을 다시 만날 수 있게 된다면 그가 영해성 거사를 통해 얻으려 했던 속내가 무엇인지 꼭 물어볼 작정을 했다.

"죽음 따위는 겁나지 않소."

이길주는 느닷없이 죽는 것이 두렵지 않다고 말했다. 조선의 역사를 바꾸겠다는 야망에 눈이 멀어 개죽음 당한다 해도 후회 없다는 각오였다. 그러니 설령 자신의 말을 듣고 미친놈의 헛소리라 한다 해도 자신의 신념을 포기하지 않겠는 뜻이었다.

"유학의 그늘이 짙다 못해 검어져서 앞을 볼 수 없게 됐는데도, 저들은 소경처럼 걸어가는 것 아니오? 언제 낭떠러지로 굴러 떨어질 줄도 모르고 있지 않소! 조선은 폭풍우 앞에 떠 있는 조각배나 다름없소."

그가 한심하다는 듯 머리를 절레절레 흔들며 말했다.

"그대 마음을 내 어찌 모르겠소. 필시 그대 뜻이 옳다 한들 시운이 따르지 않으니 어쩌겠소. 그대 꿈이 지금은 때가 아니라 해도 반드시 꽃피울 날이 올 것이니 너무 상심마오."

해월이 그를 향해 빙그레 웃는 바람에 구레나룻이 꿈틀거렸다.

이길주는 해월의 시원한 웃음을 처음 보았다. 바람에 날리는 구레나룻이 생기 넘쳤고 눈빛은 영롱했으며 안색이 밝게 빛났다.

"주인이 알아주는구려."

이길주가 고개를 끄덕였다. 꽉 닫혔던 마음이 열리는 기분이었다. 그는 자신의 쓸쓸한 영혼에 한 호흡 훈기를 불어주는 사람은 해월뿐이라고 여겼다.

"자객은 왜 보냈소?"

해월이 그의 마음을 슬쩍 떠보았다.

"자객이라뇨?"

이길주가 뜬금없는 소리라는 듯 눈을 동그랗게 뜨며 해월을 바라보았다. 해월이 미소만 지었다. 이길주가 얼굴을 찌푸리더니 고개를 끄덕였다. 무슨 뜻인지 알겠다는 듯.

"주인자리를 넘보는 자라면 그럴 수도 있겠지요. 동학당의 주인은 내가 보아도 탐나는 자리니까요. 그러나 겉보기가 좋다고 주인 자리를 빼앗겠다면, 그자는 바보가 아니겠소. 아니면 어리석거나.”

이길주가 껄껄 소리 내어 웃었다.

해월은 눈을 들어 눈부신 초록의 산야를 둘러보며 무거워진 마음을 다독였다.

그럴 리가? 해월은 짚이는 것이 있었지만 섣불리 의심하거나 단정해서는 안 된다고 여겼다. 비통한 일이지만 논증이 있기까지는 믿어야 했다.

“난세다 보니 믿을 놈이 어디 있겠소. 늘 경계하셔야지요.”

이길주가 다시 껄껄 웃으며 자리를 털고 일어섰다.

일월산을 넘자 소백산간으로 이어지는 능선이 굽이굽이 나타났다. 북쪽의 봉화 방향으로 부지런히 걷다 보니 늪지가 나왔다. 고산지대에 늪지가 있는 것이 신기했다. 광활한 늪지대는 억새와 갈대로 가득 차서 몸을 숨기면 좀처럼 찾기가 어려웠다. 동고비와 쇠박새가 억새밭을 사이에 두고 요란스레 지저귀고 있었다. 늪지 건너편의 상수리나무는 왜가리 차지였다. 썩어서 속이 빈 나무구멍에 둥지를 틀려는 왜가리 한 쌍이 요란스럽게 소리 지르며 주변을 날았다. 해는 그사이 잔뜩 기울어 서쪽 산봉우리에 걸렸다. 노을이 붉게 번져 올랐다. 늪 가운데로 석양이 반사돼 붉은 주단을 깔아놓은 듯 보였다. 파릇파릇 새순이 올라오는 억새 사이로 겨우내 강풍과 눈보라에 할퀸 묵은 줄기가 흔들렸다.

해월은 그 풍경이 시운時運 같아서 마음이 텅 비는 느낌이었다.

지난 몇 달이 그랬다. 스스로의 힘으로는 막을 수 없는 어떤 기운을 느꼈는데, 그것이 자신과 동학의 미래에 약이 될지 독이 될지, 그 자신도 무어라 판단할 수가 없었다. 행방이 묘연한 영해접주 박사헌의 얼굴이 머릿속을 떠나지 않고 맴돌았다.

2

늪지대의 양달 둔덕에 억새풀로 가려진 마른자리가 나타났다. 겨울을 난 마른 억새가 어른 키보다 훨씬 높이 자라 있어 바깥에서는 전혀 눈에 띄지 않았다. 모두가 그 안에 모여앉아 숨을 돌렸다.

황억대는 해가 떨어졌는데도 돌아오지 않았다. 햇빛이 사라지자 기온이 뚝 떨어져 추웠다. 늪지에서 물안개가 피어올랐다. 해월의 어린 딸들이 이를 부딪치며 떨었다. 수련이 짐 꾸러미에서 이불을 꺼내 덮어주었다. 어린 것들은 어미 닭의 품 안에 숨은 병아리처럼 꼼짝도 하지 않았다.

강수는 대티골로 돌아간 황억대가 돌아오지 않자 당초 약속한대로 어둠을 타고 늪지를 건너자고 말했다. 밤새 춘양 쪽으로 들어가야 안전했다. 남두병이 반대했다. 어차피 관군들도 어둠이 덮이면 추격을 하지 못할 터이니 이곳에서 황억대가 돌아오기를 좀 더 기다리자고 했다. 최교도 남두병의 주장에 동조했다. 모두들 지쳐 있기도 했지만, 주린 배로 밤길을 걷는 일이 두렵기 때문이기도 했다.

"지친 몸도 추슬러야 하니, 여기서 밤을 보내고 새벽 일찍 나서는 게 좋을 듯합니다."

조민구가 사모 손씨와 오들오들 떨고 있는 세 딸을 바라보며 강
수에게 말했다.

"그렇긴 하지만……, 마음이 내키지 않는 건 어쩔 수 없네."

강수는 모두의 형편을 이해하지만 황역대가 당부했던 말이 마음
에 걸렸다. 일월산의 지리를 환히 꿰뚫고 있는 심마니 산사람의 말
은 틀리는 법이 없기 때문이다. 그가 어둠을 타고 밤사이 갈산리 늪
지대를 벗어나야 한다고 말한 대목을 그냥 지나칠 수가 없는 것이
다. 황역대는 영양 관아의 교졸 가운데 이곳 산세를 꿰뚫고 있는 자
가 있다는 것을 알고 있는 것인지도 몰랐다. 그렇지만 부인 손씨와
어린 딸들을 보니 험한 산길을 캄캄한 밤중에 걷는다는 것이 무리
였다. 강수는 새로운 제안을 했다.

"내일 새벽 날이 밝는 대로 여기서 각자 흩어져야 하오. 더는 스물
이나 되는 일행이 함께 움직일 수는 없소. 몰살당할 수 있소."

강수의 제안에 모두가 동의했다.

"사모님과 딸들은 어쩌자는 거요?"

전인철이 근심스런 표정으로 물었다.

"우리 걱정은 마소. 법전에 가면 우리 모녀를 받아줄 도인이 있으
니 아무 걱정 마소."

사모 손씨가 손사래를 치며 나섰다.

"법전은 여기서 가까우니 그곳까지는 내가 모실 것이오. 나머지는
두세 명씩 짝을 맞춰 각자 길을 나서도록 하시오."

강수가 정리를 했다. 해월과 부인 손씨 가족은 강수와 이길주 그리고 전인철이 동행하는 것으로 했다. 남두병은 이군협을 한패로 해서 갈라지고 최교는 조민구, 수련과 한패가 되기로 했다.

밤이 깊어지면서 가까워진 하늘에 파란 별들이 유난했다. 달이 뜨려면 술시戌時가 지나야 했다. 전인철과 이군협이 산비탈로 올라가 솔가리와 참나무 낙엽을 모아왔다. 껄끄러운 솔가리를 바닥에 깔고 배 위에 갈참나무 낙엽을 덮고 누우니 한기가 가시고 체온이 달궈져 훈기가 돌았다.

조민구는 낙엽을 덮고 누운 채 반짝이는 별을 바라보며 사색에 잠겼다. 살아 있다는 것과 죽는다는 것이 별반 차이가 없을 것 같았다. 그래서인지 살아남은 것이 실감나지가 않았다. 총탄 한 발에 산목숨이 솔방울처럼 툭 떨어지는 것이기도 하지만 총탄이 용케 피해가는 바람에 위태로웠던 사실도 모른 채 멀쩡한 것이다. 살고 죽는 일이 한 호흡 차이였다. 땅바닥에 누워 별자리를 올려다보며 숨 쉬는 것이 너무나 가벼워 보였고, 살아 있는 것이 실감나지 않아 오히려 눈시울이 젖는 것이었다.

"살아 있는 게 실감나지 않소."

조민구가 어깨를 맞대고 나란히 누워 있는 최교에게 말했다.

"목숨이란 거 그리 만만하게 볼 게 아니시더. 저승사자가 잡아갈라캤으면 벌써 염통이 터졌거나 낭떠러지에 굴러 목이 떨어졌을 끼라요. 내 목숨이라꼬 내 맘대로 되능교 어디?"

"세상이 바뀔까요?"

"저기 물어 보시소."

최교가 시큰둥하게 턱을 내밀어 초롱초롱 빛나는 별들을 가리켰다.

"하늘? 하늘님은 알고 있단 말이오?"

조민구는 그렇게 묻다가 서러움에 목이 메었다. 하늘님조차도 몰라준다면 이들의 열망은 무모하고 비참한 것이 아닌가. 개돼지처럼 살면서도 흔들리지 않는 이들의 신앙이 쓸쓸해 보였다. 그런데도 이들의 믿음은 바위 같았고 흔들리지 않는 것이다. 부럽기도 하고, 한편으로는 고지식하고 우매하게도 보였다.

"나는 별을 볼 때마다 변치 않는 하늘에 감동한다네."

해월이었다. 피곤한 듯 목소리가 쉬고 낮았다. 맞은편에 누워 조민구와 최교가 나누는 대화를 다 듣고 있었다.

"하늘과 나의 심령이 하나라면 세상의 풍파를 겁낼 것이 없네. 인간의 영욕은 꺼질 불꽃이지만 하늘은 별처럼 변치 않는다네. 마음에 출렁이는 파도와 같은 번민도 인간의 잣대로 재었을 때는 지옥같이 괴롭지만 하늘의 잣대로 재었을 때는 티끌처럼 하찮은 것이지. 세상이 뒤바뀌는 이치도 마찬가지라네. 모두의 열망이 단단히 뭉쳐져 하나가 될 때 하늘이 돕는 것이지, 어느 한 사람의 모사와 선동으로 되는 것은 아닐세."

해월이 말을 마치자 마자 별똥별 하나가 붉은 불꽃을 그리며 서쪽 하늘로 길게 떨어졌다.

"지금의 형국은 뭐라고 할 수 있습니까?"

조민구가 당돌하게 물었다. 그는 연민과 자애로움이 넘치는 순박한 사람들이 동학에 빠져 칼과 창을 손에 든 이유가 무엇인지 듣고 싶었다. 하늘님이 지켜줄 것이라는 믿음 때문인가? 지푸라기라도 잡고 싶은 가련한 심정의 발로인가? 해월의 대답이 궁금했다.

"지금의 형편과 국면이라?"

해월은 조민구의 질문을 따라한 뒤, 선뜻 대답할 수가 없어 답답했고 한편으로는 당황스러웠다. 지금의 형국을 선동가인 이길주와 일을 도모한 영해접주 박사헌에게서 찾을 일이 아니었다. 두 사람을 비난하거나 책임을 전가할 일도 아니었다. 오늘의 사태는 동학의 교주, 동학당의 주인 탓이라는 것을 알기 때문이다. 해월은 자신의 불찰을 떠올릴 때마다 머리가 싸늘해졌다. 한양 선비 조민구는 일의 흐름을 적확하게 꿰뚫고 있는 것이다.

해월은 하룻밤의 광란을 떠올릴수록 괴로웠다. 끝까지 반대하지 못한 것이 원통했다. 버텼더라면 박사헌과 이길주의 거사는 반쪽에 그쳐 시도하지 못하고 무산됐을 것이다. 동학의 명운을 벼랑 끝으로 몰아가고 많은 도인들의 목숨을 잃게 한 영해성 거사의 책임은 결국 자신에게 있다는 자책감이 밀려왔다. 해월은 젊은 한양 선비 조민구가 묻는 질문에 가슴이 찔렸다. 박사헌과 이길주의 영해성 거사를 끝까지 반대하지 못하고 수락했던 겁쟁이이자 우유부단한 주인의 모습이 부끄럽기 때문이었다.

"'아니요'라고 말해야 했지만 나는 그리 말하지 못했네. 동학의 주인 자리를 지키고 싶었기 때문이었겠지. 그땐 몰랐는데, 얼마 후 내가 욕심을 부렸다는 것을 알게 됐네. 주인 자리를 지켜야 한다는 존엄한 사명감 때문인 것으로 알았는데, 알고 보니 빼앗기기 싫은 욕심일 뿐이었네. 사명감이라는 명분으로 그럴 듯하게 포장했을 뿐이었지. 한순간의 어리석음이 눈을 어둡게 만들고, 멀쩡히 뜨고도 볼 수 없게 만드는 것이었으니, 내가 잠시 우둔한 탓이었네. 도인들에게 외면당할지도 모른다는 두려움, 도인들에게 겁쟁이 소리를 들을 수도 있다는 수치감, 교주 자리를 빼앗길지도 모른다는 두려움이 내 안에 살아있었던 걸세. 도인들이 나를 향해 침을 뱉는다 해도 말렸어야 했네. 교주 자리에서 멱살 잡혀 끌어내려진다 해도 '아니요' 하고 말렸어야 했네. 그런데도 나는 그러지 못한 것일세. 손가락질 받을까, 버림받을까, 잊혀질까 두려웠기 때문이었네."

해월은 스승 최수운의 설법을 기억에서 불러내면서까지 거사의 명분을 만들었고, 적당히 타협하기까지 했던 일을 떠올리며 낯을 붉혔다. 분노한 천여 명의 도인들이 죽창을 들고 쳐들어가 영해성을 동학의 성지로 만들겠노라고 해도, 홀로 당당히 맞서 '아니요'하고 말할 수 있는 용기가 없었다. 도인들을 잃고 싶지 않았고, 교주의 권위를 존경받고 싶었고, 무엇보다 그들에게서 겁쟁이 주인이라는 비아냥거리는 소리를 듣기 싫었다. 배도자라며 손가락질을 하고 등을 돌리는 상상에 식은땀을 흘리기까지 했다.

"광기에 맞서 당당히, 분연히 나를 버릴 생각을 못했다네. 고개를 들 수 없을 만큼 부끄러웠네. 온몸이 벼룩에게 물어뜯기는 것 같이 괴로웠네. 나의 처신이라니! 돌아볼 때마다 교주의 체통이 낯 뜨거워 고개를 들 수 없을 지경일세."

해월은 조민구가 던진 질문에 자신의 가슴 속에 난 상처가 덧난 것을 알았다. 누구에게도 털어놓을 수 없는 부끄러움이었다. 살 속에 그대로 박혀있는 가시처럼. 영영 빼낼 수 없는, 시간이 갈수록 곪고 곪아서 고름을 질질 흘려야 할 상처일 것이라 각오했던 일이었다.

해월은 속내를 비우자 기분이 홀가분했다. 속에 들어 있던 우매함, 나약함, 부끄러움, 욕심 따위를 털어놓으니 살 것 같았다. 비로소 조민구의 질문에 대답할 수 있는 기운이 생겨났다.

"별똥별처럼 허망한 희생인 것을 인정하네. 도인들의 군중심리를 끝내 말리지 못한 것 역시 나의 한계였네. 문제는 내가 동조했다는 것일세. 무력봉기를 허락한 것이네. 그 일로 나는 얼굴을 들 수 없게 됐지만, 지금은 그렇지 않다네. 과거에 매달려 곪은 상처를 긁어대고, 화를 삭이고만 있기에는 너무 어리석은 것 아닌가? 난 가슴 깊은 곳에서부터 차오르고 있는 개벽의 기운을 믿는다네. 그 열망이 점점 차올라 저절로 폭발할 때가 다가오고 있다는 것을 의심하지 않네. 자네가 의아해 하고 있는 지금의 형국은 열망하는 도인들의 힘이 일순간 견디지 못하고 터져버린 것으로 이해하면 될 걸세. 설익은 살구가 비바람을 견디지 못하고 떨어진 걸세. 어리석은 내가 바지랑대를 들려준 꼴이기도 하네만……."

밤바람에 여린 나뭇잎이 살랑였다. 별빛은 갈수록 맑아져 차갑게 빛났다. 해월의 숨소리가 좀 거칠었다. 이길주는 해월의 말을 들었는지 못 들었는지, 움츠린 몸을 꼼짝하지 않고 누워 별을 보고 있었다. 남두병과 최교도 말똥말똥한 눈으로 푸른 별자리의 끝없는 생기를 바라보고 있었다.

조민구는 후회와 반성으로 뒤섞인 해월의 토로가 가슴을 울리기도 했지만, 어찌된 건지 자신이 가시에 찔리기라도 한 듯 아팠다. 주인의 고뇌가 마치 자신이 겪은 시련인 것처럼 다가와 가슴이 쓰린 것이다. 고뇌 끝에 내린 인간적인 결단이 피비린내 나는 광풍을 일으킨 것인데, 예기치 못한 그 일의 결과를 홀로 짊어지려는 해월의 태도가 답답했고 한편으로는 연민이 생겼다.

"유학으로 길들여진 저의 현실 인식과는 너무나 판이합니다. 주인님의 말씀을 듣자니 기분이 울적해지는군요. 유학의 눈으로는 주인님의 자성과 도인들의 광기 모두가 무모한 것들입니다. 그런데도 동학의 눈으로는 무모하기는커녕 생동하는 기운들이니 놀랄 수밖에 없습니다. 열망이라니요! 그것은 일상을 새로운 차원으로 들어올리는 생기가 아닙니까? 차별과 억압이라는 삶의 멍에로부터 자유로워지고, 평등하고자 하는 구체적인 행위는 유학의 어느 구석에도 찾아볼 수가 없습니다."

조민구는 약간 들뜬 기분으로, 주인 해월 앞에서 감히 자신의 얕은 생각을 털어놓았다. 그래놓고는 입을 꾹 다물었다. 입을 다문 그의 머릿속으로 미처 다하지 못한 말들이 마구 떠올랐다.

조민구는 사대부의 나라 조선 사람들의 고단한 삶이 하층민만의 속박이 아니라 상층민에게도 엄청난 속박이라는 것을 알고 있었다. 그가 한양의 궁궐 안에서 갈구하던 것도 속박으로부터의 자유였다. 상층민과 하층민 모두가 상실의 아픔에 시달리고 있는 노예라는 것도 알았다. 한 쪽은 많이 가진 노예이고 다른 한 쪽은 적게 가진 노예일 뿐이다. 황금사슬에 묶이건 쇠사슬에 묶이건 사슬인 점에서는 같았다.

그사이 동쪽 하늘이 뿌옇게 밝아오기 시작했다. 기다리던 황억대는 날이 밝도록 끝내 돌아오지 않았다. 이제 어젯밤 약속한 대로 모두가 헤어진 뒤 각자 살길을 찾아가야 했다.

3

총소리에 잠을 깬 동고비와 쇠박새가 억새밭 속에서 날개를 파닥이며 날아올랐다. 거친 날갯짓과 비명 같은 울음소리가 고요한 늪지대를 혼돈 속으로 몰아넣었다. 늪 건너편 갈참나무 위의 왜가리도 둥지를 나와 놀란 듯 멀리 날아갔다.

이군협은 갈참나무 뒤에 숨어 늪지의 억새를 밀쳐내며 요리조리 앞서 걸어가던 이길주를 겨냥했고, 그가 완전히 몸을 드러냈을 때 숨을 멈추고 방아쇠를 당겼다. 탕! 소리와 함께 그가 앞으로 쓰러지는 것을 보았다. 이군협은 앉은 자세로 총을 어깨에 걸고는 땅바닥에 엎드려 풀숲 사이로 재빨리 기었다. 총을 쏜 자가 관에서 보낸 척후병인 것으로 위장해야 했다.

이군협은 박 접주가 시키는 일이라면 의심하지 않았다. 접주의 생각은 곧 하늘님의 생각이라고 믿었고 그 같은 믿음이 깨진 적이 없었다. 그는 이길주의 숨통을 끊는 것도 하늘님의 생각과 다를 바가 없다고 믿었다. 박 접주의 명령을 한 치도 어긋나지 않게 실행하는 것이 순종이라고 확신했다. 이군협은 바짝 엎드려 오소리처럼 산비탈을 넘은 뒤, 남두병이 있는 늪지 쪽으로 돌아가기 위해 지름길을 따라 쏜살처럼 달렸다.

강수가 총소리의 진원지인 늪 건너편 비탈을 경계하며 팔꿈치로 기어갔다. 총에 맞은 이길주가 엎어져서 부들부들 떨고 있었다. 그를 억새밭 안쪽으로 끌어당겨 건너 쪽 산비탈에서 보이지 않도록 했다. 총탄이 이길주의 늑골에 박혀 피가 쏟아져 내렸다.

"빌어먹을! 글렀소."

이길주가 강수와 함께 달려온 해월의 옷깃을 붙잡고는 체념한 듯 말했다. 저고리가 핏물에 흥건히 젖고 있었다. 그는 붉은 핏물이 번지는 것을 내려보다 말고 허탈한 듯 껄껄 웃었다. 운명이란 것이 이렇게 부질없다 생각하니 웃음이 절로 나오는 것이다.

"이곳을 빠져나가면 살 길이 있소. 힘을 내소."

강수가 그를 부축해 일으켜 세우려 했지만 역부족이었다. 벌써 숨이 답답해지는지 헐떡거렸다. 목에서 가래 끓는 소리가 났다. 탄환이 등을 뚫고 들어가 염통에 박힌 것 같았다.

"새로운 조선, 평등세상을 꿈꾼 죗값이라니! 이름도 모르는 낯선 산골짜기에서 청춘을 마감하다니 억울하오……. 그동안 폐만 끼쳤소. 주인의 동학이 나를 매료시킨 때문이니 너무 섭하게 여기진 마시오. 사람이 하늘 되는 세상을 봐야하는데, 참말로, 여기서 죽다니,

원통하오."

이길주가 한차례 몸을 들썩이며 경련을 일으켰다. 턱이 심하게 떨리는지 어금니를 꽉 깨물었다. 강골다운 기백을 잃기 싫은 것이다. 이렇게 어이없이 죽는 것이 억울한 듯 얼굴에 분기가 일었다. 그러나 심장의 박동이 잦아드는 것은 그가 마음대로 어찌할 수가 없는 일이다. 강수는 그의 얼굴색이 시시각각 변하며 검어지는 것을 보았다.

"그대 마음을 어찌 모르겠소. 방법이 다를 뿐이었지 열망하는 세상이 같다는 것을 내가 모를 리가 있겠소. 두려워 마오."

해월이 이길주의 손을 꼭 잡고 위로했다. 손바닥이 얼음처럼 차갑다.

"저승에 가서라도 사대부의 나라 조선이……, 개벽하는 날을……, 고대할 것이오……."

이길주의 손아귀 힘이 맥없이 풀리면서 목소리가 끊어졌다 이어지기를 반복했다. 그리고 잠시 숨을 거칠게 몰아쉬더니 고개를 숙였다. 총탄이 염통에 박혀 이내 박동을 멎게 한 것이다. 숨소리가 실이 끊기듯 툭 떨어져 나가는 기분이었다. 사지가 멀쩡한 건장한 사내의 혼이 단발의 총성을 따라 삽시간에 자취도 없이 사라지고 말았다. 풍운아의 기상은 물안개처럼 사라지고 한갓 비곗덩어리만 남아 있는 것이다.

"이보게? 이 사람아!"

해월이 살아있는 사람을 부르듯 이길주를 불렀다. 애절하고도 다감하게 부르는 소리에 그가 눈을 번쩍 뜰 것만 같았다. 강수가 해월의 소매를 부여잡았다. 해월이 그의 곁에 주저앉아 일어서지 못하고 있는 것이다.

"어서 피해야 합니다!"

강수가 해월의 소매를 당겼다.

너덜너덜해지고 때에 절은 이길주의 두루마기 위로 해월의 눈물이 몇 방울 떨어졌다. 강수가 두 팔로 억새를 헤치며 성급하게 걸어나갔다. 해월이 뒤를 따르며 총성이 울렸던 늪 건너편의 산비탈을 경계했다. 관군이 이곳까지 따라붙은 것인지, 척후병이 왔다가 돌아간 것인지 판단하기가 쉽지 않았다. 밤새 관군이 따라붙었으면 일제히 공격을 해왔을 터인데, 단 한 방의 총으로 치명적인 살상을 하고 조용히 돌아간 것을 보면 척후병이 분명했다.

이길주가 총에 맞아 즉사한 것을 알고 흩어져 있던 남두병과 최교 일행이 달려왔다. 전인철이 뒤쫓아 올지도 모를 관군을 경계하며 풀숲 사이에 바짝 엎드려 총을 겨냥했다.

"누군가가 지켜보고 있을지도 몰라요. 서둘러야 해요!"

남두병이 조바심을 냈다. 이길주의 주검을 살펴본 그는 멀지 않은 거리에서 정확히 조준해서 쏜 것을 알았다. 언제 또 다시 총탄이 날아올지 몰랐다. 모두들 늪지대의 물길로 들어서자 발가락이 깨질 듯 아렸다. 조금 지나자 감각이 사라져 아픈 것도 몰랐다. 부인 손씨와 세 딸은 강수가 맡아 길을 헤쳐 주었다. 최교와 조민구도 언제 날아올지 모를 척후병의 총탄에 공포감을 느끼며 해월의 뒤를 쫓았다.

영해접주 박사헌의 심복 이군협은 늪 건너편 갈참나무가 무성한 비탈을 빠져나와 능선을 넘었다. 그는 부사령 남두병이 있는 곳으로 가기 위해 지름길을 질주했다. 부사령은 그가 잠시 똥을 누러 숲으로 들어간 것으로 알고 있을 터였다. 도착해 보니 부사령은 이길주가 총에 맞아 쓰러졌다는 소식을 듣고 늪지로 가고 없었다. 이군협은 가쁜 숨을 고르며 뒤를 쫓았다.

　해월 일행은 허겁지겁 늪지를 건너고 있었다. 이군협은 선뜻 해월을 따라나서는 일이 마음에 걸렸다. 접주 박사헌의 명령이긴 했지만, 총사령 이길주를 자기 손으로 죽인 것이 두려웠다. 마음이 무거워지면서 불안이 밀려올 때마다 박 접주 생각이 곧 스승인 수운의 생각이고 하늘님 생각이라고 다독였다. 그러면 마음이 놓였다. 이길주는 동학당에 화근이 될 위험한 인물일세! 이군협은 박 접주가 자신의 귀에 대고 비장하게 전했던 말을 들으려고 애를 썼다. 그러면 그 목소리가 거짓말처럼 또렷이 들려왔다.

　이군협이 일행의 맨 뒤쪽에 떨어져 있는 남두병에게 갔다. 그는 추격해 올지도 모를 관군을 경계하며 일정한 거리를 두고 해월을 따라가고 있었다.

　"늪지가 끝나는 곳에 남아 있다가 뒤쫓아 오는 관군을 막아야 합니다."

　이군협은 해월을 따라갈 용기가 나지 않았다.

　남두병 역시 어차피 모두가 함께 도주하는 일은 불가능하다는 것을 알고 있었다. 그는 이군협과 생각이 같았다. 해월 일행이 늪지를 무사히 빠져나갈 때까지 뒤쫓아 올 관군을 막아서다가 각자 흩어져 도주하기로 했다. 남두병은 이길주를 저격한 척후병이 돌아간 뒤 시간이 꽤 지났지만 사방이 조용한 것이 이상했다. 그것이 그를 더욱 두렵게 했다. 어느 순간 무장한 관군이 일제히 함성을 지르며 무자비하게 기습을 감행할지도 몰랐다.

남두병과 이군협이 갈산 늪지대 입구에서 관군의 척후병이나 추격해 올지도 모를 교졸들을 기다리는 동안 해월과 강수 일행은 녹동 쪽 산줄기로 접어들었다. 법전면 목비골 마을이 내려다보이는 산자락에서 부인 손씨와 어린 세 딸이 해월에게 작별인사를 했다.

"살아 있으소. 꼭 찾아오리오."

해월은 부인 손씨에게 면목이 없기도 했지만 막상 얼굴을 마주보자 목이 막혔다.

부인은 검댕 묻은 얼굴에 억새 잎에 베인 핏자국까지 겹쳐 얼굴꼴이 거지 형색이었다. 부인이 저고리 고름을 들어 눈물을 닦았다. 어린 딸들도 산발한 머리카락에 불티가 붙어 있고 콧물까지 줄줄 흐르는 것이 부모 잃은 고아 같았다. 둘째가 엄마의 치맛자락을 붙잡고 칭얼대다가 끝내 울음을 터뜨렸다. 큰딸은 그새 철이 들어 입을 다물고 있다가 동생을 껴안고 나무랐다.

"뚝! 울지 마래이."

둘째가 콧물을 삼키며 서러워하다가 엄마의 치맛자락을 끌어당겨 눈물을 닦았다. 울음을 참느라 목구멍으로 숨을 들이마시며 컥컥댔는데, 그 소리가 더욱 처량했다. 젖먹이 막내는 영문도 모른 채 엄마 등에 업혀 두 발을 뻗대며 옹알이를 해댔다.

해월은 어린 자식들에게 수난과 고통을 겪게 하는 것이 가슴에 걸려 숨이 막혔다.

"조금만 참고 계시소. 제가 꼭 모시러 오겠습니다."

강수가 헤어지는 부인 손씨에게 약속했다.

부인은 막내를 등에 업고 두 손으로는 첫째와 둘째 딸의 손을 꼭 잡고는 뒤도 돌아보지 않고 산을 내려갔다.

"놓치면 안 된데이!"

부인 손씨가 매섭게 이르는 소리에 아이들은 움찔 놀라는 기색이 역력했다.

해월은 목비골에 사는 과부 도인이 부인과 세 딸을 잘 보살펴 주리라는 것을 알면서도 마음이 아팠다. 초라한 거지꼴로 살길을 찾아 떠나는 부인과 어린 자식들의 뒷모습을 보며 기도했다. 강수와 최교, 조민구도 그들이 산비탈을 내려가는 모습을 보다가 고개를 돌렸다. 수련이 주저앉아 눈물을 뚝뚝 떨구었다.

부인 손씨는 남편 곁을 떠나오면서 한마디 말도 건네지 못했다. 무슨 말을 한단 말인가? 지금의 형편을 두고 누굴 탓한단 말인가? 그녀는 산길을 다 내려가서야 서글피 울기 시작했다. 이 길이 영영 만나지 못할 이별의 길일지도 모른다는 두려움과 서러움에 눈물이 쏟아졌다. 부인 손씨는 가슴속에 소용돌이치는 말들이 바닷가 모래알처럼 쌓여 있지만 입을 열어도 뱉어낼 수 없는 것이 한스러웠다. 한바탕 폭풍이 어서 지나가기만을 기다려야 했다. 가슴에 쌓인 모래

알 같은 수없이 많은 말들이 파도에 씻겨 나가기를 기도하는 일이 그녀가 할 수 있는 전부였다.

쟁기로 갈아엎은 밭뙈기 위로 노랑나비 한 쌍이 날고, 그 너머 논길을 따라 노인이 끄는 달구지가 가고 있었다. 논길에서 갈라지는 샛길 끝에 작은 산동네가 보였다. 도인 과부가 사는 목비골이다. 찌그러져 가는 상여집과 둥구나무 사이에 비쩍 마른 천하대장군과 지하여장군이 거인처럼 나란히 서서 그들 모녀를 노려보았다.

해월은 부인과 세 딸이 올망졸망 논길을 건너 목비골 입구의 장승 앞을 지나는 것을 보고 자리를 떴다.

4

"여기서 헤어져야 하오."

강수가 춘양과 태백 쪽으로 들어서는 길목에 자리한 녹동리에 접어들자 일행에게 말했다. 벌써 해가 서쪽 능선을 넘어간 뒤였다. 산은 장막에 가려진 듯 온통 검었고 능선 너머의 하늘은 막바지 잔광으로 창백했다. 그믐밤이라 산속은 급작스럽게 먹물처럼 어두워져 가까이 있는 사람의 얼굴도 구분하기가 힘들었다. 서로의 눈동자만 반짝거렸다.

최교와 조민구는 갈산 늪지대에서 해월 일행과 헤어지기로 했지만 이길주의 예기치 못한 죽음으로 녹동까지 동행했다. 그러나 이곳에서부터는 각자 헤어져야 했다. 남은 사람이래야 주인 해월과 강수, 중군 전인철 그리고 최교와 조민구, 수련 이렇게 여섯이었다.

해월은 강수와 전인철을 데리고 춘양을 지나 곧장 운곡천을 따라 소백산이 있는 영월로 갈 계획을 세웠다. 최교와 조민구, 수련은 노루재를 넘어 강원도 태백으로 방향을 잡았다.

녹동 삼거리에 이르러 캄캄한 어둠 속에서 작별을 하려는데 갑자기 함성과 함께 횃불을 치켜 든 관군이 춘양 쪽 길을 가로막아 섰다. 봉화 관아에 소속된 교졸들 같았다. 불빛에 비친 교졸의 숫자는 많지 않았다. 열댓 명 정도였다. 안동 진영에서 도주하는 해월 일당이 일월산을 넘어서면 반드시 녹동을 지나야 한다는 것을 알고 봉화 관아에 기별을 넣어 관군을 매복시킨 것이 분명했다.

전인철이 횃불에 환히 드러난 관군을 향해 총을 한 발 쏘자 맨 앞에 서 있던 교졸이 풀썩 주저앉았다. 교졸들이 총에 맞지 않으려고 횃불을 서둘러 껐다. 강수가 길옆의 튀어나온 바위 뒤로 해월을 숨겼다.

"갇혀 버렸습니다."

강수가 해월에게 말했다. 녹동 삼거리에서 서쪽으로 뚫린 춘양방면은 물론 북쪽의 태백방면 산길도 교졸들이 가로막고 있었다. 왔던 길을 되돌아 남쪽으로 피하면 추격해 오는 관군과 부닥칠 것이 뻔했다.

"이곳을 뚫지 못하면 살 길이 없습니다."

강수가 사방을 두리번거렸다. 조민구는 상황이 위태로운 것을 알았다. 무장한 교졸들이 진을 치고 막아선 길을 어떻게 뚫고 지나갈 것인지 막막했다. 이대로 시간을 끌수록 위험은 더했다. 영양 일월산 쪽에서 추격해 오는 관군이 들이닥치기라도 하면 독 안에 든 쥐처럼 꼼짝없이 붙들릴 것이다.

이곳 지리에 밝은 전인철이 나섰다.

"춘양 쪽 계곡밖에 없소."

전인철은 강 아래 계곡을 따라 빠져나가는 길이 유일하다는 것을 알고 있었다. 강이 깊고 계곡의 폭이 넓어 관군과 마주치더라도 한번 겨루어 볼 만한 곳이라고 여겼다. 교졸의 숫자가 더 늘어나기 전에 서둘러야 했다.

"앞장서겠소!"

전인철이 자신의 조총을 강수에게 맡기고는 칼을 빼들었다. 관군과 어둠 속에서 마주치면 총보다는 칼이 유리했다. 관군과 마주쳐 싸우다가 칼에 찔려 숨이 끊긴다 해도 그 와중에 주인 해월을 도피시킬 수 있는 여지가 생길 수 있다는 판단을 했다. 전인철이 허리를 숙이고 앞장섰다. 그 뒤를 모두가 따랐다. 그믐밤의 짙은 어둠이 그들을 도왔다. 전인철은 길 아래쪽 계곡으로 내려가 억새 우듬지에 몸을 숨겨 빠져나갈 생각이었다.

"숨소리도 내면 안 돼요."

전인철이 낮게 말했다.

강물이 철썩철썩 부딪기며 흘러갔다. 황어가 수면 위로 뛰어올랐다가 풍덩! 하고 떨어지는 소리가 들렸다. 길 위의 관군들이 눈치 채지 못하는 동안 강 가장자리 계곡을 빠져나가면 살 수 있었다.

해월은 전인철의 뒤를 따라 가면서 어수선한 마음을 추슬렀다. 제대로 숨을 쉴 수 없을 정도로 심장이 뛰었다. 자신의 신세가 참으로 한심했다. 동학의 법통을 이은 교주 최해월의 처지가 한심한 것이다. 꿈이라도 꾸는 것인가? 스스로에게 물어도 보았다. 자신의 열망이 낯선 계곡 검은 어둠 속에서 툭! 하고 끊어질지도 모른다는 두려움이 밀려왔다. 숨이 턱 아래까지 차올라 갑갑했다. 죽고 사는 일이 한순간 한순간 내딛는 무심한 발걸음에 달려 있는 것이다.

해월이 머리를 든 것은 암흑에 덮인 계곡이 답답했기 때문이었다. 그의 눈에 소금을 뿌린 듯 펼쳐진 별들이 보였다. 크고 작은 별들이 쉬지 않고 반짝였다. 별들은 초연했고 아름다웠으며 살아서 움직였다. 해월은 불쑥 스스로가 부끄러웠다. 생동하는 별들이 그에게서 공포를 훔쳐갔다. 겨우 마음이 진정됐다.

"동비다!"

산길에서 경계를 서던 교졸 하나가 외쳤다. 별빛에 드러난 강물 위로 검은 형체가 움직이는 것을 본 것이다. 조민구가 바라보니 검은 그림자가 별빛으로 출렁이는 강물 위를 일렁이듯 움직이고 있었다. 대여섯 명의 교졸이 칼을 빼어 들고는 강 아래 계곡으로 달려왔다.

"저놈들을 막아설 테니 피하소!"

전인철이 교졸들을 막기 위해 뒤돌아서면서 소리쳤다. 최교가 칼을 뽑아들고 전인철과 합세했다.

"어서요!"

강수가 해월의 소매를 잡아당겼다. 강수의 손에 붙들려 달음질치는 해월의 뒤를 조민구가 달라붙었다. 그는 최교와 함께 관군을 막아서는 것이 도리인 것을 잘 알면서도 해월을 포기할 수가 없었다. 여기서 해월을 놓칠 수가 없는 것이다. 헤어지면 두 번 다시는 만날 수 없을 것이라는 예감 때문이기도 했다. 수련은 조민구가 해월을 따라 달리는 것을 보고 오라버니에게 용서를 구했다. 그녀는 조민구를 놓아줄 수가 없었다. 여기서 조민구와 떨어지면 두 번 다시 만날 수 없을 것이라는 두려움 때문에 멈칫거릴 여유도 없이 그를 따라 달렸다. 조민구는 해월을, 수련은 조민구를 쫓아 강을 거슬러 올라갔다.

최교와 전인철은 계곡으로 내려온 대여섯 명의 교졸들과 마주쳤다. 어둠이 짙어 분간이 쉽진 않았지만 교졸들의 복장이 공격하기에 좋았다. 최교와 전인철은 정신을 집중해 칼을 썼다. 동작을 함부로 하지 않았고 적확한 목표가 다가올 때 칼을 휘둘렀다. 칼날이 부딪치면서 불똥이 튀었고 쨍쨍거리는 쇳소리가 어둠 속을 맴돌았다. 전인철의 무예는 동학당 중군 사령관답게 날카롭고 깊었다. 시골 관아의 교졸들은 전인철과 최교의 내공과 단련된 무예를 당해내지 못했다. 대여섯 명의 교졸들이 두 사람을 뚫지 못해 쩔쩔맸고, 그사이 칼에 상처를 입은 교졸 하나가 자갈바닥에 쓰러졌다.

계곡에서 싸움이 벌어지는 사이 산길에 있던 관군들이 두 패로 나뉘었다. 한쪽 패는 싸움이 벌어진 강 아래 계곡으로 내려와 합세했고 나머지 한 패는 강을 거슬러 서쪽으로 도주하는 해월을 가로막기 위해 산길을 따라 달려갔다.

"틀렸네."

해월이 달리던 걸음을 멈추고 낙담해서 말했다. 강가의 억새 우듬지가 좁아지더니 강물에 막혀버렸다. 비탈을 따라 올라가면 산길이지만 그곳은 벌써 교졸들이 장악하고 있었다. 전인철과 최교가 막고 있는 교졸들까지 밀고 올라오면 강물과 비탈에 막혀 오지도 가지도 못하게 될 것이다.

조민구는 혼란에 빠졌다. 해월을 살려야 하는 것인지, 붙잡아야 하는 것인지 선뜻 판단할 수가 없었다. 마음이 파도처럼 요동쳤다. 해월의 목에 칼을 들이대면 동학 수괴 최해월의 실체를 알아오라는 전하의 어명은 완수되는 것이다. 밀사 조민구는 해월 곁에 서서 두 갈래로 나누어진 마음 때문에 숨이 막혔다. 선과 악의 잣대로만 구분 지을 수 없는 양심이기도 했다. 그의 양심은 해월 쪽으로 기울었다. 그를 살려야 한다는 것이 양심의 소리였다. 동학당이 저지른 죄와 해월은 구별되어야 했다. 국법과 사회질서를 유린하고 폭력으로 관아를 습격해 부사의 목을 벤 것은 벌을 받아 마땅했다. 그러나 최해월 한 사람이 그 모든 것을 감당한다는 것은 공정하지 못했다. 희생양이 되는 것은 부당했다. 영해성 폭동은 군중심리의 발로였고, 그렇게 선동한 주모자는 동학접주 박사헌과 야심가 이길주인 것이다.

조민구는 해월의 영성과 심성이 꺼지지 않아야 한다는 확신에 사로잡혔다. 동학의 신앙이, 시천주하는 마음이 어둠에 가려 앞을 볼 수 없는 조선을 살릴 수 있는 대안일 수도 있다는 생각도 했다. 태백산간 허릿재 정상에서 느꼈던 황홀한 회심과 내적 충만과 마음속, 아니면 손길이 닿는 곳 어디에고 하늘님이 임재하고 있는 것을 체험했던 시간들이 떠올랐다. 그는 회오리바람처럼 불현듯 들이닥친 회심이 과거의 정체성을 흔들어 놓은 것도 알고 있었다. 판단이 섰고 갈 길이 정해졌다. 조민구가 해월 앞으로 나섰다.

"저를 포로로 삼으십시오."

조민구가 두 손을 내밀었다. 손목을 칡넝쿨로 칭칭 묶어달라고 했다.

"저를 인질로 잡으면 됩니다."

그가 강수의 손에 들린 칼을 빼앗아 자신의 왼쪽 팔을 베어 내렸다. 관군에 밀려 강 우듬지 쪽으로 쫓겨 온 최교와 전인철이 정황을 몰라 어리둥절했다. 수련이 핏물이 배어나오는 조민구의 팔을 붙잡고는 자신의 저고리 앞자락을 찢어내 칭칭 감았다. 피가 옷감 밖으로 배어나와 금방 흘러내렸다.

"무슨 짓이라예?"

수련이 이로 옷자락을 물어 잘게 찢은 뒤 풀어지지 않도록 묶으며 나무라듯 물었다.

"여기서 끝날 수는 없잖소!"

그의 목소리는 결연했다. 그러나 동학의 시천주를 알게 됐고, 후천개벽의 시대를 보고 싶다는 말은 차마 하지 못했다. 동학이 조선의 등불이 될 수 있다는 가능성을 보았다는 말도, 동학의 주인 최해월을 통해 마음이 한바탕 요동쳤다는 것도 털어놓을 수 없었다. 수련에게 하고 싶은 말도 있지만 그 역시 입 안을 맴돌 뿐 입술 밖으로 새어나오지는 못했다. 그 말이 혀끝을 맴돌았다.

"날 인질로 잡고 저들과 협상을 하시오. 이것 말고는 살길이 없소!"

그가 최교를 향해 다그쳤다. 강수가 칡넝쿨을 베어와 그의 손목을 묶었다.

"세작이 맞니껴?"

최교가 조민구의 멱살을 잡았다.

"도승지 김시정 대감의 수하에 있는 예문관 웅교요. 어명을 받드는 밀사를 함부로 대하지는 못할 거요. 그러니 나를 풀어주는 조건으로 이곳에서 빠져나가시오."

그는 훅훅 숨을 내뱉었다. 여기서 어영부영 머뭇대다가는 모두가 사로잡히거나 죽을 수도 있다. 해월과의 동행도 여기까지였다. 작별을 고해야 했다. 비록 사교인 동학의 실체를 파악하고 발본색원하는 의무를 저버렸지만, 해월을 만나고 그의 생각을 엿보고 영성을 느낀 것은 큰 수확이라고 위안을 했다. 그는 동학을 이해하게 된 것과 미미하게나마 마음이 들썩였던 회심에 관해서는 스스로 지켜야 할 영원한 비밀이라는 것을 알고 있었다. 이제 본래의 자리로 되돌아가야 했다. 그렇지만 이전과 달리 방황하는 내면의 갈등은 줄어들 것이라는 확신이 섰다. 그러면서도 마음 한구석은 여기가 끝이 아니기를 바랐다. 언제인가 해월과 다시 만날 수 있기를 바랐다.

"괜찮겠는가?"

해월이 그의 신변을 염려했다.

"주인에게 붙들려 인질로 끌려 다닌 것으로만 해주신다면 저의 안전은 보장될 겁니다."

"왜 날 해치지 않은 건가?"

해월은 일월산으로 자객을 보낸 자가 왕실의 밀사인 조민구일지도 모른다고 여겼다.

"한바탕 마음이 움직였습니다. 한양을 떠나올 때 답답했던 가슴이 주인을 만나고부터 하나둘 사라져버렸습니다. 하지만 나의 뿌리는 유학이고 나의 줄기는 조선에 달린 것이니, 주인의 동학을 사모한다 한들 짝사랑하는 연인의 심정일 겁니다."

조민구가 머리를 숙였다. 곁에 있던 수련이 그의 뺨을 때렸다. 그리고는 뒤돌아서서 손바닥으로 얼굴을 감쌌다.

"신분을 숨긴 건 알량한 밀사의 자격을 잊지 않았기 때문이오. 그런데도 여기까지 따라온 것은 마음이 한바탕 요동쳤기 때문이었소. 나 자신도 나에게 놀랐다오. 믿어줘서 고맙소."

그가 뒤돌아선 수련에게 털어놓았다.

"사실대로 말했더라도 믿었을 거라예."

수련의 어깨가 흔들렸다. 그녀는 언젠가는 헤어질 것이라 생각했었지만 막상 이렇게 황망한 가운데 헤어진다 생각하니 마음이 아팠다. 한 남자와의 작별 때문에 마음이 나뭇잎처럼 흔들리고, 슬픔이 강물처럼 밀려드는 것이 믿겨지지 않았다. 그렇지만 감출 수 없는, 너무나 엄연한 현실이라니! 수련은 조민구와 헤어져서는 잠시도 편히 숨 쉴 수가 없을 것 같았다. 어린아이처럼 떨어질 수 없다는 욕심이 생겨나는 것이다. 어디든 그를 따라가야 한다는 마음이 불쑥 솟구쳤다. 부끄럽기는커녕 당연한 일이었다. 조민구는 그녀의 첫 남자였다.

수련의 마음이 흔들리는 것을 눈치 챈 최교가 팔을 잡아당겨 뒤로 물렸다. 수련은 물러서지 않고 버텼다. 조민구를 따라가야 했기 때문이다. 그 길이 황천길이라 해도 함께 가고 싶은 것이다. 자신의 목숨보다도 조민구라는 한 사내가 더 소중했다. 수련의 마음을 읽은 오라버니 최교가 손아귀에 힘을 주었다. 결코 보낼 수 없는 것이 최교의 마음인 것이다. 수련은 팔을 붙잡은 오라버니의 손아귀가 얄미웠지만, 탓할 수도 없었다. 포기하지 않으면 모두가 위험했다. 욕심을 내려놓자마자 눈물이 쏟아졌다. 눈물을 감추지 못하고 소리 내 흐느꼈다.

"꼭 살아야 돼예."

수련이 그에게 할 수 있는 말은 죽지 말고 살아 있어달라는 것뿐이었다. 조민구는 최교의 손에 끌려가는 수련의 흐느낌을 애써 외면했다. 고양이의 날선 발톱에 할퀸 듯 온몸이 뜨끔거리며 떨렸다. 그가 강수를 향해 서두르라며 화를 냈다. 강수가 관군을 향해 소리쳤다.

"인질을 잡고 있다! 지휘관이 누구냐!"

해월 일행을 둘러싼 교졸들 속에서 키가 크고 털이 수북한 수교가 나왔다. 횃불이 일렁였다. 강수가 조민구의 목에 칼을 들이댔다.
전인철이 강수에게 귓속말을 했다.

"우릴 모두 잡으려는 수작일지도 몰라요."

전인철은 조민구가 꾀를 부리는 것일지도 모른다고 의심했다.

강수가 수교를 향해 목청을 더 높였다.

"이자의 목을 벨 것이다!"

수교가 횃불을 들어 조민구의 얼굴을 비추었다. 팔에서 피가 흐르고 있고 손목은 묶여있다. 얼굴이 반듯한 것이 예사롭지 않아 보였다.

"뉘시오?"

수교가 퉁명스레 물었다.

"어명을 받잡고 내려온 밀사니라. 도승지 김시정 대감의 수하에 있는 예문관 응교 조민구다. 영해난을 막으려다가 이놈들에게 포로가 되고 말았다."

수교와 주변의 교졸들이 웅성거리며 동요했다. 강수는 조민구의 목에 칼을 댄 채 일행을 보내줄 것을 요구했다. 그러면 조정의 밀사를 풀어주겠다는 조건을 전했다. 수교는 고민하는 표정을 지었다. 강수의 말을 믿지 못하겠다는 듯 횃불에 일렁이는 조민구의 얼굴을 자꾸만 살폈다. 앞쪽을 막아서고 있는 교졸들이 한꺼번에 달려들면 일행은 꼼짝없이 포위를 당하고 말 것이다. 교졸 가운데 하나가 수교에게 다가와 뭐라고 수군거렸다.

그 순간 전인철이 불쑥 앞으로 달려 나가 교졸들 사이를 뚫고 들어가 손에 들린 칼로 수교의 어깨를 찔렀다. 강수는 예기치 못한 전인철의 행동에 당황한 나머지 조민구의 등짝을 발로 걷어찼다. 수교는 칼에 찔려 그 자리에 쓰러졌고 발에 차인 조민구는 교졸들 앞으로 고꾸라진 채 데굴데굴 굴러갔다.

"도망치소!"

전인철이 외쳤다. 그는 수교가 인질로 잡혀 있는 조민구를 받아들이지 않을 것이라는 예감에 선수를 쳤다. 교졸들이 일제히 칼과 창을 들고 몰려왔다. 전인철이 그들과 맞붙어 칼을 휘둘렀다. 최교가 가세했다.

해월은 검은 강을 흘끗 바라보았다. 살길은 소용돌이치는 깊은 강뿐이었다. 강수가 고개를 끄덕였다. 두 사람은 동시에 별빛이 출렁대는 강 속으로 뛰어들었다. 첨벙! 하는 물소리가 짧지만 강렬하게 울렸다가 이내 잠잠해졌다. 오월 초순이라지만 산악지대를 흘러내리는 새벽 강물은 얼음처럼 차가웠다. 해월은 쉬지 않고 헤엄을 쳤다. 강을 건너야 살 수 있었다.

전인철과 최교 그리고 수련은 해월이 강을 무사히 건너갈 수 있도록 교졸들을 막아 시간을 끌었다. 조민구는 교졸들의 부축을 받으며 관군 진영으로 들어가 몸을 사린 채 칼날이 불꽃을 튀기는 것과 날카로운 쇳소리를 들었다. 그 와중에 강물로 뛰어든 해월을 살폈다. 짙은 어둠 속에 잠긴 강물은 아무것도 알아 볼 수가 없었다. 물살이 빠른 강을 따라 출렁이는 별빛이 희미하게 드러나 있을 뿐이었다.

교졸의 공격으로 강둑 벼랑까지 밀려난 전인철과 최교, 수련도 이내 강물에 몸을 던졌다. 교졸들이 횃불을 들고 달려와 강을 비추었다. 세 사람은 물속으로 깊이 들어간 뒤 오랫동안 잠영을 했다. 숨이 막혀 심장이 터져버릴 지경이 되어서야 수면 위로 올라와 비명처럼 숨을 들이켰다. 둘러보니 유속이 빠른 강물 한복판까지 밀려와 떠내려가고 있었다. 강 건너편에 어지럽게 움직이는 횃불이 보였지만 거리가 멀어서 교졸들을 분간할 수는 없었다.

수련은 차가운 강물을 헤엄치는 동안 온몸이 깨질 듯 아팠다. 앞서 강물로 뛰어든 해월과 강수를 찾았으나 어느 쪽으로 간 것인지 보이지 않았다. 수련은 오라버니와 함께 이곳 지리에 밝은 전인철을 따라 해월의 뒤를 쫓기로 했다. 강을 건넌 그들은 물에 젖은 옷을 짤 틈도 없이 서북쪽 산속으로 서둘러 몸을 숨겼다.

조민구는 왼쪽 팔에 입은 상처가 콕콕 쑤시는 것을 참았다. 전인철의 칼에 부상을 입은 수교가 부하를 시켜 조민구를 보호하도록 했다. 교졸들이 강물로 뛰어든 해월을 추격하기 위해 전열을 정비하는 것을 보고 조민구가 수교에게 정황을 설명했다.

"역공을 당할 수도 있으니 날이 밝을 때까지 기다리도록 하게. 무장한 동비들이 사방에 깔려 있네."

조정의 밀사인 조민구의 말에 토를 다는 교졸은 없었다. 동비들에게 포로가 된 몸이다 보니 그들의 내부 정황을 정확히 알고 있기 때문이라는 점도 작용했다.

교졸 하나가 말을 끌고 왔다. 조민구는 말에 올라타 춘양 관아로 향했다. 관아에 도착했을 때는 축시丑時였다. 몹시 피곤하고 졸려 눈이 감겼다. 그는 관아 사또가 마련해준 방에서 칼에 베인 상처를 치료받았다. 그리고 이내 정신을 잃고 골아 떨어졌다. 꿈속에서 해월이 소백산 숲길을 헤매는 것을 보았다. 수련이 강물에 빠져 허우적거리는 것과 오돌오돌 떨면서 산길을 걸어가는 뒷모습도 보았다. 몹시 고되고 심난한 새벽잠을 잤다.

5

조민구는 이튿날 오전 춘양 관아를 출발해 안동으로 향했다. 오월의 햇빛은 영롱했고 바람은 부드러웠다. 그사이 불쑥 자란 보리가 은빛수염을 내밀고 있었다. 감자밭에서 김을 매던 농부가 먼지를 일으키며 지나가는 관군 행렬을 흘끔흘끔 경계하며 바라보았다. 가마를 탄 그는 칼에 베인 팔이 쑤실 때마다 해월 생각을 했다. 강물 속으로 뛰어든 그의 행적이 궁금했다. 그가 무사하기를 빌다가 머리를 흔들었다. 머릿속에서 그를 지워야 했다. 반년 동안의 역정은 추억조차도 남아 있지 않아야 했다. 물로 씻어내듯 흔적을 없애야 했다. 행복했건 불행했건, 겨울과 봄을 지나온 반년은 그에게 존재하지 않은 시간이어야 했다. 멀쩡하게 살아있는 기억을 떨치려 하니 목이 마르고 멀미까지 일어나 구역질이 났다.

태백산간에서는 제법 큰 고을인 춘양에서 안동에 이르는 여정은 멀고 지루했다. 도중에 주막에 들러 시원한 물로 목을 축이고 국밥으로 주린 배를 채울 때, 잊어야 한다고 다짐했던 해월이 또다시 불현듯 떠올랐다. 배를 곯으며 도망치고 있을 해월이 입맛을 사라지게 했다. 조민구는 이것이 마지막이라는 다짐을 하면서 해월 생각에 잠겼다.

그는 아무리 생각해 보아도 동학의 주인답지 않은 인물이었다. 출신이 순박하고 유순한 농사꾼이기도 하겠지만 그에게는 강력한 지도력이 없었다. 도인이 잘못 판단을 하면 알아듣도록 타일렀고, 그래도 말을 듣지 않으면 꾸짖기보다 조용히 골방으로 들어가 기도를 했다. 조정이 겁을 내는 동비의 수괴라고는 믿겨지지 않을 만큼 순박했다. 그러나 심지心志가 곧아 도인들 말에 흔들리는 법이 없었다. 그의 양심이 상처를 입은 것은 영해접주 박사헌과 선동가 이길주 때문이었다. 거사가 실패로 끝나자 그에 따른 책임 역시 고스란히 해월에게 돌려졌지만 그는 자기 입으로 단 한마디의 불평도 하지 않았다. 어눌해서 답답할 때도 많았고 바보처럼 보일 때도 있었다. 그런데도 해월에게 마음이 끌린 것은 무엇 때문인가? 그에게 홀려 사선을 넘나들면서도 행복했던 이유가 무엇 때문인가?

조민구는 냉정을 잃지 않았다. 동학당의 수괴 최해월의 실체를 파헤치라는 어명을 받잡고 있는 임금의 신하이면서도, 해월의 동학에 가슴이 떨려 사물을 바라보는 시선이 뒤바뀐 것을 어떻게 정리해야 좋을지 답답했다. 눈이 뜨거워져 자꾸만 눈을 감았다 떴다. 부랑둥이 같았던 반년 동안 신경이 예민해진데다가 지친 몸이 형편없었다. 고달픈 심신을 달래보려고 봄빛이 완연한 들판과 먼 산을 오래오래 바라보았다.

안동이 가까워지자 해월의 얼굴은 점점 희미해졌다. 대신 도승지 김시정 대감의 얼굴이 또렷하게 떠올랐다. 안동이라는 현실 속으로 들어오자 지난 반년이 몽환같이 느껴졌다. 영해부의 차가운 해풍과 거친 사투리, 투박하고 가난하지만 선량했던 사람들의 얼굴이 스쳐 갔다. 광기와 칼부림, 살인과 비참과 회의 속에서 도주하던 행렬이 안개처럼 홀연히 나타났다 사라졌다.

그는 서서히 이성을 되찾았다. 현실이 눈에 들어오기 시작했다. 이제 살길을 찾아야 한다. 안동 관아가 다가올수록 예문관 4품 관료의 의무와 위엄을 되찾았다. 어명을 받잡는 밀사의 당당함을 갖추었다. 그는 태백산간 허릿재에 올랐을 때 자신의 가슴을 무지개처럼 비추던 회심의 경이로운 체험은 영원한 비밀로 감추리라 맹세했다.

안동진영에 도착했을 때 부사 박제관이 직접 나와 맞이했다.

"고생이 이만저만 아닙니다."

그가 염려스러운 듯 말했다. 조민구는 칼에 베인 왼쪽 팔의 상처를 붙든 채 씁쓸한 미소를 지었다. 동비들 손에 잡혀 죽을 고비를 아슬아슬하게 넘긴 밀사의 안도감 같은 것을 보여주고 싶었다.

"부끄럽소이다."

조민구가 짧게 대꾸했다. 그리고는 동헌 외아로 들어가자마자 곧장 지필묵을 부탁했다. 도승지 앞으로 서둘러 서계를 보내야 했다. 너무 늦은 보고였지만, 저간의 사정을 설명하고 동비 내부의 상세한 정황을 알리면 조정에서 큰 수확으로 여길 것이다. 무엇보다도 동학당의 수괴 최해월에 대한 구체적인 신변과 집단의 행태, 사교의 정체성을 적으면 도승지 대감은 흐뭇해할 것이다. 그는 자신이 동비들 손에 포로로 잡혀 개처럼 끌려 다니다가 극적으로 탈출한 사실만으로도 대감의 신뢰를 살 것이라고 확신했다. 그런 발상이 간사하기 짝이 없어 낯이 뜨거워졌지만 이대로 죽고 싶지 않았다. 살아서 한양으로 올라가 계절이 두 번 바뀌는 반년 동안 겪었던 파란만장했던 현장을 냉철하게 분석하고 정리해야 했다.

그는 해월의 조용한 열망과 이길주의 격한 야망이, 궁핍해서 희망마저 사라진 백성들에게 등불로 자리하게 된 배경을 차분하게 분석하고 싶었다. 초라하다 못해 쓸쓸해서 목숨을 부지하기도 힘든 변방의 풍경을, 책상 앞에 거울처럼 세워놓고 시시때때로 반성하고 싶다는 알량스러운 꿈도 꾸었다. 지금까지와는 다른 새로운 삶을 시작하고 싶다는 소망이 꿈틀거렸다.

그러나 이런 생각이 얼마나 이율배반적인 것인지, 자괴감에 빠져들었지만 그렇다고 자결할 용기도 없으니, 수치스럽더라도 살아서 반성하는 일상으로 빚을 갚겠다는 각오를 했다. 이 모든 것이 변명처럼 들릴지라도 조민구에게는 선택의 여지가 없었다. 지금은 예문관의 4품 관료, 어명을 받잡는 밀사의 임무에 충실할 수밖에.

붓을 든 손이 떨렸다. 칼에 베여 상처가 난 왼팔 때문에 한지를 잡아 평평하게 펴지 못하는 것이 불편했다. 그는 어느새 동비의 실체를 낱낱이 고하는 충직한 왕실의 밀사로 변신해 보고, 듣고, 맡았던……, 퀴퀴하게 썩는 고약한 냄새까지도 노골적으로 썼다. 비루하기 짝이 없고, 무식하고, 어리석고, 맹목적이며, 겁이 없고, 죽음도 두려워하지 않는 사악한 무리들이라는 표현까지 서슴지 않았다. 조민구는 자신의 가슴이 얼음처럼 차갑게 식는 것을 느꼈다. 어느새 해월은 사라져버렸다.

신 조민구 예를 갖추지 못하고 서찰을 올립니다.

정월에 경주부로 내려온 신 조민구는 동비의 소굴을 찾아냈습니다. 즉시 동비에 미혹된 자처럼 위장해 잠입했사옵니다. 동비들은 주문을 외며 주자의 나라 조선을 비하하고 저주했습니다. 세상이 곧 개벽한다며 혹세무민했습니다. 경주는 물론 인근의 영천, 대구, 달성, 성주, 안동, 선산, 울산 등 영남 일대와 강원, 충청, 호남에서까지 유랑민들이 찾아들었습니다.

신이 동비의 소굴에 들어갔을 때는 공교롭게도 영해부의 도인들이 영해부성을 무력으로 접거하려는 엄청난 음모가 꾸며지고 있었습니다. 이길주라는 자가 최수운의 뒤를 이어 동비의 수괴노릇을 하던 최해월을 설득해 4월 29일 영해성을 치기로 결의하고 세를 규합했습니다. 각지의 동비들이 영해부로 집결하기 시작했습니다. 신은 저들의 흉계를 눈치 채고 급박한 정황을 속히 보고하고자 서계를 만들었습니다. 야음을 틈타 동비의 소굴을 빠져나와 영해성으로 달려갔습니다. 부사 이정은 벌써 침소에 든 뒤였고 때마침 퇴청을 하지 않고 있던 이방 신택순을 만났습니다. 신은 동비들의 동향을 전한 뒤 당장 안동진영에 긴박한 정황을 보고할 것을 일렀습니다. 그리고 즉시 파발꾼을 띄워 도승지 대감 앞으로 서계를 전달하라고 지시했습니다.

영해성을 돌아 나와 동비의 소굴에 도착해 잠에 들었는데, 새벽녘 동비들이 들이닥쳐 신 조민구를 포박하고 광에 가두었습니다. 영해부이방 신택순은 교활한 자로 동비들과 내통해온 내부의 적이었습니다. 신은 영락없이 동비의 볼모가 되고 말았습니다. 부끄럽기 황송할 뿐이옵니다. 어명을 받드는 신하가 이리도 철두철미하지 못하여 저들의 손에 정체가 탄로가 났으니 살아도 산목숨이 아니옵니다.

조민구는 숨을 길게 내뱉었다. 붓을 든 손이 떨렸다. 손만 떨리는 것이 아니라 가슴도 떨렸다. 그는 살고 싶다는 생각을 떨쳐내지 못했다. 그것은 구차하게 목숨이 끊기는 것이 두려워서가 아니었다. 격동하는 정세와 혼란스러운 백성들의 민심을 조선의 왕실이 어떻게 대처하고 극복하는지를 보고 싶다는 당돌함이었다. 새로운 서양의 문물과 서학과 동학이라는 이름의 낯선 종교가 조선을 어떻게 움직이는지도 보고 싶었다. 언제, 얼마나 큰 폭풍이 밀려올지 궁금했다. 폭풍 속으로 휩쓸려 가는 주자의 나라 조선과 함께 따라 들어가 낱낱이 지켜보고 싶다는 자만인지도 몰랐다. 같이 침몰하자는 선비의 낭만적인 기개이기도 했다. 호흡을 다시 가다듬었다. 붓을 쥔 손을 다시 드니 가벼이 떨렸다.

신은 송구스럽기 짝이 없게도 동비들의 포로가 돼 졸지에 목숨이 경각에 달리고 말았습니다. 전하께 신의 목을 몇 번이라도 베어서 죄의 값을 치러야만 하는 불초 죄인이 되고 말았습니다. 신의 불찰로 영해성은 졸지에 동비들 손에 함락되고 말았습니다. 부사 이정은 고하옵기 황송하옵게도 저들의 더러운 손에 장렬하게 순직하였습니다.

저들은 영해성을 떠나면서도 소인을 죽이지 않아 영영 볼모의 신세가 되고 말았습니다. 저들은 신을 인질로 해서 위험에 처했을 때 벗어날 궁리를 한 것이옵니다. 불초한 죄인을 벌하옵소서. 동비들은 간악무도하기 짝이 없어, 관군에 쫓기는 동안 민가를 습격해 양식을 탈취하고 가축을 마구 잡아먹었습니다. 관군을 사로잡으면 그 자리에서 죽창으로 찔러 죽였습니다. 특히 주모자 가운데 하나인 이길주란 자는 포악하고 선동에 능한 자였습니다. 도인들은 그자의 주장에 현혹돼 무모할 만큼 순종했습니다. 다행히도 이길주는 도주하던 중에 일월산 너머 갈산에서 관군이 쏜 총에 늑골을 맞아 즉사했사옵니다.

도승지 대감께서 분부하신 동학 수괴 최해월에 대해 아뢰옵니다. 그자는 섣불리 나서지 않으면서도 동비들의 마음을 사로잡는 묘한 심령을 지닌 자였습니다. 구레나룻이 무성하고 눈이 깊이 들어간 얼굴에 항시 홍조를 띠고 있었습니다. 눈빛은 뱀처럼 빛났고 목소리는 호랑이처럼 카랑카랑해서 먼 곳에 서서도 그자의 말을 또렷이 들을 수 있었습니다. 최해월은 동비들이 영해성을 공격할 때도 대오에 합류하지 않고 물러서 지켜만 보았습니다. 동비들은 수괴 최해월을 죽은 최수운처럼 믿고 따랐습니다. 최해월은 동학의 우두머리가 된 지 불과 7년 만에 확고하게 자리하고 있었사옵니다. 동비들은 최해월을 보호하기 위해 영해성을 공격하던 날 영양 일월산으로 피신시켰습니다.

불초 신하 조민구는 사교의 무리인 동비들이 혹세무민해 조선의 백성들을 유혹하고 호도하는 것을 낱낱이 목격했사옵니다. 최해월은 하늘이 곧 사람이라고 하여 천지와 부모와 여자와 어린아이가 모두 평등한 대접을 받는 세상을 가르쳤습니다. 놀라운 것은, 누구나 자기 안에 하늘을 모시고 있다는 사실을 깨달아 알면 근심과 걱정이 사라지고 마음에 평화가 임해 삶과 죽음의 경계가 사라진다고 했습니다. 몽매한 백성들은 해월의 설법을 듣고는 불길 속으로 날아드는 나방처럼 다가오는 것이었습니다. 신은 저들의 맹신을 지켜보면서 심히 두려워 벌벌 떨어야 했사옵니다. 유학의 나라 조선이 한낱 변방의 사악한 무리들로 인해 좀먹어가는 현실을 직접 목격했기 때문이옵니다. 주자의 나라 조선이 어떻게 이런 맹점이 생겨나도록 방치해 둔 것인지, 아니면 허약해진 것인지, 불초 신하 심히 어지러워 앉은 자리에서 일어서지를 못했사옵니다.

수괴 최해월은 신을 볼모로 삼아 도주했사옵니다만, 그자가 도망쳤다는 사실보다 그자의 뒤를 쫓을 선량한 백성들의 무모한 신앙이 두렵기 짝이 없사옵니다. 저들에게 붙들려 지내는 동안 불면으로 밤을 새웠습니다. 앞날이 막막해 몹시 슬펐습니다. 조선의 미래와 주상 전하의 안위와 조정의 권위와 조선의 정신적 지주인 유학의 현실이 교차해 밤새 악몽을 꾸며 고통스러웠습니다.

신 조민구 한양에 도착하는 대로 자초지종을 아뢰올 것이옵니다. 동비의 수괴 최해월의 면면도 상세히 보고 드리겠사옵니다. 낯선 타향의 관아에 머물려니 매우 울적하고 울적합니다. 대감께 마음이 쓰입니다. 부디 불초신하의 죄를 엄히 다스려주시옵기를 머리 조아려 아룁니다.

5월 10일 안동진영 신 조민구 배수拜手

온몸이 땀에 젖었다. 신열이 들어 얼굴이 후끈 달아올랐다. 조민구는 붓을 내려놓고 검은 글씨가 마르기를 잠시 기다렸다. 눈을 감자 산길을 걸어가는 농사꾼 해월의 얼굴이 떠올랐다. 돌부리에 차이고 가시에 찔린 발에서 흘러내린 피가 흙바닥에 찍히는 것이 보였다. 해월 귀신에 홀린 것인지도 모른다는 생각에 소름이 끼쳤다. 핏자국 뒤로 도승지 김시정 대감의 노회한 얼굴이 불쑥 튀어나왔다. 머리를 흔들었다. 조민구는 봇짐을 둘러맨 해월의 뒤를 따라가려는 마음을 붙드느라 땀을 뻘뻘 흘렸다. 행여 누군가가 자신의 속마음을 들여다 볼까봐 깜짝 놀랐다.

그는 먹글씨가 마르자 편지를 접어 봉투에 넣고는 관아의 수교를 불렀다.

"파발꾼을 즉시 한양으로 보내게. 반드시 도승지 김시정 대감을 찾아, 대감 손에 직접 전달해야 하네."

서계를 건네는 그의 몸이 휘청하고 흔들렸다. 무릎에서 기운이 빠져나가면서 풀썩 주저앉으려는데 수교가 달려와 그의 팔을 부축했다.

질경이 꽃

1

파란 하늘이 눈부셨다. 알락할미새 한 쌍이 정원의 연못을 들락거리며 목욕을 하느라 분주했다. 검은 머리와 흰 날개 그리고 잿빛 깃털을 털어내며 지저귀는 소리가 관아 마당을 요란스레 울렸다. 관아 밖의 들판은 흰 감자꽃이 한창이고 둥근 파꽃이 흐드러졌다. 보리밭에서는 진녹색의 이파리들이 쉬지 않고 흔들렸는데, 그 풍경이 난바다처럼 멀고 아득해 보였다.

박사헌은 어두운 옥사에서 나와 하늘을 보았다. 하늘을 보았던 기억이 아득했다. 눈이 따가웠고 하늘은 온통 검게 보였다. 저도 몰래 눈물이 뚝뚝 떨어졌다. 그 눈물을 닦지도 못했다. 지금 이 순간이 이승에서의 마지막이라는 직감이 스쳐가면서 이마가 싸늘해졌다. 눈을 감은 채 한참을 서 있다가 살며시 뜨니, 늦봄의 화창한 햇볕과 몽우리가 막 피어나는 작약 꽃과 물에 젖은 깃털을 털어내며 노래하는 알락할미새가 꿈결처럼 보였다. 박사헌은 화창한 봄날을 넋이 빠진 듯 멍청히 바라보았다. 이게 꿈인지 생시인지……. 믿겨지지가 않았다.

안핵사 박제관에게는 지난 한 달이 일 년만큼 길었다. 안동진영의 옥사는 붙잡혀온 동비들로 넘쳐났다. 그는 이들을 심문하느라 지쳤다. 동비들이 작당해 일으킨 영해성 민란의 명사관明査官(재판관)은 상주 목사 금나령과 의성 부사 김영진, 지례 현감 정민화가 맡았다.

세 명의 명사관은 붙들려온 동비들을 보름 가까이 심문하면서 고문과 회유를 병행했다. 박제관이 직접 심문한 도인만 백여 명에 이르렀다. 그들은 심문한 조서를 놓고 마지막 판결문을 만들었다. 열아홉 명에게 효수형을 내렸고 스물여섯 명을 외딴섬으로 귀양 가도록 했다. 형을 내리기도 전에 고문을 받다가 죽은 물고자가 여섯 명, 고문이 두려워 자진한 이가 네 명, 이질로 옥에서 급사한 이가 두 명이나 됐다.

안핵사 박제관은 이틀 전, 옥사의 참봉을 시켜 동헌 서쪽의 인적이 뜸한 들판에 참수할 형틀을 세우도록 지시했다. 조정의 형조와 의금부에서 보낸 파발이 도착하던 날이기도 했다. 조정에서는 명사관이 심문한 조서 내용과 최종 심리 후 내려진 판결문대로 현지에서 신속하게 형을 집행하라는 교서를 보내왔다.

소문을 듣고 몰려온 유생들과 저잣거리 상인과 농사꾼과 노인과 아녀자들이 멀찌감치 떨어져 망나니의 칼에 곧 머리가 떨어져 나갈 동비들을 지켜보았다.

박사헌은 형틀을 보는 순간 숨이 막혔다. 얼굴이 붉은 두 명의 살수殺手가 탁주를 벌컥벌컥 들이켜고 있었다. 두 놈 가운데 누가 될지는 모르겠지만, 자신의 목을 칠 것이라 생각하니 서러워서 절로 눈물이 흘러내렸다. 돌아보니 영해장터에서 옹기점을 하던 박기준이 보였다. 참모 이군협은 얼굴이 퉁퉁 부어 제대로 알아볼 수가 없을 정도였다. 차례차례 목이 잘릴 것이라 생각하니 비통했다.

힘센 옥졸들이 달라붙어 그의 발목을 묶은 뒤 곧장 손을 뒤로 돌려 옴짝달싹 못하게 했다. 그런 뒤 통나무를 들 듯 그의 몸뚱어리를 불끈 들어 땅으로 기울어져 있는 형틀 쪽에 머리가 향하도록 엎어놓았다. 이번에는 밧줄로 형틀과 몸을 둘둘 말 듯 하나로 묶은 뒤 이리저리 흔들었다. 망나니가 칼을 내리칠 때, 행여 몸을 비틀기라도할까봐 꼼꼼하게 살폈다.

박사헌은 형틀에 엎드려 거친 땅에 피어난 질경이 꽃을 보았다. 길가에서 늘 보아오던 질경이다. 발에 밟혀 꺾이고 찢어지고 떨어져 흙에 박혀도 꿋꿋하게 자라나는 질경이를 새삼스럽게 코앞에서 바짝 들여다보기는 처음이었다. 그는 짙은 초록 이파리와 다를 것이 없는 질경이 꽃이 곱기만 했다. 거친 이파리 사이를 곧게 비집고 올라온 꽃은 꽃이라기보다는 송곳처럼 못났다. 꽃대에 붙은 푸른 꽃술은 벌과 나비의 관심도 끌지 못할 만큼 질박한 것이었지만, 가까이 보니 예쁘기가 제비꽃보다 더했다. 그는 촘촘하게 피어난 질경이 꽃밭을 바라보다가 눈을 감았다. 못난 질경이 꽃이 이렇게 어여쁠 수가! 눈길도 못 끌고, 향기도 모자라고, 사람과 소와 달구지 바퀴에 밟히고, 닭 부리에 쪼여도 다시 일어서는 질경이 꽃이 기특했다.

그는 질경이 꽃을 바라보다 느닷없이 치밀어 오르는 분노 때문에 눈을 감았다. 분한 마음에 얼굴이 화끈거렸다. 이대로 죽는다는 것이 억울했다. 너무 분해서 울화가 치밀었다. 저도 몰래 욱! 하고 신음 같은 소리를 질렀다. 발을 헛디디지만 않았더라면……. 한순간의 실수로 교졸의 포로가 된 자신에게 화가 났다. 자신과 달리 용케 도망간 해월과 이길주 생각을 할 때마다 불같은 질투가 솟구쳤다. 해월을 뛰어넘지 못한 채 생을 마감하게 됐다는 것이 비참했다. 이가 갈렸다. 새로운 동학의 성지를 만들고 스스로 주인이 되고자 했던 꿈이 떨어지는 꽃잎처럼 허망하게 사라지는 것이 억울했다.

그러다가 질경이 꽃을 마주 바라보면 다시 평정을 찾았다. 많은 상념들이 바람에 흔들리는 나뭇잎처럼 머리를 가득 메웠다. 야망과 절망, 사랑과 증오, 연민과 질투 따위가 뒤죽박죽 마음을 뒤흔들었다. 그는 결국 자신이 패배자라는 사실을 인정하고 나서야 억울한 심정이 가라앉았다.

망나니의 칼이 목을 치겠지. 그는 벌써 머리가 떨어져 나가야 했다고 여겼다. 그런데도 아직 목이 멀쩡했다. 시간이 멈춘 듯했다. 문득 해월에게 용서를 빌어야 할 시간이 주어진 것일지도 모른다는 생각을 했다. 용서를 빌 시간이 얼마 남지 않은 것이다. 하늘님에게 입힌 상처를 치유해주어야 할 시간이 곧 끝나간다는 것을 일깨우는 것인가?

그는 머리를 흔들었다. 자기의 사욕이 동학을 위기로 몰아가고,

숱한 생명을 죽게 만들어 놓은 일이 두려운 것이 아니었다. 자신의 야망이 실패로 끝난 것이 원통했다. 뜻대로 이루어졌더라면 동학의 위기도, 뭇 생명을 죽음으로 몰아가는 일도 일어나지 않았을 것이라는 아집에서 아직 깨어나지 못했다. 오히려 분통해서 용서라는 양심의 소리가 끼어들지 못하는 것이다.

이대로 끝이라니! 박사헌은 미련을 버리지 못했다. 용서라는 말은 혀끝을 맴돌 뿐 밖으로 나오지 않았다. 해월에게 용서를 구하기에 앞서 자신에게 닥친 모진 운명이 서럽기만 했다. 실패한 야망과 해월에 대한 질투를 털어내지 못하다 보니 용서를 구할 양심이 가슴 속에서 피어나지 못하는 것이다.

옥졸 하나가 다가와 머리통이 움직이지 못하도록 뒤통수를 천으로 감싸 이마를 마주대고 있는 형틀에 꽉 조여 맸다. 쉬익! 하는 소리가 허공을 갈랐다. 망나니가 목을 치기 전, 살풀이를 위해 칼을 휘두르는 소리였다. 그는 칼날이 허공을 베는 끔찍스러운 소리를 들으면서도 용서라는 말을 하지 못했다. 용서의 마음이 나비의 날갯짓만큼이라도 가벼이 일어났으면 좋으련만, 그는 그러지 못하는 돌처럼 굳은 자신의 마음 때문에 눈물을 쏟았다. 자기에 대한 연민이 너무나 크고, 질투가 칡뿌리처럼 질겨서, 용서할 여유가 없는 것이다.

망나니의 칼이 햇빛에 반사돼 사방에 하얀 빛을 뿌렸다. 순간 시간이 멎은 듯 고요했다. 빛 속으로 붉은 핏방울이 물보라처럼 날아올랐다.

안핵사 박제관이 이맛살을 찡그리며 고개를 돌렸다. 형틀 앞으로 툭 떨어진 머리통이 데굴데굴 구르다 멈췄다. 머리가 굴러간 자리마다 질경이 꽃이 붉게 물들었다.

2

조민구는 안핵사 박제관이 동비들의 심문을 모두 끝낸 뒤 몸져누웠다는 소식을 듣고 찾아갔다. 박제관은 침상에 누워 너덜너덜 거리는 판결문을 손에 들고 있다가 일어났다. 안색이 검고 볼이 홀쭉했다. 과로한데다가 속까지 태운 탓인지 몰골이 말이 아니었다. 그가 판결문을 조민구 앞으로 내밀었다. 흘려 쓴 붓글씨가 조릿대 잎처럼 삐죽삐죽한 것이 날카롭고 신경질적으로 보였다.

조민구는 기록된 동비들의 성명과 죄목과 판결 내용을 차근차근 읽어 내렸다. 눈에 띄는 이름이 나올 때마다 심장이 쿵쿵거렸다.

—박사헌(영해접주. 동비 주동자) 효수. —이길주(동비 주동자) 교전 중 피살. —남두병(울진인. 동비 부사령) 물고. —신택순(영해 이방. 동비 내통자) 물고. —이언(영해 방물장수 동비) 교전 중 피살. —박기준(동비 세작. 영해장터 옹기집) 효수. —박영각(박사헌의 아우) 효수. —박영수(박사헌의 아우) 효수. —이군협(동비 참모) 효수. —황억대(영양 동비 심마니) 효수. —나희룡(영해 병교) 효수. —권두석(영해인. 영해접주 박사헌의 사위) 효수. —강문(영덕인. 동비 수뇌부 강수의 동생) 교전 중 피살. —김귀철

(울진 역인[驛人]) 물고. ─권석중(영해인) 효수. ─권영화(영해인) 효수.
─김일언(밀양 평민) 효수. ─김창복(경주인) 효수. ─김천석(안동인) 효
수. ─남기환(울진 유생) 효수. ─박종필(울진 북면) 교전 중 피살. ─박
동혁(경주 유생) 교전 중 피살. ─박춘집(충청도 보은인) 효수. ─신화범
(영해인) 효수. ─이기섭(경주인) 교전 중 피살. ─이기수(경주 이기섭의 아
우) 효수. ─전성문(강원도 평해인. 동비) 효수. ─정창학(진보 유생) 효수.
─하만석(전라도 남원 상인) 물고. ─박응춘(영해 유생) 절도정배. ─서군
직(울산접주) 절도정배. ─신현거(영해 호장) 진술 후 석방. ─전영규(강
원도 평해 역인) 음독 자진. ─전재옥(강원도 평해 역인. 동비 중군 전인철의 당
질) 절도정배.

　조민구는 더는 읽지 못했다. 머리가 빙그르르 돌면서 어지러워 눈
을 감았다. 판결문에서 비릿한 피비린내가 올라와 헛구역질이 났고
눈이 따가웠다. 그는 자기의 눈동자를 거미줄처럼 싸고 있을 빨간
실핏줄을 떠올렸다.
　박제관이 판결문 맨 앞장에 적힌 서명과 붉은 관인을 유심히 바라
보았다. 그리고는 현기증 때문인 듯 침상 위로 다시 비스듬히 누웠
다. 부인이 쟁반 위에 갈근탕이 든 사발을 들고 왔다. 그는 갈근탕을
마시고 난 뒤 두 차례 기침을 뱉고 나서, 숨을 깊이 들이마셨다가 다
시 천천히 내쉬었다. 그는 자신의 판결로 목이 날아간 동비들의 산
발한 머리카락과 핏자국과 퉁퉁 부은 얼굴과 으깨지고 탈골된 팔과
찢어진 입술이 눈앞에 어른거리기라도 하는지 자꾸만 헛손짓을 하

며 신음했다. 그러다가 정신이 돌아온 듯 갑자기 눈을 번쩍 뜨더니 조민구를 향해 흥! 하고 코웃음을 쳤다. 조민구는 박제관이 열과 지독한 몸살 때문에 정신이 혼미한 것이라고 여겼다. 그가 오락가락하는 판단력을 잃지 않으려고 애쓰는 것을 알아볼 수 있었다. 박제관이 조민구를 향해 하소연하듯 털어놓았다.

"전하께서 관심이 많다하셨습니까? 동학당의 수괴 최해월 말이요. 명줄이 고래심줄만큼이나 질긴 놈입니다."

박제관이 약간 흥분한 말투로 입을 열었다.

"영해접주는 이미 머리통이 떨어져 불귀의 객이 되었소만……, 그자가 괴물이었소. 영해난을 주동한 핵심인물이기도 하고 최해월이나 이길주나 모두 그자의 간계에 놀아났소. 박사헌은 성을 점거하면 이용 가치가 사라진 이길주를 죽이려 했소. 더 놀랄 일은 그자가 동학당의 수괴인 최해월까지도 죽이려 했소. 그러니 이번 폭동의 핵심은 박사헌 그자가 동학당의 주인 자리를 넘보고 벌인 치졸한 음모였다는 겁니다."

"박사헌이 왜요?"

조민구는 그가 이번 거사를 통해 동학당의 주인 자리를 노렸다는 것이 믿어지지 않았다.

"자신이야말로 진성 동학당의 뿌리라는 건데, 그자의 표현대로라면 '해월은 근본도 없고 배우지도 못한 상놈'이라는 겁니다. 그자가 그리 말하더군요. 그러니까 무식한 촌놈이 얼떨결에 동학당의 교주가 됐다, 그렇게 지껄이더군요. 질투에 사로잡혀, 머리가 살짝 돌아버린 것 같았습니다. 망나니 칼이 휙휙 허공을 가르는데도 해월에 대해 분한 마음을 풀지 못하는 표정이 역력해서, 보기에 한심도 하고 안타깝기도 하고 불쌍하기도 하고 그랬습니다. 사람이 어찌 그럴 수 있는 겁니까? 명예가 뭔지, 권력이 뭔지, 동비 나부랭이들조차도 그 모양이니……, 우리 같은 관료들은 말해 무엇 하겠습니까."

박제관이 실실 웃고 나더니 계속 말을 이었다.

"살아남지 못할 것이라는 사실을 알자 비밀을 술술 털어놓습디다. 억울하고 답답한 심사를 누군가가 들어주기를 바라는 심정 같은 거였습니다. 패배자라는 절망감이 어쩌나 쓸쓸해 보이던지. 야망이란 것이 참말로……, 자기가 죽는 줄도 모르고 불 속으로 날아드는 나방과 다를 바가 없더군요."

"그만 쉬시구려."

조민구는 더 듣고 싶지 않았다. 박제관이 말을 멈추고 신음소리를 냈다. 조민구는 침소를 나와 관아 처마 사이를 가볍게 날아가는 제비를 보았다. 문득 해월이 보고 싶었다. 해월의 얼굴이 떠올랐는가 싶었는데 돌연 수련의 방긋거리는 얼굴이 겹쳤다. 아! 조민구는 두근거리는 심장을 재우기 위해 손바닥을 들어 가만히 왼쪽 가슴에 댔다.

3

해월은 북극성을 보며 산길을 걸었다. 밤하늘을 수놓은 별자리가 캄캄한 길을 안내했다. 마음이 스산하고 허허로웠다. 자신의 신세가 모든 것이 불타버린 뒤에 남은 가벼운 재처럼 여겨졌다. 온 몸이 욱신거렸다.

"잃은 것은 열망의 불꽃이요, 얻은 것은 식어버린 재뿐이로군."

해월이 독백하듯 말했다.

"이길주의 야망에 도인들이 이용당한 겁니다. 그자의 세치 혀에 마음을 빼앗긴 거지요."

강수는 갈산 늪지에서 총에 맞아 불귀의 혼이 된 이길주를 원망했다.

"어찌 그자를 원망하겠는가. 따지고 들자면 나의 잘못이 더 크네. 대세를 따라야 살 수 있을 것이라는, 그래야만 동학의 주인 자리를 지킬 수 있을 것이라는 나의 욕심이 모두를 사지로 몰아넣은 걸세. 이길주는 야망이 넘치는 선동자였고, 박사헌은 완고하고 자존심 강한 참된 도인이었네."

해월은 그렇게 정리를 하면서도 슬펐다. 도인들이 자기 상실감에 빠져 군중심리에 휩쓸리는 것을 깨우쳐 주지 못한 것이 시간이 흐를수록 후회스러웠다. 집단 최면으로 현실의 곤고함을 탈출하려드는 우매함을 꾸짖지 못한 것 또한 마찬가지였다. 행여 도인들이 자신에게서 등을 돌릴까, 손가락질을 당할까 두려워했던 일이 부끄러웠다.

"모든 게 내 탓일세."

해월은 잠시 걸음을 멈추고 바위에 걸터앉았다. 고개를 젖히니 모래알 같은 별이 초롱초롱 움직였다. 별빛이 해월의 상한 마음을 흔들었다. 해월은 몹시 아파서 저도 몰래 눈물이 고였다. 숲을 스쳐가며 나뭇잎을 흔드는 바람이 그의 흐느낌 소리를 쓸어 담았다. 수차례 죽을 고비를 넘기며 해월을 따라온 강수와 전인철 그리고 최교와 수련도 별을 바라보며 눈시울을 적셨다. 죽거나 붙잡혀간 도인들 생각까지 겹쳐 마음이 서러운 것이다. 낯선 계곡과 메마른 들판에서 죽어간 숱한 목숨들을 떠올릴수록 살아 있는 것이 창피한 것이다.

차라리 죽었더라면……. 해월은 살아남은 것이 구차하다는 생각을 하다가 마음이 약해졌다. 절망의 늪지로 빠져들 때마다 찾았던 스승 수운이 떠올랐다. 그는 저도 몰래 스승을 불렀다. 이름을 부르는 순간 번뜩 정신이 들었다. 구차함과 부끄러움은 핑계에 불과했고 슬픔과 끔찍함은 사치였다.

"가세!"

해월이 보따리를 질근 조여 매며 목청을 높였다. 그는 소백산 깊은 곳에 은둔했다가 관의 경계가 풀리면 보은으로 나가 터를 잡을 생각을 했다. 강수와 전인철이 해월을 따르기로 했다.

최교는 누이동생 수련과 함께 강원도 정선 쪽으로 가서 숨어 지내기로 했다. 정선으로 들어가 그곳에서 화전을 일구며 사는 도인 집을 찾아가기로 마음먹었다. 우선 목숨을 부지해야 했다.

소백산은 울창했다. 날이 밝아지면 숲속으로 들어가 몸을 숨기고 짐승처럼 잠을 잤다. 어둠이 깔리는 밤이 오면 일어나 별빛을 의지해 걸었다. 해월의 짚신은 해져서 맨발이나 다름이 없었다. 여분의 짚신을 챙겨 나올 여유가 없었다. 돌부리에 걸려 찢어진 발톱이 욱신거리며 쑤셔댔다. 주린 뱃속에서 천둥소리가 났다. 계곡이 나오면 머리를 박고 배가 부를 때까지 물을 마셨다.

해월은 도망치는 신세가 곤고했지만 하늘님의 뜻이라 여겼다. 동학을 한다는 이유만으로 조선 땅 어디에도 편히 쉴 곳이 없고, 도망쳐 숨지 않으면 살 수가 없지만 그 또한 하늘님의 뜻이라 여겼다. 도인들이 흘린 피 역시 헛되지 않은 것이었다고 믿었다.

해월의 눈에 언 땅을 뚫고 올라오는 새싹이 보였다. 겨울 추위에 숨어 있던 씨앗이 꽃으로 피어나는 봄이 몽환처럼 그려졌다. 해월은 고개를 들어 꽃밭처럼 아름다운 하늘을 향해 기도했다.

산 아래 마을에서 횃불이 일렁이며 움직이는 것이 보였다. 추격해 오던 관군이 산을 포위하려는 것 같았다. 해월이 봇짐을 조였다. 강수가 절룩거리며 앞장서 뛰기 시작했다.

"산을 넘어야 하네!"

해월이 강수의 어깨를 두드리며 말했다. 산 아래쪽에서 총성이 울렸다. 잠들었던 호랑지빠귀와 두견새가 날개를 털며 날아올랐다. 겁 많은 고라니 한 마리가 해월을 앞질러 내달렸다.

악몽 길몽

1

"임금의 특사가 도착했습니다!"

멀리 들판에서 부르는 아득한 목소리 같았다. 그 음성이 흐릿한 의식을 깨우자 의암의 목소리라는 것을 이내 알아챌 수 있었다.

"호조참판을 지낸 자라는데, 임금이 충청도와 전라도를 관할하는 양호도어사로 명했다고 하옵니다. 그자가 선무사宣撫使 마패를 지니고 왔습니다."

동학군 야전사령관인 총통령 손병희의 목소리가 분명했다. 해월은 비로소 설핏 들었던 낮잠에서 놀라 깨어났다. 자리에 앉은 채였다. 온몸이 싸늘해지며 한기를 느꼈다. 지난밤 대접주들을 소집해 총진격을 앞두고 전략을 짜느라 새벽이 오는 줄도 몰랐다. 미명未明에 잠자리에 들었지만 잠을 설쳤다. 그의 나이는 어느새 예순일곱 살이었고 시절은 갑오년甲午年(1894) 가을 상달이었다.

해월은 깜박 잠들었을 때 꾼 꿈이 악몽인지 길몽인지 헷갈렸다.

희끗희끗한 구레나룻을 손바닥으로 쓸어내리면서 열린 문 너머로 춤추듯 펄럭이는 오방색 깃발을 바라보다가 자리에서 일어났다. 삭신이 쑤셨다. 붉게 물든 백화산이 군영 앞에 줄지어 서 있는 깃발 사이로 아련하게 보였다.

'가을 단풍이 유난히 곱구나.'

생과 사를 가르는 두려운 현실에는 아랑곳 않고 붉은 단풍이 찬란하게 빛나는 것을 보고 해월은 중얼거렸다. 동학군에게 총진격령을 내리기 직전, 너무 아득해서 아지랑이처럼 가물거리는 23년 전의 상흔이 꿈속에 나타난 것이 묘했다. 곧 전라도 전선으로 행군을 하게 될 것이고 피비린내 풍기는 전투가 시작될 것이다. 해월은 꿈속에서 본 영해성이 마음에 걸렸다. 경오년庚午年(1870) 입동 무렵에 시작돼 이듬해 늦봄에 이르는 반년 동안의 쓰라린 기억이 아니던가……. 해월은 마흔네 살 풋내기 동학주인 시절의 수난과 실패로 점철됐던 비참한 역정이 서러웠다. 눈 덮인 영양 일월산과 해풍에 흩날리던 영해부의 쓸쓸한 눈보라가 떠올라 눈자위가 뜨거웠다. 연민 때문이었다.

'길몽인가 악몽인가?'

해월은 진격령을 내리기 직전, 먼 옛날의 고난과 수치스러운 행적이 꿈에 나타난 것이 마음에 걸렸다.

'하필 왜 지금이란 말인가?'

해월은 신중했다. 신중해질수록 그해 봄밤, 영해성으로 쳐들어갈 때의 오합지졸 동학군이 확연하게 떠올랐다. 그날의 경험과 쓰라린 회한 그리고 반성이 아니었더라면 지금의 십만 동학군의 존재는 불가능했을 것이라는 생각을 떠올리면 다소 위안이 됐다. 영해성 거사는 해월에게 언제나 스승이었다.

"임금이 보낸 특사이옵니다!"

손병희의 목소리가 다시 들렸다. 해월은 임금이 보냈다는 특사가 누구인지는 모르지만 난맥상에 빠진 조정의 고충과 주변국인 일본과 청나라의 내정간섭으로 나라의 존립이 위기에 처한 정세와 백성의 안위를 들먹이며 궤변만 늘어놓다가 돌아갈 것이라는 것을 알고 있었다.

"안으로 들게나."

해월이 기침을 뱉어내 잠긴 목을 틔우고 나서 말했다.

문을 밀치고 들어온 총통령 손병희는 상기된 얼굴이었다. 전장으로 나가는 사령관답게 군장을 고루 갖추었다. 오른쪽 허리에 찬 칼집이 듬직해보였다.

"어떤 자인지는 모르지만, 우리 동학군에게 진정성을 보여야 할 게 아닌가?"

"보은 출신으로 일본과 청나라를 시찰하고 돌아온 온건개화파로 알려진 자이옵니다. 작년 봄에는 임금 앞으로 과감한 정부기구개혁안을 제출했지만 수구파에 밀려 채택되지는 않았다고 합니다. 고향에서도 평판이 좋은데, 매사에 가난한 백성들의 어려움을 덜어주려고 애쓰는 자라고 하옵니다."

손병희는 벌써 특사의 신상을 파악하고 있었다.

"사람이야 그렇다 해도, 임금의 의중을 따르는 신하가 아닌가. 전봉준 부대와 합류하는 것을 늦춰보려는 속셈일 걸게. 진격령을 내려야 하는데, 임금의 특사를 만나 시간을 허비할 수는 없지 않은가!"

흥선대원군 쪽에서도 밀사를 보내와 일본군에 공동으로 대항하기 위한 협정을 맺자는 제의를 해왔지만, 해월은 진의를 파악하느라 답을 주지 않고 있었다. 흥선대원군이 아들에게 내준 권력을 되찾기 위한 수단으로 동학군과의 협정을 들고 나온 것일 수도 있었다. 주상은 동학을 왕실의 적으로 단정 짓고 말살할 기회만 보고 있을 뿐이다. 그동안 속은 일만도 몇 차례던가. 나라의 운수를 진지하게 고민할 협력자로 여기지는 않는 것이 확실했다.

해월은 임금의 특사를 만나지 않기로 했다. 더는 속지 않겠다는 확고한 결심이기도 했다. 영해성 참패 이후 20여 년 동안 다져온 동학조직을 척양척왜斥洋斥倭의 전선으로 보내 위기에 처한 나라를 구하는 길 말고는 대안이 없었다. 지금 이 순간 가장 긴요한 일, 행동으로 옮겨야 할 일은 총을 들고 달려드는 일본군과 청나라 군대를 물리치는 일이었다. 나라를 잃은 백성이 평등한 세상과 사회변혁을 추구한들 그것이 무슨 소용이겠는가. 그가 믿고 희망을 둘 곳은 오직 십만 명의 동학군이었다. 농사일을 제쳐놓고 낫과 쇠스랑과 죽창을 들고 일어선 동학군의 신심과 믿음과 투지 그리고 꿈만이 망해가는 조선을 살릴 수 있는 최후의 보루였다.

"돌려보내게!"

해월은 단호했다.

"그자가 자신의 이름을 말하면, 아실 것이라 했습니다."

손병희가 고개를 갸웃거리면서 말했다.

"임금의 특사가 나를 어찌 안단 말인가?"

해월이 시큰둥하게 대꾸했다.

"주인께서 기억하고 계신다면, 이라는 단서는 달았습니다만……."

손병희가 특사의 말을 전했다.

임금이 보낸 특사가 나를 안다니? 해월의 귀에 펄럭이는 군영의 깃발 소리가 유난하게 다가왔다. 바람이 더욱 거세진 것이다.

"내가 기억을 하고 있을 거라는 얘기가 아닌가?"

"그런 뜻 같았습니다."

"이름이 뭐라던가?"

"조민구……."

해월의 눈에 조금 전 꿈에서 보았던 영양 일월산과 경상도 동해안의 영해성이 불쑥 떠올랐다.

2

"그간 평안하셨습니까?"

조민구가 공손한 몸가짐으로 큰절을 했다.

해월이 놀라서 그를 가만히 바라보았다. 이마에 굵은 주름이 두 줄, 정갈하고 윤기가 도는 검은 콧수염, 두둑하지만 보기 좋은 턱살, 희고 맑은 피부가 좋았다. 문득 세월을 꼽아 보았다. 쉰 살을 넘겼을 것이라 생각했다. 청년의 고운 살결은 아니었지만 외모는 고결했고 눈빛은 총명했다. 공부를 게을리하지 않았다는 증표였다.

"살아서 다시 만나니 반갑긴 하네만, 때를 잘못 만났구려."

해월이 카랑카랑한 목소리로 말했다.

조민구는 천천히 고개를 들어 해월의 얼굴을 바라보았다. 숱이 많고 긴 구레나룻과 넓은 이마, 초롱초롱한 눈동자, 꾹 다문 입술이 범접하기 어려운 위엄을 풍겼다. 23년 전 사십대 초반의 젊은 동학 교주가 지니고 있던 감추어진 불안과 안정되지 않은 표정, 간혹 드러났던 가벼워 보이는 자세는 어디에서도 찾아볼 수가 없었다. 초자연적인 절대자의 힘이 엿보였고 사람들을 휘어잡고 마음으로부터 복종하게 하는 자질까지 갖추고 있었다. 그는 동학당의 완벽한 권위자였다.

"주상 전하를 설득할 생각입니다."

조민구가 자신의 뜻을 전했다. 그러니 동학군 쪽에서 협조해 달라는 뜻이었다. 비록 나라의 녹을 먹는 관료이지만 동학의 뜻을 누구보다 잘 이해하고 있다는 의미이기도 했다.

"그댄 동학당을 뭐라 부르는가?"

해월이 불쑥 물었다. 임금의 특사 자격으로 찾아온 조민구의 속을 알고 싶었다.

"민당民黨이옵니다."

조민구는 거침없이 대답했다.

"민당?"

해월이 눈을 번쩍 떴다. 지금껏 누구도 부르지 않았던 명칭이었다. 왕실이나 지방관아의 관리들은 물론 교졸과 유생들까지도 너나 할 것 없이 동비東匪 혹은 비도匪徒라며 동학당을 비하해서 불렀다. 해월은 고개를 끄덕였다. 냉철한 이성을 지니고 있는데다가 동학에 대해 깊이 이해하고 있는 것이 엿보였다. 23년 전 관군에 포위돼 꼼짝없이 사로잡힐 위기에 처했을 때 기지를 발휘했던 그의 총명함이 떠올랐다. 검은 강물 속으로 뛰어들던 일과 맨발로 산길을 걷던 일도 생생했다. 해월은 삼십 대의 젊은 조민구가 고뇌하는 지식인의 시선으로 부조리에 빠진 당대를 탈출해 새로운 세상을 갈구하던 모습을 좋아했었다. 그래서 그를 눈여겨보았던 것이기도 했는데, 그런 자신의 기대를 저버리지 않고 살아온 세월이 고맙기도 했다. 오랫동안 왕실의 고위 관료로 생활해오면서도 편협되거나 완악한 시각을 갖지 않은 것, 냉정하게 시대를 읽을 줄 알고 중심을 잃지 않는 이성을 지닌 것이 대견했다.

"장위영 소속의 정예군 천 명이 어젯밤 청주에 도착했습니다. 주상 전하의 명령만 떨어지면 곧장 쳐들어 올 겁니다."

그가 내부의 정보를 서슴없이 알렸다. 해월에 대한 자신의 믿음을 보여주려는 의도이기도 했다.

"그사이 강산이 두 번이나 바뀌었네."

해월은 그의 말을 외면했다. 어차피 동학군의 갈 길은 정해져 있었다. 왕의 특사로 내려온 조민구라 해도 그 길을 막을 수는 없었다. 그 때문에 그가 임금의 윤음綸音을 꺼내는 것이 부담스럽기도 했다.

그래서 말을 섞지 않으려 피했다.

"장위영의 지휘관은 정령관 홍계훈입니다. 심성이 악독하고 포악한 자입니다."

조민구는 은근히 겁을 주었다. 진격령을 중지하지 않으면 한바탕 일전이 불가피하다는 것을 알리려는 의도였다.

"주상의 신임을 받는 일이 쉬운 일이 아닐텐데, 정이품까지 오른 것이 대견스럽네."

"요구하는 것이 있으시면 말씀하십시오. 주상 전하께 가감 없이 전할 것이옵니다."

"강산이 두 번이나 뒤바뀌는 동안 어찌 지냈는가?"

"주상 전하는 관군의 힘만으로는 동학군을 진압할 수 없다는 것을 잘 알고 있습니다. 전하께서 믿는 것은 청나라군대뿐입니다. 동학군이 진격을 멈추지 않을 경우 청군이 들어오는 것은 자명한 일이옵니다. 청군이 상륙하면 일본과의 조약에 따라 일본군도 조선 땅으로 들어오게 되어 있습니다. 동학군과 관군, 청군, 일본군이 서로 총부리를 겨누게 되면 조선 땅은 순식간에 전쟁터로 변하고 말 것입니다."

"영해성에서 철수할 때를 기억하는가? 자넨 총명했고 마음은 순수했었네. 그러고 보면 자네의 관운은 그때 겪었던 고난과 참상에서 얻은 지혜와 경륜 때문이라고 해도 틀리지는 않을 걸세."

"청군을 당해낼 수 없습니다. 칼과 죽창을 든 동학군이 신식 총으로 무장한 청군을 이길 수 있다고 생각하십니까? 전멸입니다!"

"태백산간에서의 회심이 그대를 살린 걸세. 그때 하늘님을 만나지 못했더라면 자넨 살아서 돌아가지 못했을 걸세. 자네의 행동이 얼마나 무모한 짓이었는지 아는가? 자네의 때 묻지 않은 순수한 영혼이 자네의 육신을 살렸다는 것을 잊지 말게."

"눈치를 챈 일본이 서해안을 따라 함대를 이동 중이라는 보고를 받았습니다. 며칠 후면 제물포로 들어올 것입니다. 전봉준이 전주성을 함락시켰다고 하지만 공주성은 불가능할 겁니다. 주인님의 십만 대군이 호남의 전봉준 부대와 합세한다 해도 동학군의 화력으로는 어림도 없습니다. 기관총을 보셨습니까? 총알이 빗발처럼 발사되는 무시무시한 화기입니다. 조총을 생각하시면 안 됩니다. 도인들은 그저 총알받이가 될 뿐입니다. 볏단처럼 쓰러져서 들판이 시체더미로 쌓일 것입니다."

"자네가 내 목숨을 살려주지 않았는가?"

"동학군이 문제가 아닙니다. 더 큰 일은 청과 일본이 패권을 차지하기 위해 조선 땅에서 전쟁을 벌일 것이 분명하옵니다. 승리하는 패권국이 조선을 차지하겠지요. 그렇게 되면 조선은 끝장입니다."

"지금도 하늘님을 경외하는가?"

"왜 피하시는 겁니까!"

"타협의 여지가 없네."

해월이 조민구의 눈을 뚫어지게 바라보며 말했다. 동학군의 진로는 이미 결정지어진 것이어서 물릴 수가 없었다. 그의 분석은 예리하고 선견지명이 있어 보이지만, 동학군이 진격을 멈춘다고 해서 외척의 세도가들이 장악한 조선이 되살아날 리가 없었다. 총체적인 모순에 빠진 왕실을 개혁하는 길이 우선이었다. 고난에 처해 의지할 곳 없는 백성들에게 당장 필요한 것은 개혁이었다. 조민구가 임금의 특사라지만, 그가 왔다고 해서 대세를 막을 수는 없다는 것이 해월의 판단이었다.

조민구가 입을 닫았다. 다소 의기양양해서 내려온 길이었지만 절망감이 온몸을 짓눌렀다. 해월은 20여 년 전의 풋내기 동학교주가 아니었다. 이제 충돌은 불가피했다. 조선이 망하든 동학당이 패하든 둘 중 하나였다. 문제는 일본군의 개입이었다. 영국에게 맥없이 무너진 청나라는 오히려 두렵지 않았다. 청나라의 몰락을 교훈 삼아 막부정치를 끝내고 명치유신으로 중앙집권의 통일국가를 이룬 뒤 서구문물을 도입하고 신식무기로 중무장한 일본군이 공포의 대상이었다. 일본군이 승리한다면 조선의 운명 또한 일본의 손에 들어갈 수밖에 없다는 것이 억울했다. 조선국의 정이품 관료의 눈에 드러나 보이는 모순이 너무나 적나라하지만 그 무엇 하나 고칠 수도, 손댈 수도 없는 형국이 그를 좌절하게 했다. 그에게 조선은 뼈아프게 반성해야 할 대상일 뿐이었다.

"주상 전하께 동학당의 진심을 전하겠습니다. 이해하고 못하고는 주상 전하의 몫이겠지요."

그는 해월의 결심이 굳은 것을 알고는 체념하듯 말했다. 순순히 물러날 생각이었다.

"조선의 운명이 풍전등화롤세. 우리의 운명이라고 다를 게 뭔가?"

해월은 동학당이나 왕실의 관료나 일반 백성의 운명이 위태로운 지경에 다다른 것이 안타까웠다. 선택의 여지가 없는 것 또한 마찬가지였다. 지금의 상황에서 그가 할 수 있는 것은 혁명을 위한 전쟁뿐이었다. 혁명이 아니고는 그 무엇도 해결되지 않을 것이라는 것 또한 슬픈 일이 아닐 수 없었다. 어쩌다가 이 지경에 이르게 된 것인지 답답했지만, 이것이 후천개벽의 시발점일 수도 있다는 희망에 위로를 받는 것이었다.

조민구가 돌아갔다. 그는 막사를 나오기 전 해월에게 큰 절을 올리며 저도 몰래 가슴이 복받쳐서 서러웠다. 첩첩산중 춘양에서 헤어져 한양으로 돌아온 뒤 23년의 세월 동안 조선은 내부모순을 극복하고 강력한 왕권을 되찾아 국력을 신장시키기는커녕 권력을 둘러싼 외척 가문의 갈등과 농단으로 휘청거렸다. 결국에는 서구 열강과 일본의 압박에 밀려 항구를 열어주어야 하는 수모를 당하고, 농사지은 쌀은 일본에 빼앗기고, 고리대로 농민들이 고통받는 것이 슬프기만 했다. 주상 전하의 나라 조선은 이제 동학군을 진압할 능력조차도 없어 청군을 불러들여야 하는 비참에 다다른 것이다. 조민구는 자신이 망국의 마지막 신하가 될 것이라는 불길한 생각에 쓸쓸했다. 동학군 진영을 빠져나와 보은 관아로 돌아가는 그를 가로막듯 차가운 북서풍이 불어왔다. 펄럭이는 깃발소리가 못 살겠다고 아우성치는 백성들의 함성처럼 들렸다.

해월은 생사조차 확인할 수 없었던 조민구와 예기치 않게 마주한 것이 묘했다. 그가 찾아오기 전, 멀고 먼 23년 전의 피비린내 풍기던

영해부의 거사를 꿈에서 본 것도 그렇고, 꿈에서 깨어났을 때 꿈속
에서 헤어졌던 그가 임금의 특사가 되어 불쑥 찾아온 것도 예사롭
지 않았다. 조민구를 보내놓고 나서야 그를 좀 더 따뜻하게 맞아주
지 못한 것이 아쉬웠다. 그러나 때를 잘못 만난 것이요, 서로의 운명
이 다른 것이니 어쩔 수 없는 일이었다.

3

총통령 손병희가 녹두장군 전봉준이 지휘하는 전라지역의 전황
을 보고했다.

"일본군이 제물포로 들어오면 금강 하구를 따라 우금치 쪽으로
이동할 것이라는 정보입니다. 일본군이 들이닥치면 동학군은 끝장
입니다."

"왜놈들이 도착하기 전에 무너뜨려야 하네!"

해월이 낯빛을 붉히며 목청을 높여 말했다.

"진격령을 내리겠습니다!"

의암이 결의에 찬 표정으로 대답했다. 그는 십만 명의 대군을 선
봉에서 이끌 안성 대접주 정경수를 불러 진격을 명령했다. 각 진영
의 선두에 선 기수들이 푸른 깃발과 검정, 하양, 빨강 깃발 그리고
황색 깃발을 움켜쥐었다. 북서풍에 펄럭이는 깃발의 색깔은 좌익장
과 우익장, 중군, 후군 등을 상징하고 있었다. 다양한 문양은 각 지
역의 접과 포를 표시한 것이었다.

해월은 먼저 청주성을 함락시킨 뒤, 충청도 회덕을 거쳐 논산으로 내려가 녹두장군 전봉준이 이끄는 부대와 합류해 공주성을 친다는 전략을 세워놓았다. 전라도에서는 전봉준을 중심으로 남계천과 손화중, 김개남 등이 동학군을 지휘하고 있었다. 이미 전주성을 함락시킨 뒤라 사기가 충천해 있다는 통문을 받았다. 해월은 손병희가 지휘하는 십만 동학군이 전봉준 부대와 합세할 경우 이십여만 대군이 된다는 것을 알고 있었다. 그들이 공주성을 무너뜨리면 닷새 안에 한양 경복궁으로 진격할 수 있다는 계산도 했다. 다만 일본군이 얼마나 빨리 들어오느냐가 관건이었다. 공주성 진격 때 제물포로 상륙한 일본군이 들이닥치면 전략에 차질이 생길 수밖에 없다. 임금의 특사 조민구가 전해준 정보대로라면, 기관총을 지닌 일본군이 도착하기 전에 공주성을 점거해야 했다.

해월은 신중했다. 신중해질수록 꿈에 보았던 신미년辛未年(1871) 사월의 봄밤, 영해성으로 쳐들어갈 때의 오합지졸 동학군이 떠올랐다. 그때의 경험과 쓰라린 회한 그리고 반성이 아니었더라면 오늘의 십만 동학군 부대의 존재는 불가능했을 것이다. 해월은 꿈에 나타난 영해성에서의 실패와 교훈을 잊지 않아야 한다고 다짐했다. 영해성에서의 비참이 동학하는 사람들을 강철로 만든 것도 잊지 않아야 했다. 전국 곳곳에 접과 포를 만들고 일사불란한 조직과 그것을 기틀로 강한 군영을 만들어낸 것이었다.

해월은 십만 대군을 바라보며 마음을 부풀리다가도, 영해부의 상처로 얼룩진 실패를 떠올리며 긴장했다. 자신을 둘러싸고 벌어졌던 반년 동안의 긴박했던 모험이 20여 년의 세월을 지나오는 동안 늘 스스로를 진지하게 만들었고 겸손하게 했다. 욕망과 야심과 질투가 뒤섞여 몹시 혼돈스러웠던 영해부 거사가 꿈에 나타나 경계하게 하고 정돈되게 한 것도 하늘님의 뜻이라고 여겼다.

문득 한줌 흙으로 사라져간 영해접주 박사헌과 총사령 이길주와 방물장수 이언, 참모 이군협, 남두병……. 이름도 없이 스러져간 숱한 도인들의 피투성이 얼굴이 떠올랐다. 허릿재에서의 회심으로 자신의 정체성을 캐묻던 왕실의 밀사 조민구의 젊고 총명한 얼굴도 스쳐갔다. 그자가 조정의 정이품 관료의 자리에 오른 것과 임금의 특사 자격으로 선무사 마패를 들고 찾아온 것도 결코 우연이 아니라고 여겼다. 박사헌의 어린 딸 수경이 떠올랐다. 열여덟 살이었던 그 아이가 아직 살아 있다면 마흔 살이 가까운 중년의 아낙네로 늙었을 것이다. 목비골에서 헤어진 아내와 어린 세 딸은 강산이 두 번이나 변했는데도 소식이 감감했다. 어디서 무얼 하며 사는지, 살아 있기는 한 것인지…….

해월은 전쟁터로 나가기 전 그들 모두에게 용서와 자비를 구하는 기도를 했다. 겨울에서 봄으로 이어진 반년 동안의 숨막혔던 공간은 세월이 아무리 흘렀어도 그의 가슴 속에 나무뿌리처럼 꿈틀대며 살아 있기 때문이었다. 길고 긴 세월이 정처 없이 흘러갔음에도…….

'돌이켜보면 20여 년의 아득한 세월이 흐르는 동안 나는 매일 울었고 눈물을 닦아내며 기도했지. 심장이 마르도록 반성했고 날로 겸손했지. 긴 세월 내내 소금물에 잠긴 메주처럼 으깨졌고, 밑으로 밑으로 낮게 내려갔고 아예 바닥을 기었지. 비참했던 영해성의 기억과 교훈이 아니었더라면 망국의 길로 들어선 조선을 살려내야 한다는 용기도 생겨나지 않았을 테지. 마지막으로 선택할 수 있는 길은 혁명뿐이라는 현실 상황에 기꺼이 결단을 내릴 용기도 내지 못했을 것이고……. 그러나 동학의 이름으로 일어섰던 영해성의 실패한 혁명이 이제는 성공한 혁명의 길을 열어주는 시금석이 되겠지. 그러고 보면 꿈에 본 영해성은 길몽이었군.'

해월이 정신을 차린 것은 군영 막사 위에서 소란스럽게 펄럭이는 깃발소리 때문이었다. 거센 북서풍이 막사를 뒤흔들고 오방색 깃발을 매단 대나무를 땅바닥에 닿도록 휘었다.

"진격하라! 진격하라!"

의암 손병희가 말 위에 서서 호령하는 소리가 들렸다. 십만 대군이 내지르는 함성이 하늘을 깨뜨리듯 천둥처럼 울렸다. 진군을 알리는 나팔소리와 꽹과리 소리가 회오리치듯 대군의 대오 사이로 몰려다녔다.

조민구는 달리던 말을 멈추고 뒤돌아보았다. 장내리 들판의 동학군 진영에서 거대한 함성과 나팔소리가 들려왔다. 해월이 전쟁을 선포한 것이다. 드디어 올 것이 오고야 말았다. 그는 망국으로 인도하는 피비린내 나는 혁명이 시작된 것을 알았다. 말의 고삐를 장위영

부대가 주둔 중인 청주 쪽이 아니라 한양으로 틀어줘었다. 주상 전하에게 이 사실을 알리고 전쟁에 대비해야 했다. 대비라고 해보았자 청군을 불러들여 동학군을 진압하는 것뿐이었다.

'제물포로 들어올 일본군이 청군에 앞서 동학군을 쉽게 물리친 뒤 벼르고 벼르던 청군과 패권을 노린 전쟁을 벌일 것이고, 승자가 된 후에는 조선을 차지할 것 아닌가!'

조민구는 망국의 길이 불 보듯 자명하다는 것을 알았다. 조선의 관료라는 것이 부끄럽고 한편으로는 운수를 잘못 타고난 신세가 한탄스러웠다. 주상 전하의 나라 조선이 전쟁으로 도륙되고 끝내는 일본에 의해 망할 것이라는 예측이 그를 슬프게 했다.

해월은 이번에야말로 담판을 내야한다고 벼렸다. 승리하는 전쟁을 치러야 했다. 일본군을 몰아내고 왕실을 앞세워 개혁을 이뤄내고야 말 것이라는 각오였다. 평등한 나라, 신분차별이 없는 나라, 외세로부터 흔들리지 않는 나라로 만들어야 했다. 혁명만이 모두가 살길이었다. 심장이 두근두근 뛰기 시작했다. 가슴이 이렇게 뛰기는 신미년(1871) 봄날 이후 처음이었다. 〈끝〉

'주기도문 송'을 듣는데, 문득 120년 전 갑오년甲午年(1894)이 떠올랐다. 갑오년은 수만 명의 동학군들이 관군과 일본군에 의해 풀잎처럼 짓밟히고 동백처럼 목이 떨어졌던, 우리 역사상 가장 비참했던 한 해였다. 나는 서학의 주기도문을 노래로 들으며 동학의 슬픔을 가슴 저리도록 느꼈다. 동병상련의 감정 때문인지 저도 모르게 온몸이 떨려 기도를 드릴 때와 같이 두 손을 꼭 모았다.

'하늘에 계신 아버지, 이름 거룩하사, 주님 나라 임하시고, 뜻이 이루어지이다. 일용할 양식을 주시고, 우리들의 죄를 다 용서하옵시고, 또 시험에 들게 하지 마시고, 악에서 구원하소서……'

1894년의 조선은 앞이 보이지 않는 암흑세상이었다. 이 절망의 어둠 속에서 빛을 찾아 걸어간 분들 가운데에는 동학을 하는 이들도 있었다. 보이지는 않았지만 구원에 대한 믿음이 확고했기 때문이었다. 동학의 지도자였던 해월 최시형 선생은 서학의 사도 바울과 같은 분이었다. 바울이 그리스도의 하나님 나라를 구求했다면, 해월은 동학의 하늘님 나라를 구求한 것이다. 그 때문에 신학적 혹은 종교적 이념은 서로 다르지만, 그들이 처한 당대 현실과 간구했던 기도는 똑같았다.

문제는 120년 전, 방랑하는 조선의 백성들이 간절하게 읊조렸던 기도가 오늘날에도 여전히 유효하다는 것이다. 그때나 지금이나 우리들의 가슴을 찌르고 눈물짓게 한다. 21세기 한국사회는 역사상 유례 없는 풍요를 누리고 있지만, 동아시아와 세계 지형을 살펴보면 망국 직전의 19세기 갑오년과 크게 다를 것이 없다. 오히려 더 절망적이고 불안하다. 대한민국의 국력이 강해졌다고 하지만 미국과 일본, 중국, 러시아는 더 강해져 상대적으로 우리는 여전히 약소국일 뿐이다. 더욱이 좌우이념의 대립으로 남북으로 갈라진 분단국가이다. 열강의 이익에 따라 한반도의 정치지형이 어떻게 바뀔지 알 수 없는 운명이 120년 전과 똑같다. 내부적으로는 여론과 사회가 양분되어 있고 정치권은 이익을 좇아 이합집산하며 나라를 분열로 이끌고 있다. 미래는 불안하고 열강의 각축은 노골화되고 있다.

소설 '망국'이 21세기 대한민국의 비참한 이들에게 용기를 줄 수 있을지 모르겠다. 흠 없고 정직한 이들에게 후천개벽의 빛을 볼 수 있게 해줄지 모르겠다. 다만 한 가지 작은 소망이 있다면, 바라는 것들의 실상이고 보이지 않는 것들의 증거인 '믿음'이 이 소설을 통해 작게라도 움틀 수 있기를 욕심내 본다.

최시형 선생과 관련한 자료를 보내주고 격려해준 김지하 선생님과 도움을 주신 윤석산 교수님, 관심을 보여준 연출가 이윤택 선생님과 문학평론가 방민호 교수님에게 감사드린다. 영림카디널 사장님과 편집팀장님의 노고도 잊을 수 없다.

2014년 봄
조중의

참고 도서

『해월 최시형과 동학사상』(부산예술대학 동학연구소, 예문서원, 1999)

『왜 조선유학인가』(한형조, 문학동네, 2008)

『해월 최시형의 정치사상』(오문환, 모시는 사람들, 2003)

『대한제국 최후의 숨결』(에밀 부르다레, 글항아리, 2009)

『동학 1, 2』(표영삼, 통나무, 2004)

『동학이야기』(김지하, 솔, 1994)

『대원군의 시대』(리선근, 세종대왕기념회, 1974)

『천도교경전』(천도교 중앙총부)

『동학연구 7, 8 : 해월 최시형 연구 특집호』(한국동학학회, 2001)